新 | 青 | 年

九月火车

周朝军 ◎著

南方出版传媒
花城出版社
中国·广州

图书在版编目（ＣＩＰ）数据

九月火车 / 周朝军著. -- 广州：花城出版社，
2018.7（2021.4重印）
　　（新青年）
　　ISBN 978-7-5360-8679-1

　　Ⅰ．①九… Ⅱ．①周… Ⅲ．①长篇小说－中国－当代
Ⅳ．①I247.5

中国版本图书馆CIP数据核字(2018)第130877号

出 版 人：肖延兵
责任编辑：李 谓　安 然
技术编辑：薛伟民　凌春梅
封面设计：ⅢⅢ腾格视觉传达

书　　名　九月火车
　　　　　JIU YUE HUO CHE
出版发行　花城出版社
　　　　　（广州市环市东路水荫路11号）
经　　销　全国新华书店
印　　刷　北京一鑫印务有限责任公司
　　　　　（北京市顺义区北务镇政府西200米）
开　　本　880毫米×1230毫米　32开
印　　张　9.625　1插页
字　　数　200,000字
版　　次　2018年7月第1版　2021年4月第2次印刷
定　　价　35.00元

如发现印装质量问题，请直接与印刷厂联系调换。
购书热线：020 - 37604658　37602954
花城出版社网站：http://www.fcph.com.cn

前　言

这不是一部青春小说，但它确实记录了青春的故事。

这部小说完稿于四年前西安市建国路附近的一栋破楼里，写完它，我用了四十天。

完稿于四年前的这部小说，却要从十四年以前说起。

十四年以前，我还是一个初中学生。某个傍晚，在小镇的一家旧书店，看到了一本名叫《平凡的世界》的小说，知道了一个名叫路遥的人。随后两天，我逃课，躲在一条小河边的大树上，沉醉在故事中，忘乎所以。我把自己当成了那个叫孙少平的年轻人，我们一起笑，一起哭。同样是一个傍晚，当我再三确认，我确实读完了这本书的时候，我从树上跳下来，把头埋在冰冷的河水里。我要忘记整个故事，然后重新阅读这本黄土高原上两对青年男女的悲欢离合。但是，我不能。

十年后，我在西安，我依然不能忘记那个故事，我依然清楚地记得书中的每一个细节。那天傍晚，两天里只吃了一顿饭的我，有一肚子的话要说，却不知说给谁听。我大吼着，在学校那条四百米的跑道上跑了二十圈，却毫无倦意。夜幕四合，我躺在没膝的草坪上，对着满天星斗放声大哭。当我不久后得知这个叫路遥的家伙已经死去多年的时候，我悲痛得说不出一句话。那一刻，我决心成为一名作家，写一部当代版的《平凡的世界》。我希望，多年后，能有一个少年，像我一样，躺在绿油油的草丛里，面对满天星斗，放声哭泣。这些年，我看了很多，也写了很多，发表的作品堆起来，也有厚厚的一沓了，偶尔也会有人把我定位为青年作家。但我始终不曾忘记当初的那个愿望。十年了，我没有写过一篇自己喜欢的小说。十年了，我一直在等，等待一个合适的时机，开始写我笔下的故事。十年了，我仍不知时机是否成熟，准备是否充足。但我知道，我必须写，哪怕一塌糊涂。每天晚上，我回到家，面对着镜子里的自己，觉得面目可憎。越不过这道坎，我再也不愿拿起笔，写下哪怕一个字。我知道，不能再等了……十年后的那个傍晚，我打开电脑，将键盘再三擦拭。

然而事与愿违的是，十年来我心中始终流淌着的一个淳朴而美丽的乡土故事，心中牵挂着的也始终是孙少平一样不屈不挠的农村青年。但当我真正将心中的热流落实到文字上的时候，我才发现，我爱着的青年，不只是孙少平——我爱着的还有刚刚走出校门的自己。所以，我在塑造周鹿鸣（我心中的另一个孙少平）的同时，不得不为他安排一个双胞胎哥哥——周剑鸣。也正因为如此，计划中的乡土故事变成了乡土故事与怀旧青春的夹生饭。

《九月火车》是一本写给理想主义者的书。不同于其他年轻作者的青春题材作品，虽然书中的几个主要人物都是风华正茂的青年，都有各自相爱的恋人，故事展开的地点也有相当一部分是在大学校园，但是，"言情"并不是小说的初衷，爱情只是其中无法回避的一部分。这里没有爱马仕、LV，没有旋转餐厅、海天盛筵，没有"宝马香车丽人来"，更没有《小时代》。这里有的是一群有血有肉的小青年，有他们的爱与恨，泪与笑，追寻与逃避，脉脉含情与歇斯底里，以及除此之外的一无所有……

最后有几个问题需要向读者说明：首先，出于对路遥先生的敬仰以及对孙少平这一人物的极端喜爱，我在安排周鹿鸣这个角色出场的时候，刻意采用了一个《平凡的世界》式的开头，寥寥数字，并非有意抄袭。同时，我将路遥先生抬将出来，并不是想以此自比，更不是借此作为小说出版或者发表的噱头，只是想让读者更多的了解作者的个人心迹和写作初衷。其次，鉴于我对许巍、老狼、朴树等歌手的喜爱，特将他们的某些演唱曲目当做了小说章节的标题。再次，本人在写作《九月火车》之前，曾拜读过前辈校友李初初、陈冰、胡赳赳等人的若干文章，并在本书中借用了数百字，特此说明。

目录

第一章　光明之门

多年之后，周剑鸣依然无法忘却那个遥远的黄昏在鲁南小城临沂看到的那片云朵，它像一副少年的肋骨，枯瘦如柴，和翅膀有关，和飞行有关，冥冥中带着某种启示和指引。时至今日，他仍然惊讶于它的不可名状以及它背后那片天空的深不可测。天空和云朵之间仿佛隐藏着一只看不见的手，充满着不可抗拒的力量，指引他再次回到那个记忆中无法安放的师大。

新生入学，胖三被分在梅园416寝室靠窗的上铺。因为来得晚，其他两个上铺已经分别被两个东北男生抢了先。胖三正打算上去铺床，剑鸣走了进来，拽住了胖三的腿："能换吗，下铺我睡不惯。"语调平淡，穿透力十足。胖三迟疑了一下，答应了这个后来的家伙——他对戴黑框眼镜的人有一种天生的好感。于是整个大学时代，胖三都住在剑鸣的下铺。宿舍里最后一个室友到来后，大家开始轮流介绍自己。大家各自泛泛地道出了姓名和籍贯。两个小个子男生，巩波来自江西临川，邓涛来自湖北钟祥。前者容貌猥琐，似有毒品留下的痕迹，加之手淫过度，早早便患上了重度前列腺炎，夜间小便少说也得有七八次（这厮为了掩盖自己前列腺炎患者的事实，每日以"升"为单位拼命喝水，企图制造因饮水过度而尿频的假象，岂料撒谎四年，终酿膀胱炎悲剧，令人不胜唏嘘）。后者鼻梁上架着一副金边眼镜，传言中学期间曾多次潜入女生宿舍偷盗内衣，说起话来总是一副自以为是的派头；两个人高马大的东北男生，志得意满华而不实，一名张耀武，一名张扬威。耀武扬威，听起来像亲兄弟，实则一个来自黑龙江漠河，一个来自辽宁葫芦岛；轮到剑鸣，他坐在下铺的床上，微低着头，眼睛直视着地面，声音低沉而悦耳，有时你根本听不清他在说什么，让人十分怀疑他是否能够意识到周围人的存在。

直到毕业，胖三都不曾忘记剑鸣当初说过的话。剑鸣说他小学和初中上的都是本地的重点学校，一直以来都是亲朋好友和老师眼里的好学生。初二那年暑假，他和弟弟一起，无意间在一处废品收购站里买回了一位老教授生前的部分藏书，然后一整个暑假，兄弟俩把自己埋进了书堆里。兄弟俩躲在迷龙河畔的柳树上，沉醉在故事中，忘乎所以。他与故事里的人物一起哭，一起笑。暑假结束，他好似脱胎换骨一般，对人生有了新的认识。他开始意识到，把大好时光浪费在无聊的课本上，对他来说，并不是一个明智的选择。他开始怀疑却十分大胆地追寻起存在的真正意义，继而对文学和哲学产生了浓厚的兴趣。

此后几年，剑鸣都沉浸在疯狂的阅读之中，企图构建起一套相对完整的知识体系。每天早上六点钟，大家起床上课，而他则起床去教室开始一天的阅读。当然，阅读的地点也不仅限于教室，更多的时候他会去图书馆或者学校后山的小树林里。待到晚十一点，大家酣然入睡，他的夜读时间也就开始了。为了不打扰大家休息，他夜读的地点只能选在阳台或者公共厕所，高中三年，无论冬夏，从未间断。高强度的课外阅读，使剑鸣的成绩直线下滑。他一方面为此深感内疚，一方面又不愿向无聊的课堂低头，只能挣扎在矛盾的旋涡中。不断下滑的成绩对于自尊心极强的剑鸣来说本是无法接受的，但在彼时的剑鸣看来，这些已经不重要了。如果不是因为自己一直以来在奥数比赛中的良好表现，想必班主任老师是不会容忍他这个无视课堂的家伙留在班上的。

胖三问剑鸣，既然这样，为何不离开学校。剑鸣说，阅读需要一种孤独而真实的心境，老师的冷眼相对以及身处问题学生行列的窘境都能刺伤他的自尊，而恰恰是这种状态大大激发了他的阅读欲望，使他能够更好地进入阅读。胖三思考再三，对剑鸣这近乎矛盾的做法依然似懂非懂。然而彼时的胖三并不知道，剑鸣内心的挣扎还远非如此。讲述中，剑鸣始终直视着地面，脸上仿佛凝结着一层雾，忧郁而深邃。胖三隐约觉得，眼前的这个小伙子属于他从未见过的类型，心中莫名地感动。叙述者和听众都没注意到，不知什么时候，寝室里就已只剩下他们两个人了，其他四个人以及四个崭新的饭盒早已不知去向。对于他们来说，吃一顿辣子鸡要比听一个新同学口中不知所云的故事实惠得多。

胖三不知道是该替剑鸣惋惜还是高兴，因为这给他带来尴尬的同时也明确地告诉他，其他几位并非同道中人。在他们看来，奢谈理想的人离傻瓜的距离绝不超过一厘米。然而让胖三惊讶的是，当剑鸣抬起头发现其他人早已不在的时候，脸上的表情丝毫没有变化，仿佛他刚才的一席话完全是在自言自语。

晚饭时间，天气潮湿而闷热，两个志趣相投的青年走在瘦竹园的小径上，面前的一切都显得新奇而美好。从宿舍到食堂再到校园，视角一点点开阔，迷雾开始在剑鸣棱角分明的脸上退去。剑鸣再次谈起当年阅读那批书籍时的震撼：他疯了似的在学校的操场上跑了一圈又一圈，直到把自己累倒。他躺倒在草坪上，望着满天星斗，放声大哭。天旋地转，黑夜狰狞可怖……说到这里，胖三看着剑鸣，心想，哈哈，这个可爱的家伙！

入校后头一夜，大雨如期而至，雨点击打在窗外玻璃上噼啪作响。陌生的环境下，大家还没有找到各自打发时间的方式，只能待在寝室里无所事事。两个东北男生蠢蠢欲动，张耀武从口袋里拿出了一包软中华，依次递给张扬威、巩波、邓涛，并顺手给他们点上。剑鸣意识到，他和胖三被孤立了，或者说，他们俩把自己排除在外了。透过席子的缝隙，胖三看见剑鸣时而曲肱而枕，时而坐立，时而挥笔疾书。显然，此刻的剑鸣已经进入了他自己的世界。胖三掏出手机给剑鸣发了条短信，期待得到剑鸣的积极回应。剑鸣快速按动键盘时的微小震动让胖三很是兴奋。不多久，剑鸣的短信就过来了，不是胖三期待的谴责，而是一首即兴创作的小诗：

孤独的王

水，软弱的水，我害羞的妹妹/她触到了草莓，却触不到春天/没人告诉她小路的尽头是否会/出现一头含情脉脉的豹子，等待她去采摘/再宽广的记忆也容不下一厘米的爱

我有一个放弃思考和恋爱的兄弟/乘木筏从水上重回桃林/将世界上仅存的一瓶酒，一沓诗稿/留给所有待字闺中的姑娘/作为她们富有的嫁妆。/在一个柔软的夜晚/模仿帝王的姿态，将酒壶以疼痛的名义/写进历史。/孤独的王，孤独的王/将全世界的孤独照亮

那时我武陵年少，与一只蝴蝶合谋/打算与春风、杨柳以及鸟鸣/平分秋色，乡间的国土上/开满如花的谎言。/烟丝和笔，我忠贞的妻妾/放弃鲜花和流水，只为/留住五月。

雨季来临，成熟了满地寂寞/我忍受得了蝴蝶却忍受不了黄昏/百花争艳的溪头熟睡一头小鹿/赶不走忧伤，忧伤却更长/《鹊桥仙》能从一只草莓里长出来吗/讨厌动词的书生是富有的书生/仲夏夜不适合做梦/唐诗里的露水和林黛玉的花

锄/打翻酒壶里的秘密/与《离骚》恋爱的书生难免会哭鼻子/失恋的唐伯虎说：中文系女生/是一群八又二分之一的女人/所有的女人都迷恋于苹果的结构

这个结论来自某某晚报/童年的一次走神持续到现在/使我长成了一尾沉默的鱼/少了笛声我无法正常生活/好像我曾和记忆相依为命过/月光下/我不过是一个用月光喂养思念的书生/一只紫色的蝴蝶，抑或一头执着的小鹿/在一个适合抒情的春夜里/迷恋于奔跑和想象/雨一直下/……

鲁南师大为期两周的新生军训在绵绵细雨中画上了句号，按照师大以往的惯例，学校在大礼堂为新生安排了一场讲座。按照校方的说法，之所以安排讲座，是为引导新生尽快适应大学生活，以免部分学生因为脱离高中学习的高压状态自我迷失误入歧途。是不是有学生误入歧途大家并不知道，但仅仅是军训期间，2006级哲学系就迅速出现了十对情侣。每天军训完回到宿舍，"耀武扬威"便会第一时间在窗口架起新买的望远镜，绿树掩映下，对面小山上不时有穿着迷彩服的情侣花前月下。

人文学院要求本院学生全员参加讲座，违例者将被剥夺评选奖学金以及申请入党的资格。这招用在那些一颗红心跟党走或者万事向钱看的"三好学生"身上向来屡试不爽，可剑鸣却不吃这一套，尽管他一入学就被辅导员罗慧老师安排了一个班长的角色。在剑鸣看来，留在宿舍听听无聊的广播也比参加令人乏味的讲座更有意义。胖三显然还对集体活动抱有幻想，学校通知一下，他屁颠儿屁颠儿地就去了。学校大礼堂委实壮观，黑压压一片五千多个脑袋，给人一种想要收割的冲动。一位名叫刘伟的心理辅导专家在台上胶东方言与唾沫星子齐飞。刘伟真萎，小个头，大嘴巴，高额头，笑起来像厄尔尼诺神像似的。五分钟一过，台下睡倒一片，仪态万千。

胖三坐在前排，原本兴趣盎然的，可刘教授的演讲刚刚开场就将他轻松打败——他宁愿喝三鹿奶粉也不愿再听他长篇小说式的废话了。据可靠消息，刘教授按小时收费，单价四万。金碧辉煌的大礼堂里"哈欠"与"屁响"此起彼伏，胖三无奈从口袋里拽出一本《少儿不宜》读了起来。齐小驴的口才显然比刘教授高明得多，他低下的头再没仰起过。不知什么时候，一双手在身后蒙住了胖三的眼睛，他条件反射似的把书藏了起来，回头一看，却是剑鸣。

"你怎么来了？"

"我在宿舍听广播，谁知道校广播台也在直播这个讲座，我硬着头皮听了几句，真是自虐，一秒都受不了，这不就想着过来解放一下你们这帮劳苦大众。"剑鸣慢条斯理地说，语气里满是调侃。

"好啊，胜利属于人民，下面我们把舞台留给你。"胖三拿话挑衅剑鸣，窃以为剑鸣的胆还没大到入学两周就敢挑战学校威权的地步。

"我要是直接上去把他弄下来，他也太倒霉了。这样吧，咱抛硬币，若是正面，我上去，他下来。"

"嫁出去的姑娘泼出去的水，说话不算数罚一星期大片肉盒饭。"胖三步步紧逼。

一枚硬币应声落地，正面。

"不怨我，怨他运气太差了。"剑鸣一溜小跑冲向主席台，胖三愣了。

接下来，鲁南师大大礼堂上演了建校以来最轰动的一幕。剑鸣走上主席台，当着几个校领导的面，递给刘教授一张小字条，然后小声说："天挺热的，要不您老先回去歇会儿？"胖三这才意识到，剑鸣显然是有备而来的。台下的学生们不明所以，以为是演讲中事先安排了的插曲，刘教授也被眼前这个小青年搞蒙了，看了看旁边的校领导又看了看剑鸣，说："这位同学，我不明白你的意思。"剑鸣笑了笑，转身走下台去。台下的胖三，早已出了一身冷汗……

第二章　小鱼的理想

2007年春夏之交的鲁南师大，日光白花花地耀眼，乔园楼前的丁香花下，男生们流连忘返，为他们心仪的姑娘打着开水。旁边的足球场上，男生们乐此不疲地练习射门，也许不远处，正坐着一位可爱的姑娘。这是一个恋爱的季节，孤独的人是可耻的。

博雅楼1501教室，2006级哲学系新生周剑鸣正为下课后的午饭发愁，弟弟这个月送来的生活费让他换成了不久前许巍演唱会上的一次心潮澎湃。室友胖三在被食量惊人的剑鸣蹭了一星期盒饭之后，兜里的钱包早已空空如也，只好心虚地看着面前这位痴迷音乐和诗歌的天才少年，全没了上一周扮演雷锋时的豪壮之气。剑鸣慢慢地将屁股挪向胖三，装出一副可怜兮兮的样子。胖三把钱包翻个底掉，无辜地看着剑鸣："你就别打我主意了，我有多少料你还不知道吗。"

剑鸣怀疑地看着胖三，两只手在面前的这堆肥肉间翻找着："你姐上星期不是还背着你爸偷偷给你寄钱了吗？"

"你还好意思说，我本来留着这钱买哑铃的，人家姑娘都说了，在我的体重下降到正常标准之前，是不会给我机会的。谁知道你这么残忍，花起哥们的钱可真不手软，三百块钱，一眨眼就让你变成了一堆不能吃不能喝的破CD。"

"俗，真俗。面包会有的，玫瑰也会有的，精神文明和物质文明两手抓，两手都要硬，填饱肚子是基础，但仅仅填饱肚子还是不够的。来，赶紧的，把小金库拿出来吧，泡妞的事，我回头给你支招，包你手到擒来。"剑鸣嬉皮笑脸地和胖三套近乎，只不过饿着肚子，说起话来也着实没了底气。

"那你赶快用你的一堆精神食粮填肚子去吧，就不要打我的主意了，哥们我留着面包才有机会去采摘我的玫瑰。"胖三边说边往一边撤身子，他算看出来了，饿红了眼的剑鸣把他这一身肥膘吃掉的心都有。

"胖三，不，胖哥，胖哥你下课给咱姐打个电话，让她再支援一下咱这贫瘠的胃。"自尊心仅仅受到了一丁点打击，剑鸣嬉皮笑脸的演技就已经大打折扣了。

"算了吧，我可开不了口。"见剑鸣没有知难而退，胖三的拒绝就有了视死如归的色彩。

"胖哥，要不这样，你把咱姐的号码给我，我来打，就当是我借的。”难得剑鸣的脸皮如此之厚，想来是真没了办法。

“你就放了我吧，这个月为了你我都找过我姐三回了。现在我姐一看见我的号都想摔手机了，你要不想看着我姐夫逼我姐离婚，就放俗人一马吧，别妄想从俗人这里解决你的物质食粮问题了。俗人今天郑重宣布，以后坚决和你们文艺界的划清界限，一心扑在饮食男女上。”

“这个月咱都借咱姐三次钱了？你确定？”剑鸣也有些不好意思了。

“我确定、一定，并且肯定！”

“你啃腚？那你等一下，为了发扬伟大的人道主义精神，我撅腚，你啃吧，不过还请念在我睡你上铺的分上，下嘴轻点。”剑鸣夸张地撅起屁股，企图转移尴尬的话题方向。

“去你的，就你这天天被盒饭糟蹋的屁股，全割下来也榨不出二两油来。就是榨出来了，也和普通猪油不一样，也得是摇滚猪油，咂一口还带着许巍的味。”

“你只说对一半，我这不仅是摇滚的屁股，艺术的屁股，还是无公害屁股，不像你们这些城里人，都是喝地沟油吃转基因面包长大的。你们那屁股，让狗咬一口，狗都得有一百零八种死法。”

“你就别贫了，留着点力气想一下今儿中午的物质食粮问题吧。”

“放心吧，21世纪没有饿死鬼。”剑鸣脸上仍是一副无所谓的样子，自尊之河却已然决堤。

"拉倒吧，不就是想到你们诗社那里去蹭饭吗，你们文艺界的，都属蹭的，他们不到你这儿来剥削你就好了，你还想剥削他们，趁早死了心吧。"话一出口，胖三就后悔了，剑鸣的脾气，他了解，若真驳了他的面子，九头牛也拉不回来。于是十分不情愿地脱掉鞋子，从鞋垫下抽出一张满是脚臭的百元大钞，"看你也差不多认识到问题的严重了，我就再接济你一回，给，这是我仅存的一点私房钱，拿去解决你的饮食男女问题吧。"

"俗话说，'饿死事小，失节事大'。"剑鸣摆出一副不食人间烟火的样子，学着戏曲念白的腔调说。

"行了吧，就别玩清高了，小心遭雷劈。"

"那你求我，求我我就收下。"剑鸣为了守住自己仅存的一点自尊，开始耍无赖了。

"看你那欠扁的样，不要拉倒。"胖三重新把钱放回鞋里。

"谁稀罕啊，自己动手，丰衣足食，走了。"

看着剑鸣偷偷溜出教室的背影，胖三追悔莫及。如果不是实在有困难，剑鸣今天不会这么低三下四。小镇青年周剑鸣，每个月只有几百块生活费，尽管懂得如何把一块钱花出十块钱的效果，也依然难以支撑他在书籍、CD、演唱会等这些文艺产品上的开销。

剑鸣站在博雅楼前的环校路上，茫然四顾。他需要一把吉他，有了吉他，就能弄到钱。可惜他没有。学子会馆旁边的小树林里，三十几号社团正忙着春季纳新，一时间好不热闹。深蓝色爱乐者协会的几个小青年扯着嗓子卖命地吼唱着，企图制造出压倒性的声响，以此来吸引过往的路人。

刚入校那会，剑鸣就知道学校有这么个社团，前后接触过几次，没有几个能聊得来，权且退避三舍，省了十块钱会费。

"能借你们吉他用一下吗？"剑鸣对"深蓝色"招新点的一个容貌清秀的姑娘说，似乎没有意识到自己缺乏铺垫的开场白对于一位姑娘——尤其是一位漂亮姑娘来说，着实有几分冒昧。

"当然可以。如果你也喜欢音乐的话，可以加入我们社团。大家可以一起学习，进步。"姑娘一眼就认出面前这个小青年正是在"兰园公寓事件"中为学生们"抛头颅洒热血"公然在校长办公室楼下吼唱《国际歌》的家伙！那狂放不羁的眼神，她至今记忆犹新。出于对剑鸣歌声的痴迷，姑娘竟也附带着对这歌者生出了一丝好感。

"我——我是想说——能把吉他借回去玩玩吗，比如玩——两周。"剑鸣说这话的时候，心里的底气至少折了九成，权且把头扭向一边，做出一副半是害羞半是无赖的样子。

"这恐怕不行。不过你如果加入我们社团的话，就可以随便玩了。"姑娘有些诧异，她没想到这个能把吉他弹奏得出神入化的家伙竟会没有一把属于自己的吉他。

"那好吧，我加入。"剑鸣从兜里掏出十元会费放在姑娘面前。

"如果我没记错的话，上学期我们社长追着让你加入'深蓝色'，你都不屑一顾，怎么现在这么痛快了？"姑娘有些不解。

"我痛改前非洗心革面重新做人了可以吗？"剑鸣转过头直

视甚至是逼视着面前的姑娘，企图"以进为退"。

"那好吧，我说不过你，不过不好意思，会费涨了，二十元。"

"上学期不还十元的吗？"剑鸣愣了，此刻他兜里只有十元，哪怕多一分肯定也是来历不明。

"是这样的，因为要添置乐器和租借新场地，所以从这学期开始，会费标准就提高了，我们也是不得已而为之。"

"那算了吧，不好意思。"剑鸣把放在桌子上的10元重新装进兜里，脸上分明写着一个"囧"字。

"你是不是遇到困难了？"女孩似乎很关心这个问题，问得直截了当。

"你怎么知道？"被点破了心事，剑鸣有些难堪。

"我上次在街上见你唱歌，唱得真好。"姑娘似乎怕伤了剑鸣的自尊，刻意让语调的重心落在了后半句上。其实她不仅看见了剑鸣在街头卖唱，还悄悄往剑鸣面前的小盒子里放进了一张百元大钞。正是这张带有姑娘体温的人民币解决了剑鸣一个星期的伙食问题。除此之外，姑娘还知道剑鸣当天弹奏的吉他正是一位既是剑鸣的同学又是"深蓝色"会员的男生从她本人这里借走的。

"既然你都知道了，我就直说吧，我现在浑身上下就十元，入会是假，主要是想从你们这蹭一把吉他拿去唱唱歌，挣点钱填肚子。"剑鸣自己都有些惊讶，何以一向孤傲的自己会在一个素不相识的姑娘面前变得惊人的坦白。

"这样吧，会费我先替你垫上，回头你赚了钱，请我到竹韵楼茶馆喝茶怎么样？"女孩略带笑意地说，虽然是在征求剑鸣的意见，可那腮旁的一抹红晕却分明是在向剑鸣说："不见不散！"

"似乎没有理由拒绝你，你说呢？"已经打算离开的剑鸣又转过身来。尽管他转身的姿势足够潇洒，也丝毫不能掩盖他此刻的别无选择。

"目前来看，好像是这样的。"女孩歪着头，轻点着下巴。

"好吧，你的情我领了。"剑鸣摸了摸自己的脑袋说，看那样子，好像是一位临危受命的救世主。

"我们今天纳新，好点的吉他得留着撑门面，我们社长恐怕不舍得外借，还有一把差点的木吉他，你要是不嫌弃，可以先拿去用。"女孩说完从身后拿出一把老掉牙的勉强算作吉他的木吉他递给剑鸣。

"哇哦，确实有点历史啊，放你们这有点不合适，你们干脆把它送文物局得了。"剑鸣接过吉他，随便拨弄了两下，"终于知道什么叫沧桑了，听听这声音，少说也得是山顶洞人玩过的吧？"

"你这人真是的，得了便宜还要挖苦我们，干脆还给我吧，免得损了你的身价。"姑娘假装生气，心里似乎又挺喜欢面前这个玩世不恭的家伙。

"误会，绝对是误会，我这哪里是挖苦，分明是一种溢于言表的崇敬之情啊。"剑鸣笑着看着姑娘，说得煞有介事。

"你说对了，你还真得有点崇敬之心，这把吉他是我们社团创始人兼第一任社长玩过的，离现在整二十年了，现在它的主人已经是国内有名的歌手了。"

"二十年，比我还大?！那我可得求它保佑我今天能有个好收成了。好了，不打扰你了，我先撤。"剑鸣本还想和姑娘斗几句嘴，却看见不远处两个穿着"深蓝色"文化衫的男孩，正以四十五度角斜瞟着自己，那不友好的眼神分明是在说："她和你说话的语气以及看你的眼神，都让我们想打人。"剑鸣不想和几个愣头青争强好胜，只好转身离开。

"拿上你的会员证，从现在起，你就是我们'深蓝色'的一员了。"女孩喊住剑鸣，把一个蓝幽幽的小牌子挂在了剑鸣脖子上。

"上当了，才二十元就把自己卖了。"

"这叫注册，从今以后，你的专利权就归我们社团所有了。去吧，孩子，被靡靡之音毒害的人们等着你去解救。"姑娘调皮地说。

"同学，我走了，如果我死了，请帮我把这两毛钱党费交了。"剑鸣摆出一个视死如归的造型，向女孩挥了挥手。

走出去不远，剑鸣又猛然转过身，把吉他支在地上，故意挑衅地看着旁边的几个男孩，对姑娘说："能问下你名字吗？"

"我叫——关琳。"女孩低下了头，拂了拂散落在额前的头发，似乎连自己的名字也要想一想。

"记下了，回见！"说这话的时候，剑鸣的眼神再次与旁边的男孩们交会在了一起，哐当一声，炸了。

有了吉他压阵，剑鸣信心倍增，心一横，就奔了国贸大厦。

因为刚好赶上中午的饭点，路上的行人着实不少。不知道是剑鸣的歌声太美了还是临沂人民的脑袋里富含音乐细胞，总之剑鸣一曲《蓝莲花》过后，国贸门前已是水泄不通。看着小山一样的毛票，剑鸣热血沸腾，观众点什么，他就唱什么。有两个小伙子各自慷慨地给他送上百元大钞，然后一个点了撒克皮特，一个点了鲍勃·迪伦。剑鸣知道遇到了知音，丝毫不敢懈怠。两个男孩比他还投入，手里的烤肠都摇飞了。

人群中突然出现了两个穿制服的男人，不知是谁高喊了一声："城管来了！"剑鸣拔腿就跑。农民的儿子周剑鸣曾经和自己的双胞胎弟弟一起打破了水县中学五千米长跑纪录，逃跑对他来说并不是一件困难的事。但让剑鸣出乎预料的是，即使他跑过了临西八路，身后追赶的脚步声也依然清晰。以他的性格，逃跑已经够给城管面子了，哪知他们摸到了台阶不往下滚倒还想更上一层楼。剑鸣索性不跑了，把手上这块叫吉他的木头往地上一戳，然后潇洒地转过身去。让他惊讶的是，追赶自己的不是城管，而是两位把烤肠都摇飞了的"土豪"。

"你……你跑得可真快！"率先追上来的男孩个子高高的，脸型瘦削，胳膊上文着切·格瓦拉的标志性头像。他一边说，一边大口地喘息着。

"你们追我干啥？"剑鸣抱着吉他靠在公交站牌上，有些摸不着头脑。

"第一你钱……钱没拿，第二你跑这么快我……我很受伤。""切·格瓦拉"笑着把手上的纸盒递给剑鸣，里面装着剑鸣两个多小时的劳动成果。

"太感谢了，"剑鸣感激地看着对方，"我小时候常往山上跑，有点底子，你怎么也这么能跑？"

"正儿八经的国家一级运动员。""切·格瓦拉"也累得够呛，坐在路牙石上，用手指着自己两条修长而结实的腿对剑鸣说。

后面的男孩这时候也赶了上来，"扑通"一声坐在了地上，看样子是累坏了。他容貌极清秀，眉间生着一颗美人痣，只是皮肤略微有些黑。

"你跑什么？"剑鸣和"切·格瓦拉"不约而同地问，他们的疑惑是一样的。

"我看见你们跑，我就跑了，谁知道你们还跑起来没完了。""美人痣"吃力地说，一副要散架的样子。

三个小青年还没来得及互通姓名，"美人痣"就慢悠悠地站了起来："兄弟，不行啊，还得跑。"剑鸣回头一看，苦笑一声："真够要命的。"说完撒腿就跑。切·格瓦拉这才注意到追上来的两个胖敦敦的城管，拍了一下"美人痣"："哥们儿，咱得帮他一下，你往南跑，我往北跑。""美人痣"只好慢吞吞地站起来用比走快不了多少的速度"跑"开了。

等城管近了，"切·格瓦拉"一边倒退着往北跑，一边喊，"城管叔叔，您这身板我看以后还得多下点功夫，今天就当练习了，不过你们这精神呢，我很感动，不有这么一句话吗：'给我三千城管，还你一个完整的中国！'你们就应该顺应民意，誓死守卫南海或者藏南什么的。"两位城管气得脖子都青了，无奈腿脚跟不上，只好把警棍硬生生地甩了出去，不巧却不偏不倚地砸在了路过的一辆大奔上。"吱"的一声，大奔停了下来⋯⋯城管闯祸了。

第三章　白衣飘飘的年代

半月后某夜。

医学生苏野刚从解剖实验室里走出来，泛黄的白大褂上散发着浓重的福尔马林味。晓南湖畔坚硬的摇滚乐伴着放学后学校食堂的饭香适时地飘了过来，乐感良好的苏野体内的肾上腺激素水平瞬间爆表。他一把扯掉了套在身上的白大褂，迅速地整理了下凌乱的头发，实验室的玻璃门上瞬间就现出了一张阳光帅气的脸。他满意地笑了笑，循着歌声跑去了。

晓南湖畔，一帮男女学生以各种不规则姿势围出了个极不规则的圆圈，中间端坐着三个男孩，在吉他的伴奏下，唱着来历不明的曲子。苏野很快就注意到了坐在最前面的男孩。男孩个子不高，额前的头发微微地打着卷，黑框眼镜的一角，镜片已经开裂了，嘴里的半截烟头在夜色中忽明忽暗。苏野惊讶于他近乎完美的歌声，以及当他歌唱时即将掉落却又从容地燃烧着的烟头。聪明人苏野知道另外两个人的吉他只是弹弹简单的分解和弦，在面前这个男孩的映衬下，显得黯然失色。向来自信的苏野，觉得自己十几年来引以为傲的指上功夫一瞬间成了花拳绣腿，再也不好意思说自己是一名吉他手了。好在他的贝斯还拿得出手，让他勉强认为自己在音乐圈里还有容身之地。

眼睛逐渐适应了黑暗之后，苏野发现这个天才乐手的腿上乱七八糟地缠着些绷带。很明显，他刚刚骨折。再往周围看，他很快发现了那位和自己一起挥百元大钞如粪土，并且在与城管的"长跑比赛"中名列季军的男孩。苏野堆起笑脸走过去，试图和这位"季军"朋友套近乎，以便能盘踞在人群中间，表明自己的圈内人身份。

"哥们，还记得我不。"这是亚军在问季军。

"不认识你也认识你这条好腿啊。"季军似乎对亚军颇有好感，挪了挪屁股，给他留出一小块空地。

"谢谢。哥们儿哪个系的？"

"物理系，佴志全，你呢，哪个山头的？"

"麻醉系，苏野。"

"确实够野，光看身板就看出来了。"季军说着往亚军肚子上捶了一拳。

"这哥们谁呀？吉他弹得巨好。"苏野问。

"你忘了他了？哲学系周剑鸣，'深蓝色'新来的高人，在国贸大厦咱们仨一块认识的啊，就特能跑那个。"

"不会吧，那哥们儿歌唱得不错，吉他弹得一般啊。"话还没说完，苏野就发现了问题所在。彼时的剑鸣是用一块"烂木头"在演绎，亏得他有两下子，否则还不知道会不会把摇滚唱出国歌的味道来呢。而此时的周剑鸣，怀里一把进口泰勒吉他，派头十足，功力陡增。对于一名乐痴来说，区别另一个同道中人的方法不是看他嘴角有多少根胡须或者鼻尖是否长有粉刺，而是通过他的歌声或者他操纵手中乐器的能力。所以，剑鸣手中的吉他蒙蔽了苏野一点也不奇怪。

苏野正犹疑着，场上一曲结束，掌声混杂着尖叫声响起来了。从叫声中分辨，女生居多。

"我为大家演唱一首我自己写的歌吧。"剑鸣低下头，声音低沉，眼睛却越过人群搜寻着某张脸。

在温和的晚风中，周剑鸣沉醉着，手指娴熟地拨弄着吉他，歌声温润如玉：

风吹了不知多少年/吹出了一棵古枫/水洗了不知多少年/洗出了一个女孩/风又吹了不知多少年/吹出了一片树林/水又洗了不知多少年/洗出了一群男女/人们不知要喝多少酒/才能一醉方休/人们不知要醉多少回/才能一无所求

熟悉的旋律让苏野恍如隔世，他惊讶而急切地攀着剑鸣的肩膀问："你知道'绿皮火车'吗？我在贵州小镇青岩听过他们的歌。"

"那是我原来的队伍，2004年的暑假我们几个从临沂出发一路走一路唱，中间途经青岩，停留了三天。到达西藏的当天，我们乐队就解散了。"

"为什么解散？我从没见过比那更出色的乐队。"苏野丝毫不掩饰自己的崇拜之情。

"因为当我们踏进西藏的时候，才发现我们歌唱过的这片土地和我们所到过的任何一个地方没有什么两样，我们突然之间失去了彼此依附的欲望，最后就只能各走各路了。"这些话如果在别人口中说出你一定会觉得矫情，但当这些词语从剑鸣的胸腔里升起的时候，你就会觉得莫名的神圣。

"真牛！"苏野兴奋地叫了起来，"还认得哥们我吗？！"

"你一过来我就认出你了，你们俩上次可把我累得够呛。"

三个人都笑了。

十点以后，人群开始逐渐散去。苏野从兜里掏出一盒万宝路，丢给志全和剑鸣，顺手从剑鸣手里接过吉他："外国货，行啊，比你上次用的那破玩意儿强多了，哪弄的？"

"千万别羡慕，咱以后就是人家的人了。"剑鸣摇了摇自己胸前的深蓝色爱乐者协会会员证说。

"牌子货手感就是不一样，我也练练手。想听啥，本少爷今天满足你们。"

"哟，口气不小啊。"志全挑衅地看着苏野。

"想当年哥们在人大附中也是名人啊，吼一嗓子，小姑娘们都要疯狂的，只是哥们咱不好这一口，要不然还不知要闹出什么风流韵事呢。"苏野弹了弹烟灰，故意做出一副纨绔子弟的样子。

"好，那哥们可就真点了。"

"你随意。"苏野拨了两下琴弦，有点爱不释手的意思。

"好，那先给爷笑一个。"剑鸣调侃说。

"去你的。"

"约翰·丹佛吧，哥们最近挺迷他的。"志全说。

"嗨，这是欺负我不懂英语啊，哥们英语就没及格过。"

"看吧，牛吹大喽。"志全嬉笑着说，看来仨小青年已经混熟了。

"我试试，就*Take Me Home，Country Road*《乡村路，带我回家》吧，别的哥们也不会。"苏野清了清嗓子，站起身，唱了起来。

苏野抱着吉他，就像抱着一位美丽的姑娘。仿佛吉他就是一切，吉他就是他的春天。他闭着眼睛，手指在吉他上欢快地跳跃着。如果不是亲眼所见，剑鸣一定不会相信面前这个花瓶一样的男孩能把吉他拨弄得出神入化。志全已经完全迷失在了歌声里，恍惚间像是开着车子穿行在美国西部的大草原上。苏野也有些忘乎所以了，他跳上了晓南湖边的假山，旁若无人地弹唱着……

一曲唱罢，站在假山上的苏野，像个大牌明星似的向他的两个观众挥着手。剑鸣和志全送给他一阵夸张的掌声。

　　"你小子让我想起中学作文课上被大家用滥的一种修辞方式。"志全倚在一棵小树上故作神秘地说。

　　"想损我就尽管放马过来吧，本少爷有一颗强大的心脏。"苏野说着从假山上跳下来。

　　"欲扬先抑！"剑鸣坐下来，一只手撑在地上，配合着志全的双簧。

　　"本少爷才华东西南北上下左右横竖都溢，你们夸我干吗不直接说呢，我绝对承受得了！"

　　"苏野同志，我很惊讶，我对您的才华佩服得五六七八九体投地球，我真没想到您还会演唱斯堪的纳维亚半岛某土著部落的鸟语歌曲，不仔细听，还以为你唱的是英文呢！"剑鸣由衷地欣赏苏野，嘴上却故意打趣他，还做出一副一本正经的样子。

　　"哥们，我的斯堪的纳维亚鸟语唱得确实不咋样，你给咱示范一下，让我也学习一下真正的鸟语歌曲。"苏野冲着志全说，看来他想摸一摸面前这个光说不练的家伙的底。

　　"很显然，我今天要是不意思一下，你们是不会让我活着回去啊，好，我就成全你们这两个小人，说吧，想从哥们哪开刀，给个痛快的。"

　　剑鸣主动接过吉他，什么也没说，就弹了起来。Beyond，《不再犹豫》。志全有些惊讶，在21世纪的小城临沂，还有一个青年，能如此投入地弹奏吉他。苏野也不得不承认，这个叫周剑鸣的家伙简直就是为吉他而生的，老天不公，还给了他一副让人嫉妒的嗓子。

"简直酷毙了，激情四五六七八胡乱射啊！"苏野兴奋地打着节拍。志全"砰"的一声扯开了衬衫的扣子，"无聊望见了犹豫，达到理想不太易，即使有信心，斗志却抑止。谁人定我去或留，定我心中的宇宙，只想靠两手，向理想挥手，问句天几高，心中志比天更高，自信打不死的心态活到老……"

唱着唱着，独唱就成了合唱。在这个夜晚，三个文艺小青年互相认同了彼此。从此以后，在师大，在他们最倔强的青春里，他们不是一个人在歌唱。

离熄灯铃还有十分钟，三个小青年各自往自己宿舍跑。剑鸣背着社团的吉他一路狂奔。到楼下的时候，一个熟悉的声音喊住了他。

"怎么是你，你在这干啥，快熄灯了。"剑鸣向黑暗中一个漂亮的身影说。

"等你。"

"等我？"

"对。"

"你有事？"

"也算有事吧，就是来提醒你，你似乎忘了请我喝茶了。"女孩背着手从黑暗中走到灯光下，看了看剑鸣，转身往乔园公寓走去了。

剑鸣愣愣地站在原地："我恋爱了……"

第四章　逍遥行

仨小青年认识不久，彼此就惊讶地发现委实有几分臭味相投，于是就心悦诚服地扎在了一堆，有点物以类聚人以群分的意思。博雅楼5403教室，物理系2006级教室最后排，是他们最近几天晚自习时常盘踞的角落。剑鸣、苏野围坐在志全左右，看着这个家伙飞快地在稿纸上倾泻着他内心的恣肆。

蓝色墨水，飘逸的书法，炙热的诗句，不等志全写完，剑鸣、苏野就迫不及待地把稿纸夺了过来。剑鸣不知哪里来的勇气，对志全说："我上台去朗诵这首诗吧。""你看着办吧……"志全作小男人状，声音细小如蚊，不置可否。

苏野拍手称快，提议说如果剑鸣到讲台去朗诵这首诗，志全就请剑鸣吃一个星期的盒饭。志全嘴上不说，心里却兴致勃勃地同意了，眼睛不时暗自瞥向前排一个头发乌黑如瀑的姑娘。该剑鸣出场了，他一边走一边想：硬着头皮念吧，分分钟的事。还没站定，全班同学就已经齐刷刷地盯住了剑鸣这个熟悉的陌生人。

"物理系的各位同学，大家好，我是哲学系的周剑鸣，是你们班佴志全的朋友。我看大家都挺用功的，估计也都累了，我来朗诵一首诗吧，佴志全同学一分钟之前的杰作。"

教室里有零碎的掌声响起，也有不屑的貌视。不过这些都无关痛痒，志全在意的听众是那位头发乌黑如瀑的姑娘。"我所热爱的少女，芦苇丛中的少女……"

剑鸣朗诵完志全的诗，已是汗流浃背。心想，便宜了志全这家伙，此刻最享受的该是他了。岂止是享受，在剑鸣朗诵的短短几分钟里，姑娘红着脸装作看向窗外，眼睛的余光却偷偷向志全这边顾盼再三，而这每一次的顾盼又恰好被窗下的有心人全部接收到，幸福的潮水瞬间就淹没了他的青春。接下来的一周，剑鸣再也不用为"吃"这个困扰了中国人几千年的伟大命题而发愁了，每天中午十二点半，志全会准时送来红烧肉或者煎蛋盒饭，味道至今让他回味无穷。

时间倏忽而过。师大2006级这仁小青年已经入学半年了，随着这个文艺小团伙的不断壮大，军二代苏野干脆在校外租了一套小两居作为师大文青们的大本营，并取了个饶有趣味的名字——狗洞。苏野说他的爷爷曾经在七十大寿的宴席上感叹年岁催我如狗，"那么我们不如直接躲进狗洞，永远活在二十岁的年轮上，让时间这条狗永远找不到我们……"。

"狗洞青年们"在拨弄音符的同时也切磋诗歌的技艺。这里有尚好的音响、青岛啤酒和烤肉串，也有花样迭出的吉他弹唱和组建一支乐队所需的所有设备。很多个夜晚，他们谈论着彼此新写的曲子或者小诗，从傍晚一直闹到凌晨。以剑鸣为首的这个三人小团伙很快便成为师大学生们崇拜的对象。他们除了崇拜志全的好嗓子以及剑鸣才华横竖都溢的诗句之外，还崇拜苏野的厚脸皮。苏野经常会带领大家绕过乔园的宿管阿姨进入某间女生宿舍，然后堂而皇之地要求和对方聊一聊伟大的友谊问题。师大女生们对这个帅到脚趾头的男孩宽容得令人发指，以至于有男生无数次在熄灯铃后被锁在乔园公寓。至于他们能否遵守他们只是"聊一聊伟大友谊"的口号就不得而知了。当然除了苏野的厚脸皮，剑鸣的吉他也是大家屡屡得手的法宝。

在随后的日子里，就是这不足七十平方米的"狗洞"，几乎"窝藏"了师大所有自命不凡的文艺小青年，也让无数文艺男青年的手搭上了文艺女青年的腰。以至于一年后再有人企图敲开樱花小区三单元201室的小铁门的时候，苏野都会下意识地怀疑他动机不纯。文艺青年们戏称自己晚上来"狗洞"上班，白天回到俗世去睡觉。除了师大以及本市其他高校的学生，青岛和济南的一些怀有异想的"脑袋"也偶尔带着他们新写的诗或者歌以及他们空空如也的肚子，乘坐火车、汽车、公交车甚至自行车准点来到这里。日子像水一样流淌，有人来了，有人走了，但"狗洞"中最引人注目的依然是周剑鸣。他口才极好，没有一个人能在辩论中占到他的便宜，因为他总是在最关键的时候比别人多看过一本书，多听过一首歌。在苏野看来，当剑鸣在《杂论报》上和众多大人物或者小人物打笔仗的时候，大概只用了他十分之一的脑子。

假期来临，当大部分学生已经结束了课程，穿梭在图书馆或者自习室开始紧张备考的时候，在"狗洞"，师大的文艺小青年们却丝毫不以为意，依然陶醉在这七十平方米的小世界里。志全班里的两位秀色可餐的姑娘，从志全嘴里听说了这个名为"狗洞"的小沙龙，一时好奇心大起，欣然表示愿往"狗洞"一探究竟。其实志全并不知道的是，两位如花似玉的姑娘对诗或者歌并不感冒，她们来"狗洞"，只不过是为了前来鉴定师大女生疯传的"师大第一帅哥"苏野是不是真的帅到了脚趾头。期末考试前一周，两位盛装打扮的姑娘如约来到"狗洞"。"狗洞"中，在一间由厨房改装而成的书房里，深蓝色爱乐者协会的几张新面孔在调试着他们新买的乐器。自从关琳成功收编了剑鸣之后，志全和苏野也就相继投靠了"深蓝色"的队伍。几次活动之后，仨小青年就成了社团的台柱子，学校里的大小晚会基本就靠他们压轴。毫不夸张地说，在师大校园里，仨小青年已经是名声在外的校园名人了，校友中有人干脆给他们安了个"师大三剑客"的封号。"三剑客"惺惺相惜，筹划着组建他们自己的乐队。有苏野这个土豪在，钱自然不是问题，只是他们还没有物色到合适的鼓手。

对于美女，苏野向来是来者不拒，其他男生也自知不是他的对手，早早地躲到了一边。有姑娘在场，尤其是好看的姑娘在场，苏野唱得格外卖力。剑鸣和志全当然知道苏野的嗜好，干脆给他腾出场地，尽着他一个人表现。有卖相，歌又唱得好的小伙子，自然最受姑娘待见。况且两个姑娘本就有几分花痴，眼睛盯着苏野眨都不眨一下，一副女流氓的样子，秋波几度之后，很快便乱了方寸，主动和男主角互换了联系方式。

刚入学的苏野，和现在是极难吻合起来的。自从艺术团那个叫华紫衣的青岛姑娘嫁给了一个美国老男人之后，苏野就像换了一个人，从一个不解风情的书生变成了一名风月高手，就连小菜馆里的女服务员，他也要做出一副恨不能生撕的模样，举手投足间，总不忘嬉皮赖脸地占点便宜。华紫衣模特身材，脸蛋更是没得说，国字头的各类选美大赛时常有她的镜头，一入校就让全校男生不约而同地害了相思病。国庆前夕，学校三十几号社团举行秋季文艺大会演，一时间八仙过海各显神通。作为深蓝色爱乐者协会的新秀，苏野熬了一个通宵，写了一首情意绵绵的小诗，还谱了曲。会演当天，在瘦竹园深处，苏野抱一把木吉他，深情款款地低唱着。泛滥的小资情调对于习惯于幻想的姑娘们，向来具有所向披靡的杀伤力。一曲过后，苏野吸引了足够的眼球。流连者之中，有一位便是华紫衣。此情此景，加上动听的歌曲，没有点点缀是说不过去的。于是，华紫衣冲苏野笑了笑，拨开众人，众目睽睽之下翩翩起舞了起来。后果是可以预料的，全校的男生一夜之间集体心碎。

苏野的歌声的确打动了华紫衣，可华紫衣的孔雀舞却没有让苏野有什么进一步的想法。那个时候，在文艺小青年苏野心里，他只爱一位姑娘，那就是"缪斯"。但青岛姑娘的勇气比青岛啤酒更让人难忘。在华紫衣的眼里，对付一位歌手，最好的办法就是情歌。于是，就上演了戏剧性的一幕。有一回苏野他们上生理公开课。课上到一半的时候，青岛姑娘推门而入，说："不好意思，打断一下。"当大家还没反应过来怎么回事的时候，华紫衣就唱了一曲《月亮代表我的心》。歌当然是唱给苏野的，只是"我本将心照明月，岂料明月照沟渠。"文艺青年苏野，傻瓜苏野，菜鸟苏野，榆木疙瘩苏野，在一次次拒绝了美丽的青岛姑娘之后，被同宿舍的哥们捶胸顿足破口大骂："朽木不可雕也！"青岛姑娘伤心欲绝。她决定报复苏野。不过方法实在不够高明，白白地给"恋爱中的女人都是傻瓜"这句话增添了一个不错的注解。

国庆之后，有位美国两院院士来师大讲学，顺便到泰山玩玩。当然，这是校方的说法，实际上这句话应该倒过来说。师大这座小庙能请到两院院士这尊大佛，香火肯定要烧足了。于是，校领导决定在本市公开选拔接待两院院士的形象大使，选来选去，最后还是花落鲁南师大，鹿死华紫衣。三天的讲学时间里，华紫衣寸步不离这位年过六十的老院士。老院士离开的时候，校领导问老院士对临沂市、对师大有何感想。老院士色眯眯地看着华紫衣，说："This girl is so beautiful！"既然老院士如此欣赏华紫衣，校方只好让她多陪这位老色鬼几天。结果，泰山一游之后，华紫衣就成了布朗夫人，连学校都没回，直接飞了美国。后果是严重的，在师大男生看来，这样的结果是不能接受的，肥水怎么能漂洋过海流到美国去呢，这么好的姑娘怎么能让洋鬼子睡了呢，简直岂有此理！等全体男生冷静下来的时候，苏野就成了众矢之的：要是这小子早把华紫衣拿下了，老色鬼早该找地方凉快去了！

苏野的苦日子来了，至少在一周之内是这样的。在男生们还沉浸在巨大的悲痛中不能自拔的日子里，苏野不是今天丢了病理课本，就是明天丢了暖水瓶。华紫衣的报复就像绍兴黄酒一样，开头风平浪静，后劲却足得很。苏野被整得焦头烂额之时才明白华紫衣临走前说要报复他的话是什么意思。从此之后，苏野改头换面，决定做一名合格的花花公子，一时间把自己弄得臭名远扬。但这仍然改变不了姑娘们对苏野的爱慕之心。

客厅里，苏野继续消费着他的青春和嗓音，剑鸣和志全在棋盘上已经厮杀了五六个回合，各有输赢，伯仲未分。突然，摇头晃脑搔首弄姿极尽无限深情之能事的苏野，"哎哟"一声，戛然而止。他从地板上站起来，摸了摸脑袋复又坐下："我今晚上好像有系统解剖学考试……"两个月后，也就是新学期开学的第三天，在北京某部队大院，军二代苏野才缓缓抬起头来眺望远在鲁南的师大校园。预料之中的是，他的九门功课全线飘红，还有三门直接挂了零。对于这个结果，剑鸣和志全丝毫没有感到意外。如果苏野不挂科，简直天理难容。

当2007年的第一场雪临幸小城临沂的时候，周剑鸣在鲁南师大的第三个学期也告一段落了。回望一年半的大学生活，留在他脑海之中的那一张张的脸，除了苏野的小白脸和志全的美人痣之外，时常拂乱他心绪的，就是这个叫关琳的姑娘。在别人看来，他们已经是标准的校园恋人了，郎才女貌，没有什么可挑剔的。可在他自己心里，却有一种难以言说的隐忧。他和她在一起，是纯粹而快乐的。但他又隐隐觉得，他们是两个世界的人，故事还没开始就已经是一个错。但他也明白，他无法让自己不去接近她，走进她，读懂她，然后爱她。国庆长假，她主动邀他草原七日游，他没有拒绝。他们同顶一片天，同骑一匹马，他们风驰电掣，他们放声欢笑，在端木蕻良笔下的科尔沁大草原上，他们纯粹地爱着彼此。他觉得自己仿佛是世界上最幸福的人了，至少在那七天里。科尔沁大草原比端木蕻良书写的还要美，但如果是春夏，他一定会带她去自己的老家——在他心里，他的水县老家要比科尔沁草原美丽一百倍。

第五章　青鸟

2008年4月，清晨，鲁南小城临沂。

下了一整夜的春雨才刚刚收住。雨后的临沂城，空气宜人，温和的东南风里夹杂着甜甜的土腥。贪睡的人们，这时候还没有起床，街上的行人稀稀落落的。时令已到暮春，晨间的气温也开始温热起来。不少爱美的姑娘，已经换上了漂亮的夏装，给小城临沂，平添了几分姿色。但伏天还远没有到来，也还不至于热得厉害。鲁南师大门前，三五成群的男女学生，骑着脚踏车，呼啸而过。他们一定是去往水县郊游的。水县并没有几条水，多的却是山。千把个山头，热热闹闹，把水县搂抱得严实，只从南面开了个口子，给外出刨食的汉子们行了个方便。迷龙河就趁机摸了进来，在六娘山一带打了个圈，磨蹭成了大大小小几十个水泡子，滋养了一茬又一茬美丽的水县姑娘。

水县虽不是什么重要景点，但每逢春夏，鲁南苏北一带，也还有不少闲人喜欢到这里逛一逛，体验一回于别处早已无从寻觅的乡村风味。游山玩水自然就得吃，就得住，就有了经济。且水县不像其他县份那样交通便利，有大片平整的土地适合建厂。于是县里权衡一番，瞅准了这里面的利害，有了取舍。不声不响地赶走了城外的几家加工制造厂，连迷龙河上架了几十年的水泥桥也拆了，邀了本地的大葫芦老汉做起了摆渡人。是以河的另一边忙着招商引资，现代建筑拔地而起，而水县人却不紧不忙地生活着，只等外面的世界把钱送到他们口袋里。

初次来水县的人，一过河，就有了如梦似幻的感觉。青山绿水，竹筏子，摆渡人，对于见惯了灯红酒绿的人们，总有一种隔世之感，仿佛自己不是置身全球化时代的中国东部乡村，而是到了20世纪初的南方小镇。待见了镇里人，骑着电动车、摩托车，开着小轿车走街串巷，或者拿着手机说着与河对岸并无二致的本地方言，才恍然悟到自己还是在原来的世界，心头诧异着，人口繁密的鲁南，偏偏就还藏着这样一个桃花源一样的地方呢！

在水县柳溪镇通往临沂城的一条羊肠小道上，小青年周鹿鸣行色匆匆，左肩挎着一个鼓囊囊的帆布包，与师大的学生们迎面而过。他个子不高，额前的头发微微打着卷，两条浓黑的眉毛连成了一条线。他已经劳动两年了，皮肤有些黑亮。裸露在衬衫外面的两条胳膊，结结实实的。如果他不说，你定不会想到他是水县瓷厂的装卸工。他的工友们，一个个高高大大的，不论是上工还是休息，总是一副脏兮兮的样子，外表多半还有几分蛮霸。而他，白衬衫，洗得发白的牛仔裤，干干净净的，像是还在读书的学生，眉眼间也透着一股书卷气。刚来厂里的时候，老板不太愿意收他，几经央求，才勉强答应把他留下来。他起早贪黑，即便一上工就把劲往死里使，每天也还要比工友们多干两个多钟头。连着两个月，他的业绩都是装卸组最好的，老板不得不开始对他刮目相看了。

他太拼命了，两个臂膀，被沉重的货箱压烂了，血汪汪的。一到夜里，就钻心地疼。他没有像其他新来的工友那样，没人的时候躲在被窝里掉眼泪。疼得厉害的时候，他就到厂后的山溪边，沿着溪水往山上跑。跑累了，就躺倒在溪边的花丛里，对着蓝天白云，对着山风溪水，唱起了歌曲。唱着唱着，就忘记了累，忘记了疼。村里的水芬小姨听说鹿鸣被货箱压烂了膀子，就跑到厂里把他拽回了柳溪镇，然后一顿臭骂。夜里，水芬小姨给趴在白炽灯下的鹿鸣上药水，眼泪吧嗒吧嗒地就下来了，分不清哪是药水，哪是泪水了。

"小姨你不用担心，我膀子硬着呢！"

鹿鸣嘴上虽硬，心里却分外地自责。蒲小义走后，这个善良的女人已经把眼泪流干了，再不能让她心焦了。

水芬是赵西梅老汉的小闺女，柳溪镇拔尖儿的漂亮姑娘，比鹿鸣大九岁。因两家沾点亲戚，鹿鸣打小便以"小姨"称呼水芬。赵西梅早些年闯关东缺了一条腿，老婆也跑了，带着三个闺女过日子，一家人受了不少苦。水芬初中毕业就到镇上的服装厂上了班，农忙的时候，也下地干活，天蒙蒙亮就起，做饭、挑水、喂猪、打青柴，没有她做不来的。鹿鸣那时候还小，最喜欢跟着水芬小姨疯玩。水芬小姨背着大筐，小鹿鸣背着小筐，两个人在几十里长的河堤上逛。河滩上河汊纵横，到处是沙冈。河汊两岸除了成片的柳林，还有大片粗壮的银杏树，枝枝丫丫的搭满了大大小小的鸟窝。水洼里芦苇丛生，也有野麻和蒲草。红翅膀的蜻蜓，停在苇尖、麻叶上，红脖子的水鸡，只有蝴蝶大小，一听见响动，就扑棱棱飞远了。小鹿鸣穿着裤衩，赤着脚，捞虾米，掏螃蟹，可着劲地疯。水芬小姨忙累了，就坐在柳荫下，把一条油黑的辫子盘在脑后，折了两把柳枝，编成圈，戴在头上。鹿鸣见水芬小姨热得满头是汗竟还穿戴得严严实实，就说：

"小姨，和我一样光膀子，凉快。"

"放屁！"水芬脸一红，"姑娘家能光膀子吗？！"

"怎么不能，俺前院的四奶奶一到伏天就光脊梁躺风扇底下。"

"四奶奶不是姑娘，她老了，长成男人了。"

"那小姨老了也会成男人吗？"

"嗯……会！"

"那我以后会长成女人吗？"

"会啊。你娶了媳妇就成了女人了。"

"那我也能生小孩吗？"

水芬小姨就笑了。笑完，头戴柳帽，又钻进玉米地薅草去了。小鹿鸣坐在柳荫下的石阶上，拿柳叶卷了个哨，吹得吱吱响。哨子一响，苇丛里就有了动静，不知是鱼还是青蛙。他没有起身，却顺势躺在了蒿丛里。他困了。他在梦里吧嗒着嘴，一行口水在他满是泥巴的腮旁汇成了小溪。"嘿嘿——嘿嘿。"酣睡中的小鹿鸣梦见自己到了小人国，小人国里到处都是好吃的，好玩的，于是就傻笑起来，扰得附近的一群水鸟，扑棱棱飞走了。

不知过了多久，梦里的小鹿鸣听见了水芬小姨的叫喊声，就揉揉眼，爬了起来。玉米地里，水芬小姨躺在地上打滚，疼得要命。小鹿鸣吓坏了：

"小姨，你怎么了，你裤子上怎么这么多血！你等着，我去叫周大拿，我上次磕破了头，就是他给上的药，几天就好了！"说完，小鹿鸣就往村里跑。

"别——去，小姨没事，你——到河滩上弄点热沙土，盖在我肚子上。"水芬小姨吃力地说。

小鹿鸣飞跑出去，抓起自己挂在树杈上的褂子，兜满一包烫手的河沙，又飞跑回地里，把褂子盖在了水芬小姨的肚子上。

"小姨，还疼吗？"

"好孩子，小姨不疼了。"

"小姨让毛猴子咬了吗？"

水芬小姨裤子上的血以及痛苦的呻吟，让小鹿鸣充满了疑问。他想起了村里人常常给他提起的一种浑身是毛的喜欢吃小孩的怪物。

"是的，让毛猴子咬了。"水芬小姨正愁不知怎么给小鹿鸣解释，没想到这小大人却把毛猴子搬了出来。

"那咱快走吧。"小鹿鸣惊恐地看着周围，生怕毛猴子再跑出来。

"没事，毛猴子怕男人，你来了他就跑远了。好孩子，赶快去我家，找你二姨，给我拿条裤子来。"

"那你别乱跑小姨，我这就去。"

不一会，小鹿鸣就把裤子拿来了。

"小姨，我到大柳树后面去了。"小鹿鸣突然害羞起来。

"去大柳树后面干啥？"

"小姨是女人，我是男人，男人不能看女人换衣裳，看了就是小流氓。"作为男人的小鹿鸣，话还没说完，人就已经跑到了大柳树背后，用两只小手捂住了眼睛，逗得水芬小姨直乐。

"小姨，我去偷个西瓜给你吃。"柳树背后的小大人说。

"偷谁家的？"

"我家的。"

"哈哈哈，你是个笨蛋小偷，偷东西也只会偷自己家的。你家的瓜，你偷给我吃，小心你大舅给你三鞋底。"

"没事小姨，我大舅最疼我了，给小姨吃，我大舅知道也没事。"

"那你去吧，小姨正好渴了。"

"好嘞，小姨。"

不一会，小鹿鸣就抱来了个大西瓜，累得他满头大汗。

河畔边，柳树下，一大一小吃西瓜。吃罢了西瓜，水芬小姨脸上也红润起来了。

"小婊子（方言中亲昵的称呼，无贬义色彩），你看我干什么？"

"小姨，你真好看。"

"呸！我看你跟着三锤那几个野孩子疯，学坏了，往后再赖我家不走，夜里我可不带你睡了。"

"你要跟小义叔睡吗？"

"你个小孬种，谁教你说这个的？"水芬愣了。

"小义叔说的，他说我过几年长大了你就不能跟我一起睡了，要跟他一起睡。他还说如果我跟你睡一回去他家跟他睡，我身上就沾上了小姨身上好闻的雪花膏味，小义叔闻到了我身上的雪花膏味，就等于闻到了小姨身上的雪花膏味，就等于小义叔和小姨睡过了，小义叔就给我逮一窝斑鸠。"

"这个该死的蒲小义……快告诉小姨，他还说什么了？！"

"小姨你脸红了！"

"小姨哪有脸红，小姨是热的。快说，他还说什么了。"

"他还问我小姨有没有说过他什么。"

"这个不得好死的，你下次见了蒲小义，就说小姨咒他嘴上生疮死了没人埋！"

"我不说，我说了他就不给我逮斑鸠了。"

"坏小子，你不知道谁和你亲了吗，你要不说，我以后就不带你玩了，也不疼你了，还得给你大舅说你偷了他种的瓜给蒲小义吃！"

"小姨你怎么知道小义叔吃我家的瓜了。"

"没有小姨不知道的事,你可别想给小姨撒谎。"

"那我听小姨的话,给小义叔说小姨咒他嘴上生疮死了没人埋,但小姨你得答应不告诉我大舅小义叔吃了我家的瓜。"

"这才是好孩子,小姨保证不打小报告。"

"小姨,你真好看!我以后要娶个小姨这样的媳妇。"小鹿鸣人小鬼大,他已经知道怎么讨姑娘家开心了。

"你个小孬种,人不大,鬼机灵。等你以后找了对象,要先让我给你相看相看。"

鹿鸣小时候经常嚷着娶媳妇,等到现在真的到了娶媳妇的年纪,每次水芬小姨一提起,鹿鸣反倒红了脸。每当发工资的时候,鹿鸣就盘算着给水芬小姨添置点什么,只是水芬小姨每次又都打趣他让他好好攒钱,攒了钱娶个俊媳妇。

最近几个月,水县瓷厂装卸工周鹿鸣每天早上五点半就爬起来上工,别人一天装五车,他最少也要装上七车。他把钱攒下来,除了寄给家里,剩下的大多留给了在师大读书的双胞胎哥哥。当然,他也会给自己留上两三百元,每个月总还是要买上几本书的。不过他不太敢当着工友们的面看书,怕被笑话。每天晚上十点以后,大家都睡下了,他就拿上一本书,悄悄地爬起来,到厕所的灯下去读。天冷的时候,就趴在被窝里,打起手电。几个要好的工友多半是知道的,但他们不知道他还偷偷地写起了小说。去年夏天,他在一本文学期刊上看见,一个比他还小一岁的建筑工地小钳工,竟也发表了不错的小说呢!他有些坐不住了,就拿起笔，写起了自己在厂里的生活。他有一股狠劲，自己认准了的，就不会轻易撂下。

一年多时间里，他一字一句地写满了八九个硬皮本，有六十多万字呢。有了小钳工的作品作为对比，鹿鸣慢慢对自己的作品有了信心，他把相对不错的几篇挑选出来，重新誊写了，投寄了出去。然后是无限的等待，再然后杳无音信。于是在他的生活里除了每个月盼望着发工资的日子，又多了另一种期待。换了别人兴许早就抛却了"作家梦"，而他却没有灰心，几日的失落之后复又打起精神，继续写，继续投。渐渐地，开始有一些热心的编辑给他寄来几句砥砺的话或者修改意见了呢。仅仅如此，他就受到了莫大的鼓舞，越发勤奋起来。功夫不负有心人，就在昨天下班前，他接到了《沂蒙文艺》杂志社主编乔耕读的电话，乔主编说下期杂志打算用三分之一的版面来发表他的八部有关"新农民工"生存现状的短篇小说，希望他能够在近期抽时间来一趟编辑部，聊一聊稿件的有关问题。到编辑部谈自己的小说？他真怀疑是不是自己听错了。根据他有限的文学经验，这是1980年代文学圈常有的事，最近几年，即便知名作家也很难享受到如此待遇了。他有些不敢相信。可刚刚那个每期都出现在《沂蒙文艺》杂志上的电话号码分明在告诉他，这是真的！他稍稍平复了下内心的激动之情，一挂断电话，就立马找领导请了假，开始热切期盼起自己的编辑部之行了。

从水县开往临沂的县际公交每天跑七八趟，周鹿鸣却极少坐。倒不是心疼钱，只是单纯的喜欢这种徒步的感觉。这五十里山路，他每个月都要走上一次，沿途的花花草草他都记在了心里。《沂蒙文艺》杂志社离师大不到三站路，他刚好可以顺道去看看哥哥。只是此刻他还不知道，他的哥哥周剑鸣，那个喜欢打抱不平的家伙，马上就要闯下一场大祸了……

第六章　救赎之旅

周鹿鸣徒步来到市区的时候，已经是上午十点的光景。纤尘不染的北京路上，两旁粗壮的法国梧桐，荫蔽起长达十几里的绿荫长廊，市直各机关单位循规蹈矩地分布在这绿荫长廊的两侧。市府大院往东一华里，市文联几排低矮的小楼藏匿在其他单位高耸的办公大楼之间，使得原本就暮气沉沉的院落平添了几分小家子气。不过，院子里随处可见的知名作家、艺术家们留下的墨宝却还在诉说着这里昔日的辉煌，亭台楼榭间一个个如雷贯耳的名字依然能让周鹿鸣这个农村青年油然起敬。

沿着石板小径由南而北，属于《沂蒙文艺》编辑部的一排木质小楼开始在周鹿鸣的视线里一点点放大，编辑部门前的一大片花圃被整整齐齐地修剪出了"沂蒙文艺"的字样，一些叫不出名字的树种安静地站在小楼身后，藤蔓缠绕，杂花生树。

周鹿鸣站在楼下的石阶前，有些犹疑。还没等他平复好情绪，耳畔就响起了一串"咯噔咯噔"的声音，伴随着声音，映入眼帘的是一个身材高挑的姑娘。她轻快地迈着步子，脸上挂着几分笑意，飘然下垂的裙摆由于身体的抖动微微向上翘起，露出的一截白皙的小腿，散发着青春的气息。

鹿鸣见姑娘向自己走来，心里没来由地慌乱起来。倒是姑娘大方些，她走到鹿鸣跟前，拂了拂散落在额前的头发，略含歉意地笑着说："你好，我是乔雅，乔耕读是我爸爸。他早上接到紧急通知，去省作协开会去了，他让我代他向你说声对不起，大老远的，让你扑了个空。"

"没——事，真的，不远的。"鹿鸣不知该说些什么了，言语间有些羞涩。

"听周剑鸣的朋友说他还有个双胞胎弟弟，两人长得一模一样，之前我还不太相信，现在突然看到你，感觉太不可思议了。不过，你俩虽然长得一样，气质却不同。剑鸣那么桀骜不驯，你却看上去一副与世无争的样子。"

"你——你认识我哥？"鹿鸣声音有些低，目光也因为羞涩显得有些飘忽不定。

"当然认识，他可是师大的红人，在师大估计没有哪个学生不认识'蓝莲花'乐队的主唱周剑鸣吧？！不过我比他高了两届，倒也没见过几次面，只是之前在文学社的时候，和他们音乐协会组织过几次联谊，有过几次交流。你哥哥看上去冷冷的，细聊起来，有一种让人恍然大悟的幽默，如果只是听他讲话，你会觉得他不是二十岁，而是六十岁，要不然至少也得是四五十岁，但他那冲动的脾气，又把他拉回到了青春期。"乔雅说到这里，心里又想起了剑鸣之前讲过的段子，嘴角不禁莞尔。

"对，我哥哥歌唱得好，吉他弹得也棒，中学时代还代表学校参加过好几次省里的比赛，拿了几个大奖。他自己写词，自己谱曲，有些歌词写得像诗一样，比那些个所谓的著名诗人写得好多了，好些个诗句我到现在都还能背下来……"

一提起哥哥剑鸣，鹿鸣的话匣子就打开了，仿佛别人夸赞的不是哥哥，而是他自己。是的，作为弟弟，他为哥哥感到由衷的自豪。很多时候，农村青年周鹿鸣是自卑的，但一提起哥哥剑鸣，他就立马信心满满起来。鹿鸣因为哥哥而生发出的自豪，让乔雅有些意外，在她想象中，双胞胎兄弟本应该互相不服气，或者至少在言语上不会有这么多的赞誉。这让她对眼前的这个青年，心生了几分好感和好奇。

"周剑鸣确实很优秀，不过在我看来，你可一点不比你哥差。"乔雅晃了晃手里的杂志。

少有姑娘夸赞自己，鹿鸣有些不好意思，心下却窃喜着。

"一聊起来，咱们都快把今天的正事忘了，我爸爸走之前和我讨论了你的小说，我简单的归纳了几点，你看看。"乔雅从包里掏出一张卡片递给鹿鸣，卡片上密密麻麻的钢笔字，隽秀而飘逸。她意识到，如果不把话题从剑鸣身上挪开，也许中午之前是没有机会完成爸爸交给她的任务了。

鹿鸣接过卡片，低头深思起来。显然，他已经进入了他自己的世界。是的，他常常这样。很多时候，为了构思一篇小说，他能躺在床上苦思冥想一整夜，至于走路的时候不小心撞在电线杆或是别人身上，那是常有的事。一旦进入文学的世界，他就忘乎所以了。从某种程度上说，鹿鸣写的这八篇新农民工题材系列小说，是他不算长久的打工经历的结晶。关于小说的结构问题，从事了几十年编辑工作的乔耕读与他的女儿——师大中文系才女乔雅很难达成一致，父女俩争论了几个小时，最终汇成了卡片上乔雅隽秀的小楷。

"你也写小说？"卡片的下半部分，是乔雅的意见。虽然字数不多，可鹿鸣一眼就能看出，如果没有一定的文学功底，是很难提出如此有见地的修改意见，他由衷地折服。

"我可写不了，写小说很熬人，我坚持不来，不过我喜欢读。你寄给编辑部的所有作品，我都看过，真了不起。就这么写下去，一定有出头的时候。你不应该只是柳溪乡间的一个装卸工，真的。"乔雅看着鹿鸣，坚定的眼神里充满了赞赏和鼓励，"当然，我爸爸也是这么认为的。"乔雅稍稍顿了顿说。知识分了家庭出身的乔雅，从小就嗜书如命。因为读书，也曾闹出过不少让人哭笑不得的笑话。有一次上物理公开课，旁边有位男生偷偷地读小说。乔雅见他在看《城南旧事》，就兴奋地坐在了他旁边，"能借我看一下吗，我上次只看了一半。妞儿找到他父母没有啊？小英子后来怎么样了呢？"乔雅急切地问。男生看到乔雅

那急切的样子，就把书递给了她。代物理课的老师是个对学生极
苛刻的老姑娘，为人孤僻，学生们背后都叫她灭绝师太。乔雅当
然知道她的厉害，但还是没能挡住小说的诱惑，不一会就沉醉在
了故事中。到底还是被老师发现了，男生用胳膊顶了下乔雅，她
猛地把头抬起来，老师却已然到了跟前。"嗖"的一声，乔雅把
小说藏到裙子底下，用膝盖夹了起来。

"乔雅，你背诵一遍第一宇宙定律！""灭绝师太"很窝
火。乔雅像没听到老师的话似的，竟傻傻地问，"老师，妞儿找
到她妈妈了吗？"此话一出，全班哄堂大笑……

后来，邻班的学生们一见到乔雅，就问："妞儿找到她妈妈
了吗……"弄得乔雅很是尴尬。

"我只是一个装卸工，没有想过在文学上要有什么建树。我
只是一味地写，一味地想把心里的话说出来，我一抓住笔，很多
人，很多事，就在我的心里呐喊，就通过我的笔流淌到了稿
纸上。"

作为装卸工人的周鹿鸣，也曾设想过属于自己的美好未来。
只是此刻的他，还不敢奢望写出什么惊天动地的文章。他只想在
工作之余，写写自己身边的人和事，让自己的生活不是那么
枯燥。

"正因为你的真，你率性的写作方式，才使得你笔下的故事
更加动人，这太可贵了。我喜欢你写的柳溪镇，沈从文《边城》
的灵动，贾平凹《商州》的神秘，刘绍棠'大运河系列'的纯
美，全在你笔下了。难得的是，你自成一派，你就是你自己。你

一定要写下去，临沂太需要一个你这样的年轻作者了。"

"……"面对一位美丽姑娘的赞美，鹿鸣已经激动得不知道说些什么了。他在心里默默地告诫自己，不为别的，就为面前这位姑娘，为柳溪镇，为水县，他也要写下去。

"咱们到沂河边走走吧，也好再讨论一下你的小说。"这是乔雅的提议，她大概已经意识到，这位小伙子有些太过腼腆了。

两个年轻人从市文联机关大院出来，往东走了不太远，宽达数里的沂蒙第一大河——沂河便进入了两人的视线。岸边柳絮纷飞，曲径通幽，周鹿鸣慢悠悠地跟在乔雅身后。话题一点点打开，在乔雅爽朗的笑声中，装卸工人周鹿鸣慢慢舒展开来了。

"我没有电脑，修改起来不是很方便，所以写得比较慢。每天下了工，就躺在床上爬格子，有时候从晚上九点写到凌晨两点，删来删去，最后只剩下一两百字。我小说里写的大多都是真实的故事，很少附会，我想，只要有人喜欢看，我就会一直写下去的。可惜我的水平还差得远，至今还没发表过一篇作品，所以你的夸奖我真是受不起。但你说得对，我喜欢看乡土小说，吴风华、废名、柳斯免、路遥、邵葱、刘绍棠，都是我非常佩服的作家，不过从我有限的阅读经验来看，国内近年来的乡土小说大多因循守旧，评论界对年轻作家多有诟病，即便我的小说发表出来，恐怕也是骂声一片。"

"这一点，我和你，还有我爸爸，倒是不谋而合，我们也认为目前的乡土文学亟待创新。但是，也正是因为当下乡土作家少有突破，你的作品才难能可贵。我大胆预言，你笔下的柳溪镇，不久之后，将和莫言的高密东北乡一样，具备起某种文学史意义。另外，你确实该有一台电脑，我回头送你一台。"为了能够和鹿鸣面对面交流，走在前面的乔雅只好转过身来退着走。

"那可不行，听说一台笔记本电脑要好几个月工资呢。"在装卸工人周鹿鸣眼里，几千块钱实在不是个小数目。

"我可不是想帮你，我主要是想看你写的小说，你写得那么慢，读者可不答应。"乔雅笑着打趣鹿鸣，鹿鸣也不好意思地笑了。

人与人之间的关系就是这么的让人捉摸不透，刻意的尊重有时会让两个原本情投意合的人越走越远，而恰如其分的玩笑反而能够在一瞬间将两颗原本陌生的心拉近。

两个人边走边聊，河风舒畅，周鹿鸣渐渐在交流中占据了主动。这个腼腆的家伙竟然欢快地唱开了，"我像风一样自由，就像你的温柔无法挽留。你推开我伸出的双手，你走吧，最好别回头……"时间在愉快的交流中飞逝，日近晌午，乔雅接到了父亲乔耕读的电话。父亲回来得如此之快，让乔雅有些意外。乔耕读要求女儿务必带鹿鸣回家吃个便饭。

"我还是不去了，已经耽误你不少时间了，怎么还好意思去打扰乔老师呢。"

"你如果不去，我可就完不成爸爸交给我的任务了，我爸爸难得下厨，看今天这意思，是想露一手了，我还得谢谢你呢，你要是不去，我可就没口福了。"

一个腼腆的男孩终究是拒绝不了一个聪明而美丽的姑娘的。

文联大院，毓秀家属楼。

"爸爸，快开门，鹿鸣来了。"乔雅站在四楼的一个房间门外，边敲门边喊。

鹿鸣又重新回到了拘谨的状态，深呼一口气，抿了抿嘴唇。这是他第一次到城里人家做客，乔雅的父亲又是他小说的编辑，他很难抑制住自己内心的忐忑。从接到通知的那一刻起，他就设想着自己这次到访的种种可能，心里七上八下的。他知道，到城里人家做客，进门是要换鞋的。可他在厂里每天累死累活的，一双脚难免有些异味。临出门前，他专门用香皂洗了脚，换了新袜子。可一上午走了那么长的路，到现在，脚上早已汗湿了。

"你不用拘束，我爸爸很温和，特别喜欢像你这样的年轻人。你来他肯定开心。"

门开了，一个高大粗犷的中年男人，向鹿鸣打招呼："快进来小周。我去开会，刚出城不远，就觉得有些不妥，干脆给省里领导临时请了假原路返回了。你大老远来编辑部，不留你吃个饭，实在说不过去。"鹿鸣有些愣了，想象中本该温文尔雅的杂志主编，竟是个声音洪亮的农夫一样的汉子。再看一看身边的乔雅，实在很难把这对父女联系起来。这位乔主编一笑，就让鹿鸣想起了村里的那些汉子，透着几分亲切。

一进门，鹿鸣想换鞋，乔主编就笑了："小周，别这么讲究。不用换。在我们家，就乔雅和你阿姨回家才换鞋，我从来都是穿着乔雅他奶奶做的千层底上班，回家也不换。"乔耕读这么一说，鹿鸣心里的一块石头就落了地，若是让乔雅这样一个清丽的姑娘闻见自己的汗脚，不知要多尴尬呢。

鹿鸣刚坐下，乔耕读就从厨房端出了一桌子的菜。

"我爸只会为他喜欢的人下厨，你真幸运，我好久都没吃过爸爸做的红烧鱼了。"乔雅一边说，一边幸福地靠着父亲坐了下来。

"我今天没上工，不饿，你们吃吧。"鹿鸣已经饿得肚子咕咕叫了，嘴上却还有些不好意思。

"这可不行，头一次来，一定要吃饭，要不我以后可没脸见柳溪老乡了。"乔耕读边说边把鹿鸣往桌边拉。

"乔老师，您也是柳溪镇人？"

"是啊，我老家在迷龙村，离你们柳溪村不远。"乔耕读说话的时候，满嘴的柳溪味，惹得鹿鸣有些想笑。

"鹿鸣，我爸这可是专门做的柳溪风味，你敞开肚子吃吧，就当给他个表现的机会。"

乔雅这么一说，鹿鸣就放开了，抄起筷子吃了起来。一碗饭进了肚子，鹿鸣才发现旁边父女俩都没有动筷子，就放下碗，傻傻地笑了。

饭后，乔耕读和鹿鸣畅快地聊着小说，不巧接到一个紧急电话就又出门了，乔雅大方地邀请鹿鸣去她房间聊天。除了水芬小姨的房间，鹿鸣还没有进过哪位姑娘的闺房。他有些坐立不安，胡乱地打量着。房间里的一切都是干干净净的，白色的床单，白色的被子，连枕头也是白色的。窗前是一盆叫不出名字的花，天蓝色的花朵伸向窗外，花瓣上停着一只蜜蜂。阳台两侧，是两个极大的书架，左边盛满了文学书籍，右边是清一色的英文报刊。他英语不好，只好走到左边，翻看了起了。乔雅端来一杯绿茶，放在了旁边的桌子上。鹿鸣轻轻点了点头，表示感谢。

乔雅站在鹿鸣身边，给鹿鸣介绍着书架上的书。让鹿鸣很惭愧的是，有些书，他不但没看过，连听也没听过。他不知道说些什么来回应乔雅，只好一直把头点个不停。乔雅忽然想起了什么，从随身的包里拿出了一本蓝皮面的书，递到鹿鸣面前："《新德里的星期天》，英裔印度小说家田·盖森的收山之作，我最喜欢的一本外国小说，比较小众，市面上基本买不到，送给你，我觉得你肯定喜欢。"

"真的吗，太好了，我还想找时间去书店买这书呢。"鹿鸣虽然有些脸红，但羞涩的表情依然难以掩盖内心的喜出望外。

"你以后想找书看的话，就来我家吧，看完我这里的，还可以到我爸那儿拿，他的书可多了，就像个小图书馆。"乔雅斜着头，看着有点发呆的鹿鸣，有些想笑。她觉得眼前的这个小青年可真有意思，男孩子也这样爱脸红。

"那太好了，我不太习惯看电子书，实体书又太贵，我哥帮我借来的图书馆的书，有时还没看完就到期了。这回可好了，我就不用担心时间不够看不完了。"

"你慢慢看，什么时候看完再送回来，或者我去找你拿。当然你要是喜欢的话，自己留下也行，我再买一本就是了。"

"你这么说，我都不知道该怎么感谢你了，对了，我请你吃樱桃吧。"鹿鸣这才想起来，背包里还带了一大袋樱桃。

"樱桃？"

一直到下午三点半，两个年轻人就这样坐在桌前，边吃着樱桃，边谈天说地。他们谈的最多的还是文学。他们谈了寻根派，先锋派，谈了汪曾祺，林斤澜，也谈了法国新小说家罗伯格里耶、英国移民作家萨尔曼·拉什迪、美国后现代小说《洛丽塔》。鹿鸣已经很久没有这么畅快地聊过天了。当然，他们也聊到了鹿鸣在厂里的工作，只是鹿鸣轻描淡写地不愿多说。

鹿鸣辞别了乔雅，打算去师大看看哥哥。留下乔雅一个人倚靠在房间的书架上，看着手机里刚刚拍摄的这个黝黑的男孩子的照片，拂了拂额前的头发，笑了……

鹿鸣来到师大的时候，已经是下午四点钟了。梅园公寓的宿管阿姨对眼前的这位常客已经分外熟络了，他刚一出现在楼下，二楼的某个窗口里，就传出了她的喊声："周剑鸣，你弟弟鹿鸣找你来了，哈哈，哈哈！"刚开始的时候，周鹿鸣以为宿管阿姨的笑声里满含讥讽，时间一长，他才知道，不管是谁到这里找人，她喊完学生都要来上这么一通哈哈大笑，即使校长来了，也是如此。如果哪一次他来，宿管不在，没有听见这哈哈的笑声，他心里还会不自在呢。

"剑鸣到乔园参加集会去了，有好戏看哦，你去那找他吧！"从窗户里往外说话的是剑鸣的室友胖三，鹿鸣去过几次哥哥的宿舍，也见过几次胖三，每次都要和他开开玩笑。

"胖哥，你怎么没去，昨晚是不是又在床上'画地图'了？这回画的是欧洲还是拉丁美洲啊？"鹿鸣仰着头打趣胖三。

　　胖三没说话，拿起一个东西，朝鹿鸣丢了过了。鹿鸣刚要躲，却见是个苹果，就接了过来。

　　"阿姨，我去找我哥去。"说完，鹿鸣咬了一口苹果，向乔园跑去了。

第七章　蓝莲花

从梅园到乔园，先要穿过田径场、晓南湖，然后是瘦竹园狭长的石板路，中间隔了足足有两华里。周鹿鸣一路小跑，身上有些汗湿了，春风拂面，额头上凉飕飕的。他喜欢这种感觉，喜欢在这种感觉里欣赏眼前的世界。来过师大的人都说，师大怎么看也不像一所学校，亭台楼榭，小桥流水，越看越像哪个王公贵族家的后花园。来过师大的人也说，师大就该是这个样子，三三两两的男女学生，在晓南湖的暮色里，在瘦竹园的和风里，读书，散步，然后恋爱。师大的景色，周鹿鸣是早已见识过了的。从第一次送哥哥到这里读书，到现在，他每一次都要好好地游览一番，就像从来没有来过这里一样。他多么地希望，自己也能像哥哥剑鸣一样，在师大博雅楼的某间教室里，有一张属于自己的课桌，然后兜里揣着校园卡，神态自若地出入书香馥郁的图书馆，在"滴……滴"的扫描声里，潇洒地拿走一本自己喜欢的书籍。

他也常常想，如果命运呈现的是另外的二分之一可能，自己穿梭在师大校园，参加一个又一个的社团活动，而哥哥却在烈日下扛着沉重的货箱，自己还能否在那"滴"的一声里表现得足够潇洒。命运总是如此的偶然，一枚小小的硬币，竟让他走上了父辈和自己都极力想摆脱的生活道路。他恨那枚硬币，也感谢那枚硬币。他不知道当初那个近乎儿戏的抉择是否正确。但他从没有过丝毫的后悔，他爱哥哥——当硬币倒下的那一刻，他长长地舒了一口气。

乔园是师大人文学院的女生公寓，被男生们戏称为公主楼，有点"铜雀春深锁二乔"的意思，于是就有人调侃说，师大的领导们定是想把全校最美的姑娘都"收押"在这里。果然，乔园不负重托，学校有名的几个漂亮姑娘，多半来自人文学院。每到晚上十点，临近学生公寓关门的时候，全校所有女生公寓中，数乔园楼下驻足的男生最多。他们一个个恋恋不舍地看着自己的女友上楼，眼神里满是不舍。

周鹿鸣赶到乔园的时候，被眼前的景象惊呆了。几百个男女学生手里正拿着五花八门的水果砸向楼下水果店的卷帘门，嘴里喊着整齐的号子，间或夹杂着某个男生的国骂。卷帘门前，一个身材矮胖的"小胡子"，在几个保安的簇拥下，做着半是讨饶，半是威胁的谈判。但是任他喊破了嗓子，学生们也仍旧不为所动。他的男低音官腔很快淹没在学生们愤怒的咆哮里了。鹿鸣一眼就看见了人群最前面神情激愤的剑鸣。剑鸣身后，一个气质淡雅的姑娘，小声向他嘀咕着什么。女孩扎齐肩马尾辫，目光清澈，藏着一丝不易察觉的惊怯，仿佛随时随地准备着迎受一切让她惊讶的事情，嘴角的"小漩涡"打着卷，似笑非笑的，透着惊人的坦白和纯真，但很快就收敛了，好像笑久了就会失重。人群太过吵闹了，剑鸣并没有听见弟弟的呼喊，倒是身后的姑娘先看见了汗涔涔的鹿鸣。虽然剑鸣给她说过自己有个双胞胎弟弟，但当她看到鹿鸣的时候，目光还是不停地在这对兄弟间来回摇摆，仿佛要分辨出哪一个才是真的一样。鹿鸣向姑娘笑了笑，拨开众人挤了过去。剑鸣太过投入了，姑娘连拍了他肩膀两次，他竟毫不察觉。姑娘指着剑鸣，向鹿鸣无奈地摇摇头，笑了。

"这么好的水果，扔了多可惜啊。"

鹿鸣顺手拿起一个西红柿自顾自地吃起来。

"你就是鹿鸣吧？我虽然有心理准备，可真见到你还是有点不敢相信。"姑娘微微斜着头说。

"嗯，我是周鹿鸣。你是我哥的同学吗？"

"我叫关琳，历史系的。"

"这里怎么了？这么混乱！"

听鹿鸣这么问，关琳就摇着头，示意鹿鸣跟着自己往人群外走。两个人好不容易挤出来，来到了乔园门前的一棵紫槐下，原本温和的关琳言语里也愠怒了起来。原来，乔园楼下的这家水果超市，是师大的学生们时常光顾的场所，传言老板是师大一位知名校友的亲戚，这校友一九八〇年代中期从本校临床医学系毕业，从医五年，然后在一九九〇年代初南下的大潮中，毅然弃医从商，靠着自己的专业背景和早年间在医疗系统积累的人脉，很快便在高楼林立霓虹闪烁的深圳赚得盆满钵满肚子满。投身慈善是富人们惯常的套路，这校友也概莫能外。于是便以报母校乳哺厚恩之名，每年向师大捐赠价值百余万的实验器械，端的是坐稳了校领导眼中第一大善人的交椅。校方卖这百万实验器械的面子，在乔园楼下辟出一个十多平方米的杂物间，允许善人的亲戚在校内免租经营水果生意，岂料善人的亲戚狗仗人势，飞扬跋扈之态一日胜似一日。碍于善人的关系，校领导却也不便直接管教，只好睁一只眼闭一只眼。两天前，法律系的一对情侣来店里买香蕉，结账离开时不小心碰落了一个菠萝。男孩还没来得及道歉，老板顿时就骂骂咧咧起来。男孩觉得在女友面前失了面子，也不轻不重地回了几句。谁料老板拦住店门，一个电话，扯来了七八个社会青年，光天化日的竟然在校园里把小情侣追打了十多分钟。结果男孩胫骨骨折，女孩肝脏破裂。校方得知此事，对小情侣先是物质利诱，继而允诺免试保研，打算把事压下去。哪知当日这一血腥镜头刚好被学校摄影协会的一名男生拍个正着，而后很快就在"师大风华"论坛上传开了，一时群情激愤。

这激愤的人里头，就有好打抱不平的周剑鸣。剑鸣在学校小有名气，一篇慷慨激昂的"战斗檄文"发表在论坛上，不到两个小时，就被转发三千余次。剑鸣在帖子里呼吁大家次日到水果店前示威，向店主和校方讨个说法。剑鸣最爱打抱不平，见不得这些蝇营狗苟的事。示威前，周围有不少同学、朋友劝阻，毕竟胳膊扭不过大腿，校方随便动动手脚，就可以让他们这些在校学生有苦说不出。剑鸣却不管这些，再浑的水，他也要蹚它一回。事情的来龙去脉大抵如此，其余细枝末节不用关琳细说，鹿鸣就已经明白了个大概——他太了解哥哥的脾气了。

还没等关琳说完，人群就再次骚动了起来。

"快看，"关琳指着水果超市楼上的某个窗口，"校长来了！"

一个中老年男人的脑袋从窗户里伸出来。

"同学们，要冷静，要相信学校，相信老师，我们一定会妥善处理此事，严惩肇事者，给大家一个满意的——"

话还没说完，人群里飞出一个西红柿，正砸在校长的眼镜上。

"滚下来——滚下来。"学生们的号子一浪高过一浪，丝毫没把校长放在眼里。

他们已经压抑得太久了。

学生们继续从各个教室、公寓拥过来，人群越发骚乱起来。乔园对面的楼顶上，不知是报社还是电视台的记者，已经忙活了起来。校长躲到窗户后面忙着打电话，旁边一个瘦高个帮他擦着头上的水果汁液，场面十分狼狈。

几分钟后，学校保卫科的十几个保安已经站到了人群前面，试图把冲进店里的学生往外围攒。鹿鸣这才意识到，原来水果店的老板此时正在店里。场面眼看就要失控，二十几个赤手空拳的保安是绝对挡不住一千多个用水果武装起来的壮小伙的。站在最前排的学生已经和保安们有了肢体接触。鹿鸣和关琳不禁担心起了剑鸣，不时地往人群前面望。

"剑鸣呢，怎么不见了？！"

"对啊，人呢？"鹿鸣开始紧张起来，"你在这等着，我进去看看。"

"快看！看学子会馆那！"关琳叫了起来。

学子会馆楼下，剑鸣和几个身着深蓝色爱乐者协会文化衫的男生扛着国旗和两个硕大的音箱向乔园这边跑来了。

"同学们，镇静！一定要镇静！不要因为年轻气盛而做出让自己后悔一生的事。"

一桶红墨水浇在了校长油光可鉴的头上。再看三楼阳台上，一个男生举着水桶，向楼下的人群挥舞着手中的国旗。

校长终于狼狈地逃掉了。今天注定让他铭记一生。

很快，人群中的嘈杂被激昂的国歌声压了下去，学生们也跟着唱了起来。剑鸣和三楼的男生呼应着，把手里的国旗舞得虎虎生风。随着国歌的旋律到达高潮，保安们的人墙也轰然溃散。"哐当"一声，卷帘门骤然倒下，一片狼藉的水果堆里，店老板坐在地上，瑟瑟发抖……

瘦竹园竹韵楼茶馆里，四个学生打扮的年轻人围坐在二楼靠窗的位置上。窗外是浓密的竹林，竹枝几近要伸进窗来。一条澄澈如练的小溪自林外蜿蜒而至，绕茶楼一圈，复又流向竹林深处去了。此情此景，如果有几个男女学生，傍溪席地而坐，哪怕水中飘荡一瓶农夫山泉，也颇能有几分曲水流觞的意思了。这个二层竹楼里的一干物什都是与竹子有关的，竹桌，竹凳，连茶具也是竹子的。鹿鸣是第一次来这里，他瞟了一眼对面竹墙上的一幅墨梅，卷底有不知何许人也的题字，"室雅何须大，花香不在多。"墨梅虽美，但此刻的鹿鸣却也无心欣赏了。

剑鸣和乐队的键盘手佴志全眼神里还有几分愠怒，似乎尚未从刚才的情景中抽离出来。关琳坐在剑鸣旁边，满脸的担心："剑鸣，你的脾气得改一改了，还有志全，你今天也太过分了点，怎么能往校长的头上浇墨水呢?！来了那么多记者，校长出了这么大的丑，风头一过，他肯定是要追究这件事的，你们两个冲在前面，认识你们的人又多，肯定会被认作挑事儿的头了。"

"做都做了，何必在意他们是认得出还是认不出，反正事实就是如此。帖子是我发的，人也是我招来的，我顶个'匪首'的帽子一点也不亏。"剑鸣看着关琳和鹿鸣，声音有些低沉。佴志全一反往常地沉静，直起身子，说，"学校要是不讲理，我们自然还有讲理的地方！"

鹿鸣没有说话，他不知道该劝劝哥哥还是该像志全一样底气十足地吼上一句。他意识到，如果这个叫关琳的女孩都无法说动哥哥，恐怕自己也多说无益。"以小博大，一定要灵活，要找到支点，不能蛮干。"他终究还是发表了自己的看法。

剑鸣向弟弟投来一瞥默契的目光。

关琳本指望鹿鸣能规劝剑鸣几句，没想到他竟火上浇油了。双胞胎到底是双胞胎，不仅相貌难辨，骨子里也还是有几分相近的。

"我爸和校长打过几次交道，知道他还算是个厚道的领导，你俩以后也收敛些吧，免得又闹出更大的乱子，连学籍也丢了。"关琳抿着嘴唇，眼神里已经有点哀求的意思了。

"放心吧，剑鸣怎么说也算学校的风云人物，拿他开刀，得先问问学校两万多学生答不答应。你忘了上次兰园公寓的事了吗，剑鸣给张清远拍了桌子，他还不照样拿剑鸣没办法。"志全向鹿鸣和关琳炫耀着他的这位朋友，语气里一副无所谓的样子。志全平日里十分内敛，连剑鸣也惊讶于他今日的表现。

"但愿如此，就怕媒体一搅和，事儿就闹大了。这次不比以往，我有点担心。"关琳说。

侰志全所说的兰园公寓事件，还要从去年冬天说起。去年师大扩招了三千名学生，哪知校内学生宿舍一时安排不下床位。不知哪位校领导的"英明决策"，安排后勤处在校外租了栋廉价旅馆，挂了兰园公寓的牌子，硬是把学生塞了进去。从校门口到兰园，要经过四五个十字路口，车来车往的不说，天一黑，路上什么人都有。没几天，就有学生在半道上被抢了钱包，剑鸣他们社团有个女孩还差点被几个小混混占了便宜。剑鸣作为社长，一听说此事，就跑到兰园逛了一圈，回来后就义愤填膺的。七八个学生挤在一个不足二十平方米的黑屋子里，晾了两三天的衣服愣是能拧出一把水来，寒冬腊月，电风扇二十四小时呼啦啦地吹。更不可思议的是，同一层宿舍楼里，男女混住，女生宿舍隔三岔五地就会有某个不知是有意还是无意的男生推门而入。剑鸣洋洋洒洒地写了七八千字的请愿书，一个人兴冲冲地跑到校长办公室，啪的一声拍在了校长办公桌上。张清远一愣，给他镇住了。面前的这个青年已经不是第一次来找他了，他本不愿找年轻人的麻烦，但这家伙似乎忒过分了些，他决定给他点颜色看看。剑鸣一走，他立马给教务处处长打了电话。于是期末考试成绩一公布，剑鸣班上一片唏嘘。原本成绩靠前的周剑鸣，竟有五门核心课程不合格。剑鸣虽不是忍气吞声的性格，但他很少会为了私事和校方发生争执。所以明知是张清远搞了小动作，但还是强压着怒火参加了补考。哪曾想教务处处长没参透领导的意思，以为张清远是要对这个不知天高地厚的小伙子赶尽杀绝，鼠标一点，最终剑鸣五门补考科目依旧不合格。事后处长以汇报工作的名义向张清远邀功，张清远才知道为时已晚，补考成绩早已在校园网上公示完毕。

按照师大的传统，两门以上核心课程不合格是要留级的。事儿就传开了，学校论坛上闹得沸沸扬扬的。兰园公寓的学生也真够意思，几百号人跑到学校行政楼前静坐示威，要求张清远给周剑鸣一个说法。这几百号学生里，有一位便是关琳。关琳她爸是一家著名民营网站的总监，她欣赏剑鸣的这股劲儿，就主动把剑鸣介绍给父亲认识。慢慢地，父女俩也就和剑鸣混熟了。周末的时候，关琳常邀剑鸣去家里做客。这事儿一出，关琳就给她爸打了招呼，之后学校常委宣传部的电话就再也没有消停过。不久，省教育厅也得了消息，要求校方妥善处理，万勿引起学生哗变。

迫于舆论压力，处长大人只好把手底下某科员卖了，借口说剑鸣的成绩是录入失误。学生们见剑鸣的问题解决了，就哄笑一阵散去了。留级警报虽已消除，可剑鸣却始终觉得兰园公寓的问题亟待解决，一直想方设法和校方斡旋。他不是不理解校方暂时的难处，所以当张清远口头承诺年内解决兰园问题后，他也就没有再推波助澜了。哪知本该就这么圆满收场的故事，偏偏就有了起伏。法律系一名男生晚间下楼买宵夜，之后就再也没有回去。男生家长闹到了省里，事件急剧升温。校方只好一边忙着处理赔偿事宜，一边把新建的办公大楼改建成学生公寓。三个月后，三千名新生住进了校内兰花环绕的学生公寓，"兰园"从此名副其实。

剑鸣兄弟俩走出竹韵楼，辞别了关琳和佴志全，一起往梅园走。一路上，兄弟俩说说笑笑的，沉闷的气氛有所缓和。鹿鸣提起在乔雅家做客的事，剑鸣说："乔雅可是师大的才女，对文学很有见地，借着这个机会，你可以好好向她学习一下。"剑鸣问起鹿鸣在厂里的工作，听得出他对弟弟是有所歉疚的。这一点，鹿鸣当然知道，所以每每提及厂里的事他就刻意轻描淡写起来。鹿鸣嬉闹着问哥哥和关琳的关系，剑鸣笑一笑，不置可否。环校路上不时有认识剑鸣的学生迎面走来，剑鸣热络地和他们打着招呼。走至梅园楼下，鹿鸣塞给哥哥一沓生活费，又从哥哥手里接过了两本新借来的小说，然后语气有几分沉重地说："要学会保护自己，冲动不能解决一切。"剑鸣欲言又止，重重地拍了拍弟弟的肩膀。兄弟俩就此别过。

　　城外通往水县的小路上，周鹿鸣向着六娘山的方向大步走去，柔和的夕阳照在他棱角分明的脸上。他一边走，一边想象着哥哥这两年的大学生活。他想，如果换作自己，也未必能比哥哥活得精彩吧？

第八章　空谷幽兰

　　迷龙河不是什么大河，甚至只能算作溪，从蒙山淅淅沥沥地往南流，两百多里地，裹挟了沟沟岔岔里的水，至柳溪镇，竟也有几分滂沱的意思了。这一来，出出进进的，就得靠了水上那几条舢板和筏子。这里是不作兴大船的，一来水浅，二来无甚物产，稍大点的鱼虾也绝难看到。河道是极曲的，曲到极处，便窝出大大小小的湖。柳溪一段，堤上是蜿蜒了几十里的柳林，柳林往后，是同样蜿蜒了几十里的房舍。平房、瓦房，高低错落，一律的清漆门面，吊两柄铁打的门环。门前是一水的清水石阶，直通河底。

夏天一到，女人们就携了衣物，延河排了四五里，把石阶靡打得光亮。镇上的半大小子们，最喜欢夏天的光景，离河尚远，就已飞跑着脱了个精光，及至近前，把裤衩往柳权上一挂，人就扑通扑通跳下了河，溅了旁边说笑的女人们一身的水。女人们的嘴就没了遮拦，分不清是笑还是骂了。被骂的孩子也不恼，脑袋从水里冒出来，咧嘴一笑，就游远了。

周鹿鸣回到柳溪镇的时候，太阳已经挂在了六娘山上，迷龙河边的女人们也已经洗罢衣服回了家，只剩下三五个孩子，还在水里嬉闹着不愿离去。村口的河滩上，不知谁家的一群肥鸭，像是刚刚用过了晚膳，悠闲地迈着步子，嘴里嘟噜着水。远处的山道上，放羊的赵西梅老汉哼唱着《沂蒙山小调》，手里的鞭子甩得脆响。周鹿鸣远远地向河面上的一支筏子招了招手，筏子就箭也似的过来了。待筏子近了，才看见撑筏的不是别人，正是水芬小姨。鹿鸣见水芬小姨一身素装，就不自觉地想起了"能人"蒲小义，想起了蒲小义，眼睛里就不自觉地有了泪花。

蒲小义是蒲木匠家的二小子，镇上数得着的俊俏后生，人也聪明，高中毕业后到青岛打工，没几年就有了不少积蓄。县里运输业搞得风生水起的时候，他爹蒲木匠给帮衬了三沟一，买了辆二手大卡，省里省外的搞运输。蒲小义人缘好，走南闯北，顺风顺水的。不到三年，农业银行的小本本上，六开头，挂了五个〇。给蒲小义张罗媳妇的就多了起来，十里八村模样好点的姑娘尽着他挑，也相看了几个女学生。"走马观花"，能人蒲小义一个都没相中。于是说闲话的就有了，说蒲木匠爷儿仨有了钱就不知自己姓什么了，不知道自己值几个钱了。女人们这么说的时候，水芬笑一笑，从不接话。

蒲小义从贵州出车回来，买了几瓶好酒，跑到六娘山上找到了放羊的赵西梅老汉，把酒斟好，"大叔，您老人家没儿子，要是不嫌弃我，我就给您当半个儿吧！"赵西梅背靠老树，杯底一扬，笑一笑，"成不成的，你去给水芬说；我没二话。"见赵西梅老汉表了态，蒲小义咣咣咣磕头如捣蒜，然后起身，一溜小跑，就奔了镇上服装厂。

蒲小义给了厂长一瓶茅台，拿着厂里的大喇叭，跑到女职工宿舍楼下大喊了起来："赵水芬，我是蒲小义，你小学同学，偷过你一次钢笔，往你书包里塞过八回屎壳郎，给你递过几十回小纸条，你一次也没给我回。虽然你一次也没给我回，但是我一点也不生气。因为村里的那些想吃天鹅肉的癞蛤蟆，张涛、刘波、徐建这些人，给你递过几百次小纸条，送过你几十次钢笔，你都没有回，也没有留。留也没有用，留了我也会给偷来，然后砸了，摔了，扔了。我砸了，摔了，扔了，你也不会生气，就算你生气也是假的，是做给张涛、刘波、徐建这些想吃天鹅肉的癞蛤蟆看的。就算你是真生气，也不会超过半个钟头，就算超过了半个钟头，见到我也就不生气了。就算见到我还是生气，那也还是假的，还是做给张涛、刘波、徐建这些想吃天鹅肉的癞蛤蟆看的……怎么回事，喇叭怎么不管用了，是不是没电了？没电了我也照样说，我天生嗓门大，外号小广播，还是你给安的。好，把喇叭甩了，我今天再当一回小广播。别问我今天哪里来的这个自信，我十年前就知道你稀罕我，你稀罕我却不好意思给我说。你不好意思说，今天我来说。我一年给你们服装厂送一百次货，你们服装厂的人没有不认识我的。认识我也没用，我也不怕丢人，今天我的脸皮比你们服装厂做的最厚的棉袄还要厚上半指，我要当着你们服装厂五百口子大闺女、小媳妇的面，当着你们那个黑心厂长刘跃进的面，向你表白。刘跃进刚刚收了我一瓶茅台，借给我电量不足的破喇叭，我回头再找他算账。我要向你表白，我，蒲小义，蒲木匠的二儿子，我现在宣布，我要娶赵水芬做老婆！我不仅这辈子娶赵水芬做老婆，下辈子我也还要娶赵水芬做老婆！赵水芬，你听着，你要是答应了，我拿你当闺女疼，拿你爹当亲爹！你要是不答应——不答应我就……你要是不答应，我也不活了，我一把火烧了服装厂，烧了刘跃进，让他喝不成我的茅台，就算喝成了，也是上那边喝……"

蒲小义蛮不讲理的连珠炮式的表白还没完，厂里就炸了锅了，几百口子女职工围着蒲小义看热闹。蒲小义嘴上说不怕丢人，可等看热闹的人真的围上来后，他却也脸红了，结巴了，就势坐在地上，杵住了。歇斯底里的表白过去了十几分钟，楼上却没有一点动静。蒲小义就蔫了。蒲小义蔫了，看热闹的人也就散了。眼看蒲小义从酒劲儿里借来的自信马上就要耗尽了，三楼的窗户里却慢悠悠飘下一句话来：你要是从三楼跳下去，死不了，我就嫁给你！

蒲小义乐了，一个激灵从地上坐起来，二话没说，就跑到了三楼阳台上，扑通就跳了下去。水芬大叫一声从楼上冲下来，一把抱起蒲小义，眼泪就下来了，"你个孬种，我等你三年了，你这才来。你要是死了，还怎么拿我当闺女疼，还怎么给我爹当亲儿……"冷不丁的，蒲小义竟睁开眼咧嘴笑了，然后擦了擦头上的血，说，"赵水芬是我老婆了，赵水芬是我老婆了，刘跃进，你有口福，茅台活该你喝！"水芬有点不敢相信自己的眼睛，又是哭又是笑地拿手捶蒲小义胸膛。蒲小义自己站起来，跑啊，跳啊，乐得不行，"赵水芬是我老婆了——赵水芬是我——"突然又立住不动了，"老婆，坏了，我腿可能骨折了……"

蒲小义娶了水芬，镇上的后生就眼馋了，闹洞房的时候，把蒲小义往死里折腾。蒲小义也不恼，尽着他们闹。蒲小义知道，镇上的后生们都憋着一口气。于是喜宴之后，蒲小义就又延河摆了十几桌，让后生们个个吃得肚大腰圆，吃光了心里的羡慕嫉妒恨，吃出了诚心实意的祝福和赞美，吃得个顶个对着蒲小义竖大拇指儿……

结了婚的水芬，穿着红嫁衣，盘着高高的发髻，走在河道上。女人们说，水芬这孩子有福气。蒲小义是真把水芬当闺女疼，里里外外的都由着她。蒲小义喜欢吃韭菜水饺，水芬喜欢吃白菜水饺，于是蒲小义从此以后就只吃白菜水饺，逢人便说水芬包的白菜水饺好吃得紧。蒲小义喜欢抽烟，早几年他爹威胁说如不戒烟就打断他的狗腿，蒲小义撸起裤子两腿一伸，拍拍"狗腿"说，你打吧，打断了我还要抽，不仅要抽，还要比以前抽得凶，以前两天一包"红将军"，现在一天两包"白将军"。水芬也要蒲小义戒烟，但水芬不用打断蒲小义的"狗腿"，水芬连一句话都不用说，只横了蒲小义一眼，蒲小义的身上就再没有过烟味。再说这每晚睡前的洗脚吧，蒲小义把洗脚水端到水芬跟前还不算完，还要给她洗，洗完了也还不算完，还要再漂一遍。蒲小义黏水芬黏得寸步不离，水芬做饭，蒲小义站在水芬身后搂着腰，水芬上厕所，蒲小义站在厕所门口站岗。也不光在家里黏，在外面也黏，人越多越黏，人越多黏得越紧，水芬赶集，蒲小义挎着水芬胳膊傍着走，路上笑话他的小媳妇、野孩子跟一路，跟一路也不松手。别说跟一路，跟到家照样也还不松手，不仅不松手，越笑话他他挎得越紧。

可庄户人过日子，不管娇妻多美，炕头多热，总归要讨口饭吃。婚后百天，蒲小义抱着水芬狠狠地亲了一口，眼泪流了一箩筐，鼻涕流了一大把，一步三回头，一步六回头，一步九回头，然后头也不回地跳上大卡，奔了内蒙古。有了家口，在外打工的蒲小义就多了一份牵挂，以前个把月不回家一次，现在十天半月就想往家赶。以前白天干活，晚上打酒伙（聚餐的意思），现在黑天当白天，劲儿往死里使。兴许是小两口恩爱过了头，连老天爷也看不下去了，农历八月十四，蒲小义拉着一大车内蒙古特产往家奔，谁知刚过古北口没多远，在口南一处和稀泥的"裤裆路口"，斜刺里窜出来俩半大小子，蒲小义急打方向盘，保下两条命，自己却车翻人亡，死无全尸……

噩耗传到柳溪镇，水芬当个笑话听，她不相信活蹦乱跳的蒲小义说没就没了，她觉得是那些嫉妒蒲小义的家伙故意糟践他。一个人说可能是假，一百个人说假也成了真，等到整个镇上的人都在这么说的时候，水芬就坐不住了。等到赵西梅老汉阴着脸进了女儿家，水芬"哇"的一声就哭死了过去。赵水芬就这样像根木头一样坐在河滩上哭了整整半年，哭倒了六娘山，哭干了迷龙河，哭萎了地里红红绿绿的庄稼果蔬，哭得镇上的男女老少都想哭……眼泪哭干了的时候，赵水芬把包袱一打，回了娘家。

水芬虽是个寡妇，但是身条好，又年轻，来赵西梅家给水芬提亲的就一茬接一茬。提亲的来了，水芬就继续哭。水芬一哭，赵西梅老汉就不说话，把旱烟袋咂得直响，提亲的干笑一会，就走了。烟抽了一斗又一斗，一辈子没掉过眼泪的老汉闷声挤出一句话："闺女，活人不能受死人折磨，咱注定不是蒲家的人，就当他是个客吧，是客就得走，他走了咱日子还得过。"老汉原本是给闺女宽心，可话还没出口，自己眼圈先红了，低着头，不敢看闺女。水芬不接父亲的话，她知道，蒲小义的确是个过客，可就是这个客，硬生生掏走了她的心，她的心既给了这个客，自己也就如同死了一般，再不会为谁打开自己的心了。

这么一晃，几年就过去了，现在，在外打工两年多的周鹿鸣，从城里办完事回到村里来了。

鹿鸣隔着河面见撑船的是水芬，就高兴得不得了："小姨，怎么是你啊，好几个月没见，可想你了。"

"在县城待了几年，嘴倒是学溜了。大清早我就眼皮直跳，数算着今天该是你回来的日子，这么热的天，撑船的大葫芦叔过晌就回家睡大觉去了，我怕你过不来，早早地就在这等着了。"

"还是小姨疼我！"鹿鸣在水芬小姨面前，放松得像个孩子，语气里有些撒娇的意思。不等筏子停稳，鹿鸣一下就蹦了上去。水清筏快，没一会，筏子就靠了岸。

"注意脚下，靠岸了。"水芬小姨提醒鹿鸣。迷龙河边长大的人，人人都是撑筏的高手。

水芬把筏子系在柳权上，两个人一前一后上了岸。几个月没回来，重新呼吸着柳溪镇的新鲜空气，鹿鸣的心里就亮堂起来了。

"大爷爷怎么还在放羊，"鹿鸣指了指六娘山上放羊的赵西梅老汉，"该收工吃饭了。"

"不管他，咱先吃。我炖了鸡汤，给你补补。你在厂里饥一顿饱一顿的。"水芬小姨见鹿鸣个头似乎又蹿高了一点，打心眼里高兴。

"太好了，肚子都叫了。"鹿鸣一手摸着肚子，一手搂着水芬小姨的肩膀往村里走。

"你哥在学校还好吧？"自从剑鸣进师大读书后，水芬小姨就很少见到这个爱闯祸的家伙了。

"今天他们学校出事了，他们学校水果店的老板，找了一帮黑社会，打伤了两个学生，把全校的学生都惹毛了，几个挑头的学生一吆喝，大家伙一生气把店给砸了，人也给打的半死。"

"这帮孩子胆子还真不小，不像我们服装厂，老板拖着几个月工资不发，没人敢放个屁，"赵水芬骨子里有点男人的英武之气，听鹿鸣说学生们都敢为了别人的事打抱不平，对比之下，服装厂里的人为了自己的事大话不敢说一句，实在窝囊，转念一想，保不准剑鸣也参与了打砸，就又抛下自己厂里的事，问鹿鸣，"你哥也参加了吗？"

"我哥那脾气，小姨你不是不知道，他不仅参加了，还是头呢。我就担心他闹出事来，你们又操心。"

"那我回头给他打电话，这可不行，枪打出头鸟，该收敛的时候得收敛。"水芬小姨果真又要为剑鸣担心了。

"我哥好像谈对象了。"鹿鸣不想让水芬小姨为哥哥操心，故意岔开话题。

"那好啊，让他带回家，咱们都见见。"说话间，两个人已到家门近前，水芬往兜里寻钥匙。

水芬家的房子，很有些历史了，据说她太爷爷在的时候，这房子就有了。院子里的老槐树，树冠遮蔽了整个院子，即使三伏天里，也分外阴凉。水芬把饭桌支在槐树底下，不一会就端上来一桌子香喷喷的饭菜。不待饭菜上齐，鹿鸣就先喝了一口鸡汤，"小姨，手艺越来越好了。"他确实是有些饿了。

"你要是喜欢，我逢星期天就去厂里给你送。"水芬看着鹿鸣吃心里就开心，自己并不动筷子。

鹿鸣已经很久没有这么痛快地吃过一次饭了，他索性敞开肚皮，大口大口地吃起来。水芬小姨看着这个愣小子狼吞虎咽的，心里美滋滋的。月上柳梢了，鹿鸣才从水芬小姨家出来。他吃饱了肚子，浑身舒畅，就解开衬衫，任肆意的晚风吹拂着他的胸膛。他没有立刻回家，而是迈开步子一直走到了村外的河滩上。夜幕下的柳溪镇，繁星点点，凉风习习。鹿鸣脱掉鞋子，赤脚踩在了河滩上。河沙凉爽松软，他干脆放开腿在堤上跑了起来。晚风在耳旁呼啸而过，他欢快地唱了起来："没有什么能够阻挡，你对自由的向往。天马行空的生涯，你的心了无牵挂……"他尽情地跑啊，唱啊，仿佛身体里的每一个细胞都打开了。他陶醉在自己的歌声里，忘记了这半年来的劳累。

周围的一切，都是那么的熟悉，苇丛里的小虫兴许也是他多年前的旧相识，有人对牛弹琴，我这该算是对虫唱歌了吧，他边想边乐。一乐，脚底就失了准头，倒了。倒在松软的河沙上，整个后背都凉冰冰的，舒服极了。此刻，花香馥郁的迷龙河畔，河水哗啦啦地响。他舍不得爬起来了。

夜深了，鹿鸣爬起来，把衬衫往肩上一搭，就往回走。鹿鸣家靠近村外，院墙外就是河滩。附近的几户人家，这时候多半都已经睡下，没有了白天的聒噪。大舅不在，鹿鸣一个人躺在床上，倾听着窗外哗啦啦流淌的迷龙河水，心里浮想联翩。鹿鸣、剑鸣兄弟俩本是家里最小的孩子，上面还有三个哥哥，一个姐姐，这在整个水县，也是不多见的。那几年县里计划生育抓得紧，村干部没少到家里闹腾。孩子一多，生计也就成了问题，大舅不愿看着自己的妹妹，也就是鹿鸣兄弟俩的母亲受累，主动提出抚养两个小家伙。因为从小长在外婆家，兄弟俩也就随了外婆家的姓。鹿鸣母亲兄妹五人，大舅是兄妹里的老大，一辈子没有结过婚，把鹿鸣兄弟俩当亲儿子一样疼。

鹿鸣刚到外婆家那会，还不满半岁。大舅二十年如一日，又当爹又当娘，从没有叫过屈。因为不在母亲跟前，两个小家伙就只能喝奶粉。那时候奶粉质量差，喝得兄弟俩直窜稀。每逢谁家的媳妇生了孩子，外婆就抱着两个小东西去蹭奶，说起来，兄弟俩也是喝过"百家奶"了。直到现在，鹿鸣兄弟俩每次回家，村里的女人还打趣他们："你小时候可没少喝过我的奶呢！"

兄弟俩上中学的时候，外婆去世了，从此兄弟俩就和大舅相依为命了。母亲自己带着四个孩子，平时很难顾全到小哥俩。没有女人的家庭是不完整的，兄弟俩最害怕过年，欢乐是别人的，他们只有在别人的欢笑里才感受到一点年的味道。如果不是村里的水芬小姨常过来走走，他们连一顿年夜饭也吃不好。也是因为过年，他们过早地感受到了人间冷暖。头几年，大舅还是个壮劳力，庄稼经营得好，又会拾砖拿瓦的，农闲的时候带着村里的一帮后生，十里八乡的揽了不少活。过年的时候，来给大舅拜年的本家后生，一茬撵一茬，把头磕得脆响。后来，大舅老了，兄弟俩又还小，家里的日子一天比一天差。再过年的时候，大舅摆上一桌酒，坐在桌前，等着，等到过晌了，也等不到一个来拜年的后生。大舅就端着酒杯，看着鹿鸣兄弟俩，发愣。

大舅是一个有故事的人。虽然外婆家是地主成分，但年轻时候的大舅是村里少有的几个文化人，队里就安排他当了会计。大舅是柳溪镇有名的俊俏后生，每次到公社开会，镇上的姑娘们为了看他一眼，翻山越岭的步行几十里。后来，大舅又做了村里高小的教师，每次讲课的时候，窗外总是站满了附近村子的姑娘。姑娘们相亲的时候都喜欢把男方和大舅做个比较，都说："但凡他长得有一点像周明岩，我这辈子跟了他也不亏了。"虽然喜欢大舅的姑娘很多，但没有几个真心愿意嫁给这个"地主羔子的"。

后来，大舅和村里的葛香兰恋爱了。他们分在一个生产队，一起下地，一起劳动，一起说说笑笑。葛香兰根正苗红，又是镇上的团委书记，预备党员，本不该和大舅有什么牵扯，可偏偏就是她顶住了家庭和社会的压力，和大舅相爱了。大舅的心里矛盾起来了。他爱葛香兰，但也正是因为爱她所以更怕连累她，怕误了她的大好前程。他只好疏远了她。

葛香兰的爹葛财旺把闺女关在家里，不让她和大舅来往。公社粮管所所长看上了葛香兰，厚着脸皮到葛家提亲。葛财旺就找到大舅，说，"我闺女已经许给了杨所长，你以后别缠磨我闺女了，这是严重的政治问题。"大舅的眼泪就吧嗒吧嗒地掉，什么也没说。葛香兰出嫁的前一天，逃到鹿鸣外婆家，躺在了大舅的床上，死活不走。谁来叫她，她就说是周明岩的人了。葛财旺没办法，跑到六娘山上找到了正在劳动的大舅，扑通跪下，"大侄子，叔给你磕头了，你就饶了我闺女吧，政策紧了，我闺女要是跟了你，初一十五的保不定就成了寡妇……"大舅哭着从山上下来，一进门就把香兰往外搡，"葛香兰，你走吧，我看不上你。"葛香兰眼泪也下来了，"明岩，你不用瞒骗我。你心里想的什么俺都知道。我什么都不怕，死也跟你死在一个窝里。"大舅抹抹眼泪，一狠心，把葛香兰推出了门外，"你这辈子别再进俺家的门，你滚……"

葛香兰嫁给了杨所长，一辈子没有再回过柳溪镇。

那以后，大舅一直没有结婚。1978年，外婆家平了反。那一年，大舅三十三岁，人长得体面，又有文化，再找个媳妇也是不难的。可无论哪个媒婆一进门，大舅就会一顿臭骂。鹿鸣曾试探着问过大舅，问他有没有后悔过。院子里的樱桃树下，大舅吸着旱烟，眼神有些迷乱了。

去年，五十多年没有回柳溪镇的葛香兰回来了。在村口，她碰见了大舅。五十年前相恋的两个人，如今都已垂垂老矣满头白发了……那一天，从没有见过大舅流泪的鹿鸣，看见大舅一个人躺在屋子里，号啕大哭……

第九章　火车开往冬季

　　周鹿鸣很久没有睡过一个囫囵觉了，醒来的时候，阳光已经透过窗子洒进来，盖在了他的光膀子上。这半年来，他没日没夜地干，手上的老茧已经硬得像个老农似的。昨天遇见水芬小姨，他一直把手藏在口袋里，生怕她看见后又要责问一番。小姨虽然嘴上厉害，心肠却是极软的。她若是知道了，又不知要掉多少眼泪。蒲小义走后，这个善良的女人已经把眼泪流干了，不能再让她心焦了。

　　这是鹿鸣劳动以来第一次请假，主任二话没说给了他一个星期的假。他躺在床上，听着院墙外叽叽喳喳的鸟鸣，痛痛快快地伸了个懒腰。他把胳膊枕在头下，看着窗外几只追逐嬉闹的麻雀，他在心里计算着，这半年他每个月都比别人多拿三百块奖金，加上他平时捡饮料瓶子赚的钱，满打满算凑够了四千元。他已经到临西五路的桃源科技城打听过了，一台差点的笔记本电脑，也就是这个价格。工资他是舍不得动的，要留着给哥哥做学费，剩下的还要准备着年后把家里的房子翻盖一下。他仿佛已经看见了自己坐在崭新的电脑前，把键盘敲得噼里啪啦地响。有了电脑，他写起小说来，就更方便了。这么一想，他就兴奋地爬了起来。

院子里的樱桃树挂着一个竹篮，不用想，他也知道，一定是水芬小姨一早送来的早饭。水芬小姨肯定是想让鹿鸣多睡一会，才没有叫醒他。

吃过早饭，鹿鸣随手拿了一本小说就出了门。《沂蒙山小调》远远地从六娘山上飘下来，放羊的赵西梅老汉已经早早地上山了，水芬小姨也一定到服装厂上班去了。鹿鸣来到河滩上，见撑筏子的大葫芦老汉正在抽旱烟，就笑着打招呼："大葫芦爷爷，你的大葫芦呢？"

"是鹿鸣啊，有日子没见你了。镇上的小卖店不卖散酒了，我一个老光棍，可舍不得买那二两辣水水了。"大葫芦老汉有气管炎，一副破锣嗓子，说起话来像谁在拉鼓风箱。

"那葫芦里没了酒，吃饭还香吗？"鹿鸣在大葫芦老汉身边蹲下来，拿老汉当老顽童打趣。

"香什么啊，不香了，精神头都没了。"老汉吐出一个眼圈，笑眯眯地说。

"那我给您商量个事吧，我孝敬您一箱老白干儿，再给您点钱，您到柳溪饭店好好撮一顿。这筏子我先替你照看着，来了人，我帮您撑筏，得了钱还归您，怎么样啊大葫芦爷爷。"鹿鸣知道大葫芦老汉好酒，每次回家都要请老汉喝上两口，但要想让老汉无功受禄，白白喝别人的酒，也还是要费上些口舌的。

"年轻人挣两毛钱也不容易，可不能这样糟蹋，你们爷俩供你哥上学不容易，我不能让你花钱。"大葫芦老汉光棍一个，却和镇上的多数老汉一样，是个软心肠。

"大葫芦爷爷，你忘了吗，我小时候没少吃您老人家种的瓜啊。我孝敬您是应该的。"鹿鸣怕大葫芦老汉听不见，就凑近老汉耳边说。

"可不敢这样，这样可不行。"大葫芦老汉认真起来了，但越是认真反而越像个老顽童了。

"没事，我就是想找个地方看书，您还不懂吗，躺筏子上多美啊。咱爷俩是两不亏欠啊。"鹿鸣终归是要让老汉无偿接受自己馈赠的美酒的。

"好吧，鹿鸣真是个好孩子。将来走州过县，能有大出息！"大葫芦老汉一辈子，敌得过金银财宝，敌得过女人，唯独敌不过二两烧酒。

鹿鸣把大葫芦老汉送到柳溪饭店，给他买了酒，叫了一桌子好菜。有了酒，有了菜，大葫芦老汉别无所求了。看着老汉吃得口水唾沫满天飞，鹿鸣也志得意满地回到了河滩上。他把筏子从柳杈上解开，推到水里的柳荫下，躺在筏子上美美地看起了小说。温和的东南风贴着水面吹拂着他的脸颊，全身的肌肉都放松了。

他看的是肖洛霍夫的《静静的顿河》，厚厚的三卷。不一会，他就沉浸到小说里，和葛利高里一起驰骋在疆场了。白天的迷龙河，静得出奇，不时有巴掌大小的草鱼或者鲢鱼跃起，尾鳍拍打着河面，水滴偶尔溅到鹿鸣的书本上来。鹿鸣毫不察觉，他已经完全陷在故事里了。太阳挂在六娘山上的时候，一个电话打了进来："是鹿鸣吗，我是关琳，剑鸣出事了，你快来一趟学校吧……"

四月的鲁南师大，气温不冷不热，环校路上的法国梧桐在东南风里哗啦啦地响。正是上课时间，路上的行人稀稀落落的。瘦竹园深处的凉亭里，蓝莲花乐队的小青年们，正在为今晚的晚会做着最后的准备。他们似乎忘记了刚刚过去的水果门事件，或是刻意不去提起。学校里的其他学生，课余饭后，也还会聚在一起，回味一下校长被泼墨水的经典一刻。

人文学院分团委办公室，分团委书记、哲学系辅导员罗慧老师坐在办公桌前，神色凝重，若有所思。电话铃声突然响起，她刚抓起桌上的电话，办公室里几个正在整理材料的学生干部就齐刷刷地转向了这边。他们对这个来电号码太熟了。罗慧略一迟疑，明知故问地对电话里的人说："张校长，我们学院承办的晚会有什么变动吗？"

"晚会的事先不说，这件事处理不好，晚会也不必办了。"

听语气，就知道张清远这次是来者不善。

"张校长，您说的是什么事？"罗慧有些明知故问。

"小罗啊，别跟张叔叔打哑谜了，我直说吧，这次你千万不要再包庇班上的学生了，你们班上的几个学生，尤其是周剑鸣，虽然在学生中有些影响力，但这次也太无视校规校纪了。如果再不给他点教训，学校早晚要出大乱子。"张清远一副公事公办的语气。

"张叔叔，这次水果店的事情，学生们确实做得有点出格，他们不该连您的话也不听。您看这样行吗，我待会把周剑鸣他们几个找来，严厉批评，让他们到您办公室去给您道歉。"罗慧似乎对事态预估不足，以为仍旧像之前几次学生事件那样，能够大事化小，小事化了。

"小罗啊，你不要再避重就轻了，这次不比从前，不是批评几句就可以过得去的。况且，以你的性格，恐怕之前就从没有批评过他们，说不定还没少鼓励。你就不要再过问这件事了，我自己直接牵头处理。"张清远如此挑明了讲，看来早已经拿定了主意。

"张叔叔，周剑鸣、佴志全这几个学生，情况比较特殊，他们的想法都还比较单纯，不是有意冲撞您的，您——"罗慧急了。

"小罗，你就别再替他们说话了，我给你交个底吧，我和其他几位校领导已经开过会了，这次恶性事件的几个主要煽动者，全部降级，记大过，取消入党和在校期间的一切评奖树优资格，至于周剑鸣——直接开除！"这次张清远真是铁了心要清理门户了。

"张叔叔，您向来宽宏大量，您就再给他们一次机会吧。听我爸说您当年在武大当学生的时候，才华横溢，有很多崇拜者，作为学生会主席您还组织过要求校长下课的学生游行。我想，您一定能体谅这些学生的行为，他们品行上都没有问题，只是因为年轻气盛逞一时的英雄。可是，谁没年轻过呢，您说？——您知道的，现下的社会，学生能有点棱角是多么不容易，去年您在学生毕业典礼上也说，"八〇后"一代暮气沉沉，鼓励每一位师大学生都要大胆思考，大胆——"罗慧熟悉张清远的脾气，她以为说几句好听的后者就能收手。

"小罗老师啊，容我打断你，你就别给我戴高帽子了，这件事非比寻常，在师大历史乃至本省近二十年的教育史上都不多见。今天，报社的几个流氓记者写了几篇颠倒黑白的新闻，发到我这里，想威胁我。我要不严肃处理这几个学生，于情于理都说不过去，以后也少不了被当软柿子捏。再说回来，我毕竟还是校长，面子还是要的。我很早就注意到了，学校里几个无法无天的学生都是你们人文学院的，要不是因为你包庇他们，事情不会到今天这个地步。这次的事情绝不能说成是几个学生调皮捣蛋，就定了调子了。全校教职工都看着呢，不严肃处理，以后的工作还怎么开展？他们打伤的人，现在还住在医院里，如果不是我出面，这几个学生早被抓起来了。"

"张校长，您先消消气，我知道，您怎么处置这些学生都不为过，但是，您想想，他们毕竟也是咱们学校自己培养的学生，即便全部开除，您这边，也不一定好看。您看这样可以吗，我晚上给我爸通个电话，让他给省、市两级宣传部门都打个招呼，让他们要求本地媒体——"

"你就别再掺和了，你爸那边先不要让他知道。不是我不给罗书记面子，实在是不能再纵容了。校委会这边也不是我一个人说了算的，其他几位领导一直以来就对你意见很大，毕竟你本身就负责学生工作，出了这样的事情，难辞其咎。你不配合学校也就罢了，再要包庇，就说不过去了。以后再有其他教职工打你的小报告，我也就不好再为你说什么了。你要对自己的前途负责，也要让罗书记省心，你还是彻彻底底地别管这件事了吧！"

"校长，您听我说——"

"小罗啊，就这样吧，好好考虑考虑我说的话。"

"校长——校长，您别先挂。"

…………

学生们从电话里听出了端倪，都轻手轻脚地出去了，留下罗慧一个人眉头紧锁地坐在桌前。

罗慧老师是师大2002届音乐系毕业生，人长得漂亮，嗓子也好，学校的很多文艺活动都少不了她。加上校长和她父亲的这层同学关系，罗慧一毕业就留了校，在校团委从事学生工作，没几年就调入人文学院担任团委书记，独当一面。罗慧老师历来不缺追求者，可如今三十大几的人了，却还没有结婚的意思。

还是学生的时候，就有不少文艺小青年打罗慧的主意。文艺点的，情书一封封地写，摞在一起，都够出一部苦情小说了；实际点的，就给她买买早饭，打打开水；经验丰富的，就多花了点心思，烛光晚宴，花前月下；当然，胆子大当众求爱的也有。这些人里，长相俊美的有，才华出众的有，长相俊美又才华出众的也有。可罗慧都不为所动，始终一副不解风情的样子。直到毕业，罗慧就这么单着。再往后，罗慧不声不响地和自己班上一个其貌不扬的男生恋爱了。这场让人纳罕的师生恋，一开场就注定要被带上道德的枷锁。于是满城风雨，说什么的都有了。不少好事的就给张清远写了匿名信，说罗慧无视校风校纪，败坏本校教师在学生中的形象，严重影响教学工作的开展。更有甚者，直接在博雅楼的宣传栏上贴小字报，说罗慧性骚扰班上的学生。

可罗慧到底是罗慧，别人的攻击越恶毒，她就越张扬。之前还只是在晚上和她的小男友一起散散步。风言风语一起，大白天的，两个人就手挽手招摇过市了。张清远毕竟是长辈，也不好多说什么，明里暗里地那么点过她几次之后，也就听之任之了。时间一久，说长论短的也就淡了，师生恋已不能再激起他们多少叙述的欲望。少了舆论的压力，事情本该向着美好的方向发展了，谁知那小男生一毕业，竟飞了法兰西，留学去了。风言风语就又起来了。可罗慧依然是罗慧，笑容不改，波澜不惊。

罗慧很欣赏周剑鸣。工作这些年，她头一次遇到像剑鸣这样的学生，才华出众不说，最难得的是他身上那股执着的正义感，让她感动。一个农家子弟，不仅是班里的班长，还身兼多个学生部门的干部职务，可一直以来，无论是评优还是入党，他都自愿把机会让给其他同学。国家每年向品学兼优的学生发放助学金，剑鸣是完全符合这个条件的，可剑鸣每次都把自己的名额让给班里的其他学生。他宁愿一个人抱着吉他到过街天桥去卖唱，或者半夜十二点到学校附近的酒吧去跑场子，也不愿拿国家一分钱。他无钱无势，却多次为了毫不相干的学生跑到校长办公室给张清远拍桌子。罗慧觉得这个学生有点不一般，她欣赏他。可是，这个学生，现在马上要被开除了。她绝不允许学校处罚这样一个学生——虽然这次他确实闯了大祸。

罗慧知道剑鸣和历史系的关琳相熟，就在昨天，她找到了关琳，想让她做剑鸣的工作。关琳当天就给她回了电话，说她没能说动剑鸣和佴志全去给校长道歉。她之前听说剑鸣有个双胞胎弟弟，于是就病急乱投医，想导演一出偷梁换柱的校园剧。

水县通往临沂的山路上，鹿鸣骑着从邻居家借来的摩托车飞驰而来，这是他两年来唯一一次没有步行去临沂。

罗慧坐在办公室里，焦急地等待着。她知道张清远是一个要面子的人，如果不能让他挽回面子，剑鸣是铁定要被开除的。当然，电话里张清远说得板上钉钉的，也并不是没有回旋的余地。只要暂时能保住剑鸣的学籍，其他的处罚可以一步步解决。她在心里对剑鸣也有几分责备，他怎么能让堂堂校长如此出丑呢？

办公室的门响了，关琳带着鹿鸣走了进来。尽管有心理准备，罗慧看到鹿鸣的时候，还是有些蒙——居然可以如此相像！鹿鸣听哥哥提起过罗慧老师，所以虽然初次见面，倒也还不至于过分拘束。他接过罗老师递过来的水，喝了一口，说："罗老师，我哥的事关琳已经给我说了，您既然让我来了，说明事情比我预料的要严重。有什么需要我做的，您尽管吩咐。"

"刚才我和张校长通了电话，情况有点不妙，学校要让几个挑头的学生留级。另外，剑鸣因为是召集人，学校要——要开除他，不过你不要太担心，校长是个要面子的人，只要能让他觉得找回了面子，事情就还有回旋的余地。"

"开除？这么严重！罗老师你一定要帮帮我哥，我大舅把我们俩拉扯大那么不容易，我哥要是被开除了，我们兄弟俩就太对不住他了。"

"你别急，还是有办法的，但不知道行不行，得我们互相配合，当然，主要得靠你。"

"我？"

"只要剑鸣在校长面前服了软，就什么事都好说。不过这次非比寻常，校长在全校师生面前出了丑，得让他好好的出出气。"

"罗老师，只要能让哥哥继续读书，我受点委屈是小事。您说让我怎么做吧。"

"那我就直说了。你和剑鸣长得像，我可以分辨出来，但张校长却未必。你穿上剑鸣社团的文化衫去校长办公室，先给他当面道歉，只要他一松口，我就让我爸给他通电话。另外，水果店老板的医药费，我负责解决。"

"罗老师，我先替我哥谢谢您了，有您这样的老师，是我们一家人的福气。这笔医药费，等我赚了钱一定还您。"

"剑鸣是我班上的学生，我本身又负责人文学院的学生工作，出了这事，我也有责任。再说，我一直很欣赏剑鸣，他也为我们班做了不少牺牲。我们班上，同学们不说亲如一家，至少没有钩心斗角，这些都多亏了剑鸣。我这个当辅导员的，也从他身上学了不少东西。医药费是小事，我就怕校长不会轻易答应，所以你必须得做到位，当一个称职的演员。"

"罗老师，我能做点什么呢？"一直坐在旁边没说话的关琳说。

"你负责找其他几个带头的学生，做好他们的工作，让他们每人交一份检讨。虽然校长主要是针对剑鸣，其他同学也还要做做样子。这也是为他们好，他们都有降级的危险的。物理系的佴志全，这个学生我了解，是我们班的常客，比剑鸣还犟，你要好好和他聊聊。"

"放心吧罗老师，如果他知道我们这是为了剑鸣，一定会答应的。"关琳说话的时候，满脸的真诚，目光澄澈而明亮。

"罗老师，校长以后万一知道是您让我去冒充我哥的，那怎么办？"鹿鸣站起身来，有点担心地说。

"没事，这都是小事。去吧，我就不留你们了，你们现在就分头行动，一个去找校长，一个去做其他学生的工作。对了，关琳，你先找件你们社团的文化衫给鹿鸣换上。"

勤政楼，校长办公室。

身着深蓝色爱乐者协会文化衫的周鹿鸣敲响了201房间的门，一个略显沙哑的声音说了声"进来"，一个矮胖秃顶且鼻梁塌陷的中年男人就出现在鹿鸣面前了。张清远看到鹿鸣进来，很是诧异，问："你来干什么？想把我也打到医院里住上几天吗？"张清远皮笑肉不笑地说。

"校长，您误会了，我是来给您道歉的。"鹿鸣见张清远没认出自己，心里轻松了许多。

"道歉？我没听错吧，我们学校叱咤风云的大才子来给我这个小校长道歉？你可是学校的大英雄喔，高唱国歌，手摇国旗，指点江山，激扬文字，少年得志啊！"张清远一边冷笑着，一边将身体往沙发上靠，因过度肥胖脑后随即涌起数层肉波浪。

"校长，我之前那是不懂事，不知道校长您的难处，只顾自己一时痛快，给学校抹了黑，您不要和我一般见识。另外，其他几个带头的学生，我也会让他们给您道歉的，特别是给您泼墨水的那一个。"虽然鹿鸣向来脾气温顺，但即使在厂里面对厂领导，也没这么低三下四过。如今说着这些有违己意的话，后背竟出了汗，脸也火辣辣的。

"我看你是口服心不服吧，一定是小罗老师给你做了工作，你才肯来我这里。"罗慧说的没错，张清远是个要面子的人，"剑鸣"一道歉，立马奏效，从张清远的语气可以听出来，他的气已经消了大半。

"没有，罗老师没有找过我，是我自己认识到了自己行为的荒唐。我们几个讨论过了，都觉得自己做得太过分了，就由我做个表率，自发到您这里向您道歉。"鹿鸣眼看有戏，演得更卖力了。

"好，那你说说你都错在哪里了。"张清远不自觉地跷起了二郎腿。

"我不该不信任校领导，不该不听您的劝告，不该私自组织学生聚众闹事，更不该在您喊话后与您继续对峙。作为一名学生干部，我给学校丢了脸，抹了黑，十分不应该，我一定深刻检讨，希望校领导能从轻处罚。"尽管鹿鸣心里着急得紧，但这一通话，还是差点把自己逗乐了。

"年轻人啊，早知道今天这样，何必逞什么英雄呢？！你啊，就是典型的心浮气躁，觉得自己在学校里有点小名气，我不敢拿你开刀，就哗众取宠，煽风点火，唯恐学校不乱！"张清远明显感觉自己占据了主动，有点借坡下驴的意思。

"是的，您说的和我想的一样，我就是爱出风头。"鹿鸣心想，如果哥哥听到张清远这么说，他会作何感想？以哥哥的脾气，就怕学校不开除他，他倒会把学校开除了。

"动动嘴皮子简单，挽回错误可就没这么简单了。这样吧，你就在我这里，现场写份检讨书，至少一万字，保证以后再也不会发生类似的事情。如果你写得真诚，我会考虑不予追究你的责任，不过其他几个学生，我还要看他们的表现。"鹿鸣乐了，张清远已然被拿下。

瘦竹园溪边，"深蓝色爱乐者协会"的小青年们还在排练，剑鸣抱着吉他自弹自唱，深情款款，"让青春吹动了你的长发，让它牵引你的梦，不知不觉这尘世的历史已记取了你的笑容，红红心中蓝蓝的天是个生命的开始，春雨不眠隔夜的你曾空独眠的日子……"关琳从远处走来，随着节拍清唱着，"让青春娇艳的花朵绽开了深藏的红颜，飞去飞来的满天的飞絮是幻想你的笑脸……"剑鸣与关琳交替演唱，关琳利用自己空闲的间隙，躲过剑鸣的视线，偷偷走到佴志全身边，小声嘀咕着："志全，现在就只能委屈你了，虽然这有点窝囊，但我们总不能看着剑鸣被开除啊。"

"关琳，你想多了，只要能帮剑鸣，让我写一百篇检讨都行，再说，这也是为了我自己。要不是我泼了墨水，校长也不至于那么生气。"

…………

从上午十点半开始，鹿鸣就一直待在勤政楼校长办公室，写他整个学生时代都没写过的检讨书。幸好他文笔娴熟，写起来倒也顺畅。午饭时间一到，张清远就自顾自地离开了，留下鹿鸣一个人饿着肚子奋笔疾书。下午一点半，张清远重新回到办公室，手里提了一份德克士快餐，雪白的米饭上盖了两个香喷喷的鸡翅。罗慧老师说得一点没错，张清远是个死要面子的人。只要给足了他面子，一切都烟消云散。鹿鸣还没写完，张清远就把检讨书拿过去看了起来。张清远全没有了之前的倨傲，换了一副语重心长的表情："周剑鸣啊，你的才华我很欣赏，也感谢你为学校争得了不少荣誉。你写的诗，我看过，的确很好，撇开校长的身份，单纯从一个旁观者的立场来看，我认为你学哲学有点浪费了，当然专业并不能决定一切，如果机会合适，毕业以后可以去北上广跑一跑，说不定遇到个伯乐，就红了。好了，检讨书写得很诚恳，就写到这里吧，你先回去，我和其他校领导碰个头谈一谈，争取取消对你的处分。不过，我也不敢把话说得太满，我尽力吧……"张清远和鹿鸣一样，两个人都乐开了花。

"谢谢校长，我以后一定会好好表现的，您忙，我先走了。"鹿鸣如释重负！

鹿鸣刚离开校长办公室，关琳带着五份检讨书就进来了。张清远脸上的花越开越大。半小时后，人文学院分团委办公室内，鹿鸣和关琳又坐在了之前的位置上。

"罗老师，我写了检讨书，校长那边问题应该不大了，他答应取消对我哥和其他几个学生的处罚，您看现在我们还需要做些什么吗？"

"现在最要紧的就是剑鸣这边了，最近几天他不能出现在学校里，否则会露馅。我们得想个办法让他暂时离开学校。"事情进展得如此顺利，罗慧老师也难掩心中的喜悦。

"这样吧，马上要农忙了，我喊他回家帮家里忙活一阵。"鹿鸣想了想说。

"不行，你们一家都很重视剑鸣的学习，突然喊他回家，他会起疑的。之前剑鸣说要跟我爸学摄影，现在刚好我爸要带队去苏州拍一组照片，就让剑鸣去吧。"坐在角落里一直不动声色的关琳，心里早就拿定了主意。

"行！"罗慧老师和鹿鸣一起说。

第十章　完美生活

　　师大博雅楼前的小花园里，"蓝莲花乐队"主唱兼百草诗社社长周剑鸣斜倚一棵不知名的小树，手拿一本《欧美十大流派诗选》，意气风发地向他的乐队成员挥着手，像一只英姿飒爽的小鸡，像一株雨后疯长的玉米。

　　贝斯手苏野坐在一棵法国梧桐上，吊儿郎当地吹着口哨。一件黑白相间的格子衬衫外加一个黑框眼镜，把他的斯文瞬间放大了一百倍，殊不知他衬衫下厚实的胸肌，足以令师大的女生们自愧弗如。这是他练习了五年武术的结果，这个"伪"书生可以毫不费力地放倒一个比他高出一头的魁梧大汉，如果他愿意，他还可以轻松地跑出百米十秒九七的成绩。这个来自部队大院的家伙，成天穿梭在部队文工团那帮叔叔阿姨之间，还在穿开裆裤的时候就对音符和文字有了非同一般的敏感神经。除此之外，这个军官的儿子，还和大院里的孩子们打得火热，当然，我说的是打架。他开过五个孩子的瓢，自己却一次也没有被破过瓜，至今仍是处子之头，让人不胜唏嘘。那时军官的儿子除了热衷于打架之外，还热衷于一切可以发声的物体，这为他后来成为一名伪音乐爱好者打下了良好的基础。苏野曾患气胸两次，自称不知是因胸中有块垒，以致气炸了肺，还是天妒英才，总之自己屡屡觉得英雄气短。在剑鸣和志全看来，这不过是"水手"苏野不辞劳苦地为师大的漂亮姑娘们打开水所留下的情债。

键盘手佴志全，情意款款地站在环校路旁的小卖部门口，高举四支冰激凌回应着剑鸣的召唤。在小镇青年佴志全的童年记忆里，打弹弓、弹玻璃球、捞虾摸鱼占据了他所有的生活，音乐是根本不存在的。而少年佴志全则痴迷于一切与抗战有关的游戏，他曾用自行车车链、摩托车辐条、拖拉机内胎以及堂嫂家门帘上的流苏制造了小镇有史以来最漂亮的一把火枪，并用它成功击毙了一条扑向邻家大婶的疯狗。音乐第一次在小镇青年佴志全脑海里留下印象与死亡有关，死亡让他在一天之内遭遇了三次哀乐。第一次是在清晨的收音机里，某某领导积劳猝死，悲壮的音符乘着电波汹涌而来；第二次来临时少年佴志全正逃课在一家游戏厅里"打鬼子"，一身素裹泪眼婆娑的漂亮女老师径直走了进来："大使馆都被美国人炸了，你还有心思在这里玩！"少年佴志全跟在女教师裙摆后面从游戏厅里走出来，小镇的广场上飘荡着灰色的哀乐；傍晚时分，少年俍志全走在放学回家的路上，骑着自行车呼啸而过的堂哥向他大声喊道："你爹妈喂鱼喽！"于是少年俍志全的耳边第三次响起了哀乐。他看见天边乌黑的云朵像一头发狂的狮子，向他张开了血盆大口。这种毫无美感的音乐让他第一次领略了旋律在表达悲痛时的奇妙能力。此后很长一段时间，少年俍志全都不再旷课。

剑鸣身后，关琳刻意穿上了那件洗得有些发白的淡黄色文化衫，背面印有"蓝莲花"乐队的宣言性诗句：我是浪漫骑士，携白马行走于诗篇。在另一些时刻，她的背后也会留下这样的诗句：我用双脚起誓，我将走更长的路，走更长的路，赴一场必散的宴。如果她不说，不会有人知道这个气质优雅的姑娘，会是一支摇滚乐队新物色的鼓手，柔美的身躯竟也可以激发出狂放的旋律。

四个文艺小青年很快就聚集到四支冰激凌面前了。苏野叼着一支"冰工厂"，嘴里发出嘶嘶的声音："那天哥们我睡大了，错过了那么精彩的节目，铁定要抱恨终生了！"剑鸣捶了他一拳，说："你有不睡大的时候吗？小心哪天把人家姑娘肚子也睡大了。"志全三下五除二解决了手中的冰激凌，神秘兮兮地对苏野说："堪比冠希哥艳照门，你没参加，亏大了。"说完，低头作惋惜状。几天前发生在师大的那一幕，如今已在网上传得沸沸扬扬，网民们戏称其为"水果门"。人多口杂，说发生在哪里的都有，给师大校领导们减轻了不少舆论压力。

剑鸣、志全和苏野，不碰头的时候，谁都是一副正正经经斯斯文文的样子。但只要凑到一处，就立马斯文扫地口无遮拦了。关琳已经习惯了他们几个的自嗨，苏野一来劲，她就早早地站到一边去了。由于人长得漂亮，今天又穿了一袭白裙，不时有经过的男生把目光投向这边。

剑鸣马上就要和关琳的爸爸一起到苏州采访去了，三个男生，决定伙同关琳好好地喝上几杯。于是一拍即合，在夜幕来临之前，深蓝色爱乐者协会蓝莲花乐队的这个四人小团伙，就簇拥到了瘦竹园旁边的这家小酒馆里推杯换盏起来了，连滴酒不沾的关琳也没逃过。四个自命不凡的文艺小青年酒风浩荡面带两朵小桃花，杯盘狼藉间妙语连珠。苏野说，"我们茫然四顾，爱上了今夜从窗外走过的所有姑娘"；似醉非醉的志全，举着酒杯，低头嗫嚅着："我们是最淳朴的农夫，企图把自以为很牛的思想耕种在躁动的土地上。"剑鸣喝了一口酒，脆生生吐出两字："傻子。"苏野哈哈一笑，像换了一个人似的，熟练地和操一口湖北方言的老板娘嬉闹了起来，时不时地在她某个丰满的部位揩一把油，直看得一旁的关琳骂他滥情。苏野把头往后一仰，笑着对关琳说："滥情总比基情好啊，我可不想害了这两位哥们，"说完，又转向志全，"东风无力菊花残啊。"志全就摇头晃脑地接了一句，"待到重阳日，还来就菊花。"剑鸣喝了一口酒，故作悲伤地回道，"菊花谢了春红，太匆匆……"邻桌的几个学生早已经笑喷了，一个男生吐了对面女孩一脸。苏野想笑又不好意思笑，强压着笑意向邻桌道歉，转过身又看着志全，问："谁的错？"一脸茫然的样子。关琳有点看不下去了，拿起桌上的一块火烧馍，一掰三瓣，堵上了他们的嘴。于是三个小青年低头猛吃，作无辜状。老板娘走进来，拍着苏野的肩膀说："酒钱按空酒瓶算，使劲喝就是了。"苏野连连说好，等老板娘一转身，就左手喝酒，右手拿空酒瓶往窗外的小河里扑通扑通地仍着，看得关琳目瞪口呆，剑鸣、志全大呼过瘾。

从小酒馆出来，三个男生似乎还未尽兴，军二代苏野大手一挥，拦了一辆的士，直奔解放路废墟酒吧。四个人要了两瓶红酒，拟把疏狂图一醉。剑鸣微醺着抱着吉他走上舞台，《蓝莲花》的旋律瞬间流淌过酒吧的边边角角。一曲过后，掌声雷动。他们几个经常到这跑场子，有些顾客就是冲着蓝莲花乐队来的。今天作为顾客，免费唱歌，很快就把酒吧的气氛拉动了起来。酒吧老板老耿亲自过来，白送了他们三瓶桃乐丝。老耿原也是师大的才子，毕业后枯坐杏坛一十三年，没把红尘勘破，却勘破了世道人心，于是毅然下海自己当了自己的老板。老耿和这几个年轻人很聊得来，每次剑鸣他们过来跑场子，老耿就由着他们唱，没有什么指定的曲目。有次来了个霸道的顾客，一来就点名让剑鸣唱国歌，剑鸣就硬着头皮把国歌唱出了摇滚的味道。结果顾客一把抱住剑鸣，连说这是他听到的最有个性的国歌，一甩手就给了两千块小费。

才刚刚九点半，酒吧里的气氛还没有完全调动起来。苏野喝了一口桃乐丝，就又乘兴跑上了台，把许巍、张楚吼了个遍。今晚的小高潮提前到来了，旁边的老耿乐开了花。离台最近的一个位置上，两个打扮妖艳的女人向苏野连抛媚眼。见苏野没有回应，其中一个竟直接从裙底脱下内衣，扔向台上。

离开酒吧时，已是凌晨两点，街上大雨倾盆，关琳一个人照看着三个歇斯底里的男孩。恣肆的雨水激打着他们的脸颊，歌声洒落在临沂街头。苏野跑上天桥，对着远处大吼："我是苏野，苏野是我，苏野好快活！"然后放声大哭，像个孩子。他们没有回学校，而是挤进了"狗洞"，四个人围坐在一张老掉牙的八仙桌前，就着廉价的凉菜，谈论着同样廉价的诗。剑鸣伏在桌子上，黑色中性笔在纸上飞速转动，不一会，一首名为《格格》的诗就展现在大家面前了：

被寂寞敲打着清朝的格格/被月亮泡透了山冈的格格/被十八代皇帝遗忘了宫殿的格格/被星星烧毁我尸骨的格格

我不能容忍你留在这里/格格，你纯洁的长发光亮如水/手捧一把芦苇的格格/你的世袭忧伤刺痛了我

我如何舍得认领你的马匹和美丽格格/我如何能明白地坐在你眉心格格/我看见你埋在前世的银格格/我从体内掏出最后一块镜格格

如果左边是平原那么右边是你/格格，祈祝是第九支不会开的花/三扇雍容的门，三炷香/如果左边是平原那么右边是月亮格格

　　如果宝石给你那么我也给你格格/这匹铜色的骄傲的马/伤心是花凋谢是我/哭是顽石舞蹈是谁格格/那架花色的辕车和轿也给你/云色渐渐洇散满天都是星啊/格格海水浓重是我

　　王朝远去坦白给你的是连绵的草格格/如果我还在哭泣那么前面是故乡/后面是你，一支牧歌，三世姻缘/如果孤独更亮你和嫁妆终于长大格格

　　青春给了他们激情的时候却没能给他们足够的自由，而诗或者歌，正是他们追逐自由的沙场。他们偏守在鲁南小城临沂，在拨弄音符的同时也切磋诗歌的技艺。娱乐的年代里，他们身体内置的天线，接收诗歌的信号往往比接收花边新闻灵敏得多。关于诗歌，剑鸣是一出招便会让人感到招法意外的高手，他充满机智，无限狡黠，你无从追寻他的套路。而苏野则是诗歌江湖上的"楚留香"，或者"胡铁花"，至于他愿意隐居黑木崖，还是固守襄阳城，谁也不清楚。志全喜欢在半醉的状态下写作，借着酒力，伏在杯盘狼藉间，倾斜着他无与伦比的才华。关琳的嗓子天生就是为他们的诗而生的，15瓦的白炽灯下，甜美的歌声穿过昏黄的灯光飘落在小城临沂。

第十一章　悠远的天空

　　从临沂城回到柳溪镇，周鹿鸣的假期就只剩下四天了。天气不错，晴空万里无云，心情也就跟着畅快了。刚吃罢早饭，鹿鸣就奔了河滩。过去的一个多月时间，他终于断断续续地把三卷本《静静的顿河》看完了。因为乔雅的强烈推荐，剩下的四天假期，他打算把印度小说家迪拉姆的《月亮上的火车》看完。

　　村外的河滩上，大葫芦爷爷抽着旱烟坐在筏子上，他见鹿鸣夹着书本往这边走，知道他又在打自己筏子的主意了。大葫芦老汉看着鹿鸣长大，心里欢喜这个懂事的小青年儿。这两年鹿鸣在县里瓷厂打工，每次过河回来，都不忘给他带几样下酒菜，赶上逢年过节，定会喊他到家里喝上几杯，让这个无儿无女的老光棍，打心底里感激。整个村子，只鹿鸣哥俩和赵西梅的三个闺女拿他当长辈敬重，其他后辈，单是急着过河的时候会记挂起他，平日里，哪怕打他门前过也不会和他说上句话。人到晚年，大葫芦老汉不图能有多大能为，每日间往筏子上一坐，抽一袋旱烟，抿一口老酒，天大的福禄了。老汉常醉了酒躺在筏子上自言自语，村里人以为不中用了，老汉心里却亮堂得紧，分得清人心歹善。

老汉见鹿鸣走过来，就起身收了旱烟袋，解开筏子推到树荫里，说："我去喝两口，你给咱照看筏子。"鹿鸣走到老汉跟前，笑着说："大葫芦爷爷，我带了点花生米给你下酒，你去喝就是了，筏子尽管交给我。"说完，从兜里拿出一个小袋子，晃了晃。大葫芦老汉接过来，又摇了摇裤带上的酒葫芦："以后莫花这些闲钱了，早早地相看个媳妇，也省得俺替你操心……"说罢，老汉就提着酒葫芦不知躲到哪里逍遥去了。

农历四月，水县旅游业的旺季还没有拉开帷幕，再者也不是周末，此刻的迷龙河分外的平静，一整天里除了几位来柳溪考察旅游项目的客商和县里的几个领导外，鲜有人过河。时间倏忽而过，周鹿鸣一整天都黏在了书本上，中午大舅来喊他回家吃饭，他也只是草草地吃了几口煎饼，就又回到了筏子上。也许是看书看乏了，天擦黑的时候，鹿鸣竟躺在筏子上慢慢睡下了。年轻人失职了，几个下班回家的汉子在对岸喊了好一阵，也没能惊动这位周公的座上宾，带着几分醉意的大葫芦老汉也不忍叫醒他，只好把一条久置不用的舢板复又推下水，渡汉子们回家。

梦里，周鹿鸣正和一个姑娘坐在河滩上聊天，无奈怎么也看不清姑娘的脸，像是乔雅又好像是水芬小姨，正当他迷迷瞪瞪的时候，忽听见有人喊他的名字，睁开眼，却见水芬小姨正推着电瓶车喊他撑筏过河。鹿鸣知道自己误了事，羞得脸通红。再看大葫芦爷爷，也已经倚靠在大柳树下睡着了，葫芦里的酒洒了一地。鹿鸣把筏子撑到对岸，涎着脸问水芬：

"小姨怎么现在才下班，天都黑透了。"

"你还知道黑透了啊，我要不喊，你指不定滚到河里，把迷龙河都喝到肚子里去了。你们爷俩也真够呛，小的迷到书里不省人事，老的醉在酒缸里做了神仙，你爷俩撑筏子，有多少过河的也得掉水里喂了鳖。"水芬往筏子上搬车子，对着鹿鸣和大葫芦老汉直摇头。

"小姨，不怪大葫芦爷爷，是我给他买的酒，说好了我撑筏子的，谁知道我看书看累了就在筏子上睡着了。"鹿鸣被水芬小姨呛白得不好意思了。

"你给他买什么不好，非得买那二两辣水灌他，他年纪大了，喝伤了身体有你后悔的时候。"

"对对对，小姨说得对，下不为例——咦，小姨，你车篮里怎么装了这么多好吃的？还买了蛋糕。"鹿鸣故意转移话题。

"听俺爹提过，你大葫芦爷爷是农历四月初三生的，今天是他七十大寿，他没儿没女的，咱张罗着给他老人家做个寿，算是咱做小辈的一点心意。"水芬是打心眼里把大葫芦老汉当成自家人了。

"小姨，还是你想得周到。咱就在筏子上给大葫芦爷爷过寿吧，多有气氛啊，我回村里把你家大爷爷和我大舅都喊过来，一起热闹热闹。"文艺青年周鹿鸣的小情调露出来了。

"别喊了，你大爷爷还得伺候那一群羊崽子。你大舅也忙，就让俩老头好好休息休息吧。你回家给你大舅说，就说在俺家吃过了，别让他给你备饭了。"水芬说话做事一向是男人做派，不管是亲人还是邻里朋友却都甘愿由着她拿主意。

鹿鸣一边答应着，一边把电瓶车搬上了岸，一抬腿又骑上它回了家。鹿鸣家靠窗的房间里，大舅戴着老花镜正在看鹿鸣前些日子带回家的《战争与和平》，老人家看得煞是有味，鹿鸣都有些不忍打扰："大舅，我回来了。今晚小姨给大葫芦爷爷过寿，要不要一块去河滩上坐坐？"鹿鸣这次离家去师大，怕大舅为哥哥的事操心，只说是去学校给哥哥送生活费，所以回来后也就依旧不提哥哥的事。"咱爷俩绑一块也喝不过你大葫芦爷爷，今天特殊，你多少陪着老头喝点，可不兴多喝。我就不过去了，要是我也喝醉了，夜里也没个人给你端碗水。"大舅从书本上抬起头，见鹿鸣到家，满心欢喜，本是备了好饭的，听鹿鸣如此说，也就不提自己备了饭的事。大舅也是馋酒的人，不去陪大葫芦老汉，一来是怕自己喝醉了没人照顾鹿鸣，二来也真是让托尔斯泰给迷住了。毕竟是耕读传家的地主之后，年轻时又当过几年民办教师，多少有些底子，这几年鹿鸣带回家不少书，农闲时候基本都过了一遍手，渐渐地也就成了个老书虫。鹿鸣私下里写小说，怎逃得过大舅的眼睛，老人家一辈子含蓄惯了，不声张，也不反对，由着这小子折腾，只是时不时地提醒一句，"劳逸结合，小年轻，少熬眼。"

见鹿鸣从家里往河滩这边走，水芬走到大柳树底下，摇了摇大葫芦老汉："大叔，大叔，天都黑了，快醒醒。"大葫芦老汉就醒了。大葫芦老汉酒量大得出奇，六岁就知道偷他爹的酒喝，还是个半拉劳力时便喝满柳溪镇找不到对手了，谁知这次半葫芦酒刚下肚就醉了。大葫芦老汉和他腰上的酒葫芦一样，终究是老了。听说要给他过寿，大葫芦老汉眼圈就红了，没想到活了一辈子，半截身子入了土的人，无儿无女的，竟还有人惦记着给他做寿。老汉激动地把酒葫芦倒满，端起来就要敬水芬，不管水芬怎么劝说他今天都要把这葫芦酒喝了。水芬一把夺过酒葫芦，说："大叔，天下没有喝不醉的人，你酒量再大，也有醉的时候。年纪大了，不能再由着性子了。"此刻满脸幸福的大葫芦老汉哪里能听劝，像个孩子似的向水芬讨酒喝："三侄女儿，亏你心里记挂着大叔，咱不沾亲不带故的，你待大叔这样，我说什么得敬你一葫芦。我的酒量你知道，你多醉三回我也醉不了的。"说完，不等水芬接话就抱起酒葫芦咕咚咕咚喝了起来。

鹿鸣重又在筏子上坐下，水芬就把酒菜摆开了。天已经黑透了，鹿鸣把一个500瓦的充电灯挂在了柳杈上，整个河滩都亮堂了起来。三个人围坐在筏子上，水芬把蛋糕和寿桃一一摆开，大葫芦老汉的眼圈就又红了。水芬把筷子递给大葫芦老汉，说："大叔，你今天喝太多了，这回少喝酒多吃饭。"大葫芦老汉心里美得不行，"好好好，水芬丫头不让喝，我就不喝了。"水芬向鹿鸣挤了挤眼，说："那这瓶五粮液我就扔河里算了，反正我爹和鹿鸣大舅都不在酒。"一听说有五粮液，大葫芦老汉嗓子眼就痒了，涎起脸说："喝点也行，误不了事儿。"水芬就笑了，转身从身后拿出一瓶五粮液，给大葫芦老汉斟满，又给自己和鹿鸣也倒了一小杯。大葫芦老汉端起酒杯，慢慢地抿了一小口，然后闭上眼睛，咕咂儿一声咽了下去。

鹿鸣在蛋糕上点起了七根蜡烛："大葫芦爷爷，您老猛吹一口气，把蜡烛吹灭，现在时兴这个。"大葫芦老汉就低头猛吹了一口。水芬笑着说："大叔年纪大了，牙缝里漏气喽，鹿鸣你来。"鹿鸣就补了一口，把剩下的蜡烛吹灭了。这时不知谁家的狗在村口叫了起来，叫声越来越近。三个人抬头一看，一条黄狗向这边过来了，后面跟着一个女子，细身条，手软脚软的。人还没到，话就先过来了："我说怎么大老远大黄就叫唤着往这跑呢，原来是水芬又给大葫芦叔买了好酒菜啊。"

"是艳艳啊。怎么这么晚了，还出来逛。"水芬接了一句。

"迷龙村我二姨给她儿媳妇闹仗，打破了头，我娘让我去看看。"说话间艳艳到了近前。

"你这个表嫂子也真是的，没轻没重的。"

"也不是头一回了，都怨我表哥窝囊啊。你们怎么在这吃开饭了啊，不怕蚊子咬的。"艳艳走起路来胸前两坨肉乱晃，连带着声音也媚气了。

"我们给大葫芦叔过寿呢。外面凉快，也热闹。"水芬不愿和艳艳多说话。

　　大葫芦老汉一直没说话，他不太喜欢书记家的这个闺女。鹿鸣知道她和村里的会计宋小景不清不楚的，而宋小景又偷偷地和水瑶二姨处着对象，心里也不待见他。艳艳一听是给大葫芦老汉过寿，就笑嘻嘻地走过来，说："给大葫芦叔过寿啊，赶得早不如赶得巧，我也没备下什么礼物，就敬大葫芦叔一杯吧。"水芬就用自己的杯子斟满酒，递给她。艳艳好英武，杯底儿一扬，干了。大葫芦老汉笑一笑，不说话。艳艳也识趣，对水芬说："听说三妹妹在河对岸服装厂上班？"

　　"是啊，不像你，在村里大小是个人物。我们文不成武不就，摸不了砖拿不起瓦，在服装厂高低图个轻快儿。再说，咱镇上你又不是不知道，别的厂也没有啊。"水芬的话里多少有几分讥讽。

　　"工资怎么样，及时吗？我听说现在这些黑心老板常扣着工资不发的，前段日子，电视上还播湖南的一个妇女，叫什么来着，挡了总理的架，找总理替她讨工资呢。"

　　"将就吧，工资少是少点，倒是没扣过。"水芬已经有点逐客的意思了。

　　"镇政府民政上最近缺个办事员，那工作晒不着淋不着的，待遇也过得去，还给买养老保险，你模样好，说话办事也周正，我回头让我二叔帮你留意着。"艳艳这个精明的女人，不知道又在打什么算盘了。

　　"你可是抬举我了，我一个庄稼女人，进服装厂就怪知足了，坐办公室可不是我这号人干得来的。我这一屁股坐下去，别人大牙都要笑掉了。"

"我不是给你开玩笑，真是觉得你合适。这会儿我先不给你多说了，我先过二姨那边看看，你们先吃，咱姐俩回头聊。"艳艳看出了自己不受欢迎，可面上还是笑得亲热。

"那你先去，别误了事。"水芬站起来，送艳艳。

艳艳走后，鹿鸣问水芬："小姨，咱和艳艳家平时也都没啥来往，她怎么忽然就对你这么热心。"

"我和她同过学，在一张桌上，坐了大半年呢。"水芬也吃不准艳艳刚才那番话的意思。

"恐怕还有别的原因，"大葫芦老汉看着艳艳离去的背影，嘴里的烟锅哑得直响，"听说下个月村里就要换届了，他爹想继续干。老李家的李大头，也放出话来了，也想干。她这是替他爹拉票呢。村里姓钱的、姓李的是大户，村书记这个位置这些年就在这两家子人里倒腾。老钱家上去几天，卖几个山头，捞一把，老李家再上去，卖几亩地，建个游乐园，也捞一把。颠三倒四的，换书记比换袜子还勤。咱们这些小门小户的，平时他们正眼也不看上一眼，等到投票了，因为门里有几个党员，能说上话，就都成了他亲爹，恨不得当菩萨给请到庙里供起来。"不知是廉价烟叶不耐抽，还是大葫芦这个老烟鬼把烟当成了饭，老汉说不了几句话，就把烟锅往筷子上一磕，鹿鸣便立马帮他重新装上一锅，等着他继续往下说。老汉深吸一口，老半天才吐出一口浓烟，他说：

　　"别看现在老钱家从村里到县上都有干部，老李家那个小名叫沂蒙的外甥，和鹿鸣一样从小也是在他姥姥家门上长大的，现在了不得了，到日本留了洋，现在国防部里也有一号，如今他放个屁老钱家都得抖三抖。只不过这强龙不压地头蛇，老钱家还想仗着钱老五在县里当个小官儿，能在村里镇上的和老李家争一争天下。不过也就是秋后的蚂蚱，蹦跶不了几天了。听说这个'沂蒙'要把他表兄弟提拔到市里挂上号。"大葫芦老汉一沾酒，话匣子也就打开了。

　　"大葫芦爷爷，怎么咱村里这么些年就都是老钱家和老李家的天下，难道咱这小门小户的，连心也小了，从来不和他们争讲争讲，吃了几十年的窝囊气，就白吃了？"鹿鸣毕竟还年轻，心气还是有的。

　　"这话就长远了。咱们这个村呢，明朝时候就开始有人生息，老钱家是最先到的。那一年，黄河发大水，四五个省都淹了，老钱家兄弟三个坐着枣木盆从曲阜一路漂洋过海就到了沂州地界，一看咱这里地势高没淹着，就安了家。再后来，乾隆爷坐龙廷，老李家从山西也来了。那时候没有自来水，吃水就得打井，老钱家的井，不给老李家吃。后来老钱家的井干了，想到老李家的井里挑水，老李家就不干了。打那时候起，这个仇就结下了。再往后，咱们这些小门小户的就来了。1937年，日本军进了中国地，打起仗来人死如草芥，人不够就抓壮丁，小门小户的都跑了，老钱家、老李家仗着人多，家大业大的舍不得跑，就都被抓去了。从临沂城到南边台儿庄，打得昏天暗地的，老钱家、老李家去了五千多口子，最后打得就剩下一些孤儿寡母的。钱老五他爷爷钱大锤，猴精细，趴在死尸上装死卖活，才保了命。没两年，钱大锤就回了乡，成了国民党的联络员，至于后来他是怎么搭上八路的，谁也不知道。

"1941年，钱大锤组织武工队打日本军。老李家的人呢，也是被日本军打红了眼，听说能打鬼子，就都跟了钱大锤。钱大锤好本事，跟着八路军学了一手好枪法，说打左眼不打右眼。等到日本鬼子投了降，钱大锤又带着队伍打老蒋，孟良崮上立了大功。后来，钱大锤在省里当了专员，村里跟着他闹革命的，男女老少都吃了公家饭。眼瞅着这钱大锤成了人物，谁知道却出了作风问题，把一个女学生的肚子搞大了。这官呢也就当到了头。上边念他有功，把他儿子安排到了县里。钱大锤有七个孙子，其中一个就是现在县里的钱老五。老李家这边呢，靠着钱大锤大小也都挂上了名。一直到现在，咱村里，也还是这两家人说了算。有人说这两家风水好，就使了阴阳先生，破了人家的陵地。可承想，越是破，这两家就越是人丁兴旺，官也越做越大。这不，钱老五年前才在县里扶了正。说起这些，贾先生比我清楚，他就是咱这一溜两百里河滩的神。他说下雨就下雨，他说不下，种上麦种，能烤熟了。"

鹿鸣想不到，小小的柳溪，竟还有这般故事，眼睛木木的，有些愣。水芬往他碗里夹了一块白鲢肉，他才回过神来。他刚想打听打听贾先生的事，偏偏就又想起了宋小景，忙转过头，对水芬说："小姨，宋小景和艳艳不清不楚的，你给我二姨说说，让她和宋小景断了算了。"

"你也知道了啊。看来村里也就我爹不知道了。他要是知道了，非得骂我二姐不行。我爹常说，潘杨不结亲，他们姓宋的就好比是潘仁美那个潘家。我也看宋小景不是个东西，可是你二姨稀罕他呀，我嘴皮子磨破了也没用。"

正说着，村口就走来了一个穿着袈裟拿着拂尘不僧不道的老人家。大葫芦老汉赶忙站起来，让出上首的位置，说："贾先生，您老人家过来喝一杯呀，今天你侄孙我七十岁了，恁老人家赏个脸，让我也沾沾您老人家的福寿！"水芬、鹿鸣见是贾先生，也赶忙站了起来。贾先生也不谦让，坐下，等着斟酒。水芬刚拿起酒瓶，大葫芦老汉就接了过去，说："我来。"不认识贾先生的人，听见大葫芦老汉在贾先生面前自称孙辈，一定会大吃一惊。鹿鸣和水芬多少听村里老人提起过贾先生的一些事，所以并不十分惊讶。

贾先生，民国二年来到柳溪镇，住在镇西浮屠寺，手长袍短，脸瘦须白，双目炯炯有神。因对佛家经义有些参悟，常与寺中方丈坐而论佛，斋戒多年，虽未受戒，也算得半个和尚。贾先生为人大方，时常与寺里僧众些好处，故与寺中方丈交厚。方丈剃度八十余载，气象不俗，二人交情可谓清茶一杯，无甚芥蒂。说来也奇，柳溪一镇，乡邻三万，竟历来无人知晓贾先生的年纪。有好事者张三跑到寺间问："我说您老高寿啊？该有八十了吧？""您好眼力。"贾先生笑一笑。李四蹲在榆钱树下，伸出十个指头，"您老有这个数了吧？""您好眼力。"贾先生依旧笑一笑。张三不甘心，涎着脸又追问："您老什么地方人啊？"贾先生还是笑一笑。终究没有人知道贾先生的年龄和来历。颇为奇怪的是，二十年说过就过，镇上一茬几百个老寿星作了古，贾先生却依然精神矍铄似当年一般模样。当年不管是穿着屁帘的人参娃娃，还是二三十岁娶了媳妇的后生，都唤贾先生一声爷爷。二十年后，当年的人参娃娃娶了媳妇生了孩子，仍旧喊贾先生爷爷；当年的后生现今做了爷爷的，也只能随旧历喊贾先生爷爷。这一来，自然是乱了辈分，好在贾先生是个外来户，也就没了讲究，年轻些的只管占了便宜。时光流转，贾先生依然是那个贾先生。

贾先生是个怪人。

比如说"穿"。贾先生平日多是一副农家老汉的打扮，但每逢饥馑之年，虽寄身寺院，竟常以道人打扮示人，抑或身穿袈裟手拿拂尘，更甚者左穿袈裟右着道袍，让人难分僧道。再比如说"医"。贾先生学问驳杂，精《留阒》《归藏》，通六爻八卦，于岐黄之术也颇有几分道行，悬壶一方，救人无数，不似一般的江湖术士，只管蛊人钱财不管他人死活。故而乡人家中有老小、牲畜出了差池，都会到榆钱树下寻贾先生求几副草药，把贾先生菩萨一般看待。菩萨一般的贾先生，悬壶一方，不问贵贱，不收金银，但若找他求医问药，定要备好毛驴一头、黄豆二两。贾先生骑在毛驴之上，哼着小曲，吃着黄豆，近百年的道行在腹中翻腾。

贾先生一生所好甚多，其中以"棋"为最。

　　大葫芦老汉说，柳溪村原本叫作进士街，只因北宋嘉祐年间出过一位进士，于是街以人传，久而久之，村里人也就以进士街人自居了。"你哪庄？""进士街！"这街在前朝是操着蓝青官话的公差进京的官道，沿途设有驿馆，比寻常街道要宽上许多，乡人因地制宜把它选作了集市的场地。集市上卖什么的都有，自然也有卖艺的，比如这贾先生，卖的就是几十年未曾败北的棋艺。逢二七日，贾先生早早地支一个马扎往榆钱树下一坐，扯起嗓子喊一声："乡里乡亲，老少爷们儿，南来北往的，愿意赏口饭吃的近前来赐教喽……"于是就有懂些棋路又自觉手底下有些斤两的庄稼人上前支招，也有这过往的商客不问输赢只图个乐呵地进前讨教一局。贾先生摆棋摊，几十年都只是一副不哭不笑的冷面相，赢了棋，无论对手年长与否，都起身一躬到底："得罪了，亏得您手底下留情。"对手一走，仍旧冷着一副脸坐定了。输了棋的，无一人觉得丢面子，回头也还来讨教。二十年来，不知有多少人坐在贾先生的棋摊前，也不知贾先生用坏了多少副棋盘。有人专门来榆钱树下请贾先生去市里参加象棋大赛，指着他拿回个荣誉给柳溪两岸的百姓长长脸，可贾先生却欠欠身对来人道："恐辱没了柳溪一干乡邻的厚爱，还是自重些为是。"口气甚为谦逊，听起来不像个乡野老者，倒像个学究先生。某日，有好事者专门请来象棋国手与贾先生对弈，企图打破贾先生不可战胜的神话。贾先生欣然接受。来人在棋摊前坐定，拈起一个棋子看了看说，绿松石，原产于湖北郧阳，多用作饰品，制棋还是头一回见，手工磨制一副棋，少说也要两三年，不是爱棋之人难有这份耐心。说完放下棋子，正色道："历城楚代，光绪三十年师从吴卿章，讨教了！"贾先生放下手头的《金刚经》，看看来人，起身深鞠一躬，"不敢，远道而来，请执红。"

楚代棋路杀气颇重，不过三十步棋，就已将手下车、马、炮全部打入敌营深处，眼看一两步棋间便可将敌方帅府端掉。亏得柳溪三万父老乡亲如此高看贾先生，眼下竟无半点进攻之力，只好专事防守，再不见有什么惊人之举。旁观者暗自为贾先生捏了把汗，心下忖度着，人道是一山更比一山高，贾先生的棋摊摆到头了。再看贾先生，竟面不改色，一如往常，似乎丝毫没有意识到自己已危在旦夕。

四十步棋过后，楚代步步紧逼，车、马、炮轮番将军，杀气大盛，一副宜将剩勇追穷寇的态势。旁观者已不忍直视，纷纷走开，唯二三后生棋盲尚存侥幸。再看贾先生依然不慌不忙，一手把玩着佛珠，一手依次调配着帅府周围的马、士、相，舍身护主，不时将老帅从大殿请到暖阁，再从暖阁请回大殿，负隅顽抗。几个回合下来，楚代竟也奈何不得，额角渐渐有了汗珠。

五十步棋过后，贾先生转守为攻，先把守在大本营的两名大车调到前线，又以帅府周遭的近侍与敌人周旋，于喘息间将对方士卒挨个拿掉。七十步棋过后，当楚代还在闷头进攻的时候，贾先生的两名马前卒已然驾着汗血宝马越过了楚河，兵临城下。贾先生道一声"得罪"，两匹战马就夹住了敌府。楚代猛地一惊，赶快将大军回撤，孰料为时已晚，两门红衣大炮早已将楚代帅府炸得鸡飞狗跳，两名精兵也已潜入敌后。楚代输了……

　　大葫芦老汉给贾先生敬了一杯酒，意味深长地问了一句："贾先生，听说要变天，恁老觉得明天是晴天还是阴天？"贾先生喝了一口酒，呵呵一笑："老年景，谁当王都一样……"

第十二章　每一刻都是崭新的

从柳溪过河往东二十里，是几座海拔不足百米的小山包。山上绿树成荫，杂花遍地，林间不时有成群的鸟雀掠过枝头；山下是几条极不起眼的溪水，溪旁有一片白色的厂房。这厂房便是环渤海地区颇有些名气的水县瓷厂，周鹿鸣已经在这里劳动了两个年头了。

水县陶瓷业，渊源颇深，历朝历代，都会集了不少知名的陶瓷艺人，许多外地窑工，也千里迢迢慕名而来。本地有上好的原材料和燃料资源，本可以大有作为，谁料明末一场兵燹，几千年的陶艺积累付之一炬。解放后，水县陶瓷重整旗鼓，利用本地储量丰富的大青矸、大青土、黄矸、黄药土、焦宝石、紫土、瓷石、石英粉等原料，经过几代人励精图治以及本地政府的有力支持，形成了以杯、盘、碟、碗、餐具、茶具、酒具、工艺美术瓷等为主的日用瓷产品，以及以墙地砖为主的建筑陶瓷两大陶瓷体系，产品不但满足国内客户，还远销欧、亚、非、南北美等八十多个国家，声名远播。近年来，水县陶瓷不断改良工艺，节能减排，降低污染，多次受到环保部嘉奖，是以在以旅游业为重的水县，水县瓷厂硕果仅存。

鹿鸣虽然只是个普通的装卸工人，没有参与产品的生产加工，但毕竟在厂里工作了两年多时间，加上空闲的时候，他还到厂里的图书馆查阅了不少有关陶瓷的资料，久而久之，对陶瓷行业有了不少了解。他隐隐约约认识到，水县陶瓷在修坯、施釉、烧成等过程中还存在诸多漏洞，如果稍加改进，也许能取得不小的进步。带着这些疑问，他咨询了许多业内专家，自己的某些想法得到了印证。

一个装卸工人，下了班不休息，却研究起了企业管理层才关心的问题，这在别人看来，他要么是吃饱了撑的，要么就是来厂里偷师学艺的。其实，周鹿鸣只不过是好奇心和求知欲太强了而已，设若他不是在一家瓷厂，而是在一家女性用品公司，说不定他也会下一番工夫的。前些日子，鹿鸣把自己关于陶瓷产品生产过程中的一些疑问和想法写成了几篇不那么规范的论文，投给了厂里的简报。不几天，他的稿件就被刊登在了显要位置。分管烧成车间的陈功副厂长，看到文章后，找他谈了话，想调他到烧成车间负责技术监督，还答应每月给他涨一千块工资。可鹿鸣没有答应。

鹿鸣的几个工友都对鹿鸣的选择很不理解，技术工作好歹不用卖力气，比干高强度的装卸要轻松体面多了。但鹿鸣有他自己的盘算，烧成线上虽然轻松，但每天却要比装卸组晚下班一个多小时，这样，他本就不十分宽裕的阅读时间就要被大大地挤压了。他已经失去了读大学的机会，再不能克扣自己下班后那几个小时的美妙时光了。鹿鸣知道陈厂长人好，对员工从来都是和风细雨的，虽然自己不在他所管辖的车间，平时在厂里遇见了，不等自己先开口，人家就主动打了招呼。也许陈厂长之前并不知道他叫什么，甚至连他属于哪个车间也不太清楚，但陈厂长每次微笑着，轻轻点一点头，就拉近了彼此的距离。他不愿搪塞陈厂长，向他袒露了自己这小小的私念。让他想不到的是，陈厂长不但没有丝毫不快，而且还答应把厂里闲置的一个小库房拨给他作宿舍。鹿鸣太高兴了，忘乎所以地搂住了面前的这个高大的中年男人，一使劲把他抱了起来。他终于不用再为看书写作的事情躲躲藏藏了。

他已经有些迫不及待了，离午饭时间还有两个小时，他就向班长李虎子请了假，早早地跑回了职工宿舍。他脱掉衬衫，把头伸到水龙头下冲了个痛快。不及头发吹干，他就兴奋地拾掇了起来。他的东西并不多，除过一套铺盖卷，几件换洗的衣服和洗刷用品，剩下的就只是他随身携带的一些书了，一套《卡尔维诺全集》，一套《博尔赫斯诗选》，还有一套《明清笔记体小说大系》，除此之外，还有几十本文学期刊。他把这些东西硬塞进了一个蛇皮袋子，一猫腰，就扛在了肩上。对一个每天扛两百斤货箱的小伙子来说，扛这点东西和扛一床被子没有多大分别。他不顾肩上百十斤的重量，一溜小跑奔向了他的小窝。

在靠近后山的一处低矮的房子前，他卸下肩头的袋子，爬上旁边的一个小土包，向四周眺望起来。这里无论离车间还是职工宿舍，少说也有一里地，如果没有什么突发事件，是绝不会有人来打扰他的吧？！没有另一个地方比这里更适合他了。房后是厂里的围墙，墙上有一个小门，而门上的钥匙此刻就在他的兜里。从小门出去，是两条并排流淌的溪水，溯流而上，就到了后山。每天晚饭后，哼着歌曲到后山上溜上一圈也是美妙的一件事情吧！

鹿鸣从土包上下来，拧了拧小屋门口的水龙头，汩汩的山泉水就溅湿了他的裤脚。他掏出陈厂长交给他的钥匙开了门，按下门口的电源开关。灯是亮的。有水，有电，他还有什么不满意的呢？他把稍稍有些坏损的床板翻过来，取出铺盖卷丢了上去。不久前门房老鲁还在这里住过，屋子里并不十分的脏。他打扫了下窗台和窗台下那张老旧的木桌，从袋子里拿出书本和洗刷用品放了上去，然后把事先买好的贴纸贴到了墙上。收拾好这些后，再四下里看看，就有了家的感觉。他关上门，躺倒在了床上。以后的日子里，他就要在这不足二十平方米的小屋子里生活了。他尽力想把这里想象得美妙一些，堂皇一些。他闭上了眼睛。身子下面的破棉絮开始变得柔软起来了，他看见自己赤着脚踩在松软的地毯上，面前是装满食物的冰箱。他熟练地取出一瓶凉冰冰的果汁，一饮而尽。他走进明亮如镜的卫生间，轻轻一按，热水就哗啦啦地洒在了他的身上。

装卸工人周鹿鸣沉浸在自己编织的美梦里，此刻的他还不知道，他的无心插柳之举给水县陶瓷业带来了一次脱胎换骨的机会，就在昨天，水县瓷厂党组召开了一次紧急闭门会议，会议现场严禁包括厂长和党组书记在内的所有班子成员携带手机，并在会议室放置了电子通信屏蔽仪。作为一名小小的装卸工，周鹿鸣没有资格参加这个高规格的会议，可此次会议却是全程围绕着他展开的，确切地说是围绕着他此前写下的几篇关于水县陶瓷技术改进的论文展开的。在收到他那几篇并不规范的论文之后的第三天，水县瓷厂已经悄然开始了一次技术革新，随之而来的是巨大的产品质量跃升。伴随着质量跃升，装卸工人周鹿鸣的研究果实惨遭窃取。

一阵急促的敲门声打断了周鹿鸣的美梦，才刚搬进来不到一个钟头，是谁不请自来呢？他有些不情愿地起身，开门。班长李虎子站在门外，笑容和往常有些不太一样。

"小周，你女朋友来找你了，就在男职工宿舍楼下，你赶紧过去吧，侯四他们几个都围着看了老半天了。"李虎子头一回对鹿鸣脾气这么温和，让鹿鸣感觉有些怪怪的。

"班长，你是不是搞错了，我还没谈过恋爱呢。"鹿鸣有些疑惑。

"你就别骗我们了，你有这么漂亮的女朋友，还怕陈厂长他闺女知道吗？"李虎子完全没有想到一位漂亮姑娘会和周鹿鸣这个装卸工扯上关系，"这个姑娘可比陈厂长他闺女强多了，要身条有身条，要模样有模样。真没想到，你小子平时三脚踹不出个响来，私下里倒还有这本事。"鹿鸣一时想不起来是谁这个时候会来看自己，至于陈厂长那个结过婚又离了婚的闺女，少说也比自己大了十二三岁，他和她连一句话也没说过，不知李虎子怎么就把她和自己扯在了一起。他不愿给李虎子解释太多，只好跟着他往职工宿舍那边走。

　　一路上，李虎子不停向鹿鸣盘问这位尚不知是谁的姑娘的身份，猜测她是不是哪家的官小姐。鹿鸣这才明白，李虎子今天之所以对他如此温和，多半是因为这位来访的姑娘。于是他心里的疑惑更深了，他的确不认识一位和自己年龄相仿的官家小姐呢。会不会是水芬小姨呢？他想。知道自己在这里做工又和自己相熟的女子，就只有水芬小姨了。水芬小姨虽然比自己大了八九岁，但人长得漂亮，面相又年轻，虽然是位农村女子，但只要稍一打扮，还真不比哪位官家小姐差呢！鹿鸣一边这么猜度着，一边往职工宿舍那边走。远远地，他就看见几个工友站在宿舍门口，不远处那棵老银杏树下，一个穿白裙子的高个女孩，正往自己这边看。一个名字立马出现在了他的脑海里：乔雅。鹿鸣下意识地低头看了看自己的衣服，这才注意到，自己还穿着上工时候穿的衣服，白色的衬衫已经有些发黄了，破旧的牛仔裤上对称地破了两个洞。他脸上马上火辣辣起来，无奈乔雅已经看见了他，只好硬着头皮走过去了。

　　鹿鸣加快步子，把李虎子甩在了身后。然而鹿鸣并不知道，此刻李虎子的注意力早已从他这里转到了乔雅身上。乔雅见鹿鸣走过来，远远地就笑了。乔雅一笑，鹿鸣就更不知所措了，两只布满老茧的手慌乱地不知该往哪里藏。乔雅倒是大方多了，递给鹿鸣一支冰激凌："你怎么不和大家一起住，搬到别处去了？"鹿鸣像没听见乔雅的话似的，愣愣地站在那里。他看看面前的姑娘，又看看旁边脏兮兮的工友们，觉得有点不可思议。他接过冰激凌，然后有些不着边际地说："我请你吃饭吧。"

"好啊，我确实有点饿了呢。"乔雅踮着脚，看着鹿鸣。

鹿鸣拘谨的样子，让乔雅有些想笑。她想不到第二次见面，这个大男孩依然扭扭捏捏的，像个姑娘。

"你想吃什么，我带你到城里去吃，反正我今天请了假。"鹿鸣见乔雅并没有因为自己的穿着有何异样，心里也就不那么在意了。

"去城里就算了，就在你们厂里食堂吃吧。"乔雅大老远来厂里，显然不是为了一顿饭。

"食堂人那么多，又乱糟糟的，怎么好意思让你到那里吃呢。门口有家柳溪菜馆，我们去那里吧。"

"好啊。"

鹿鸣和乔雅并排往厂外走，几个工友在身后指指点点，李虎子吹了个响亮的口哨。虽然他知道工友们是误会了他和乔雅的关系，但心里还是有一点小小的自豪。

水县瓷厂外一排几十家小吃店，顾客大都是厂里的职工和过往的路人。离厂区较远的这家柳溪土菜馆，饭菜口味没得说，位置却着实有些偏，门脸也极不起眼，鹿鸣他们进来的时候，店里只稀稀落落的几个人。鹿鸣点了几个简单的小菜，给自己要了两瓶啤酒，给乔雅要了一瓶果汁。俗话说酒壮怂人胆，几杯啤酒之后，鹿鸣已经完全放开了，两个人你一句我一句地聊着，不知道的还以为他们是多年不见的老朋友。

"你今天怎么过来了，也没给我说一声。"

"我爸今天回奶奶家，我就跟着来了，路过水县瓷厂，想起你在这里就想进来看看你，让我爸先走了。"

"你真行，居然能找到我们宿舍来。"

"是门房的鲁大叔把我带到你们车间的，找不见你就又到了你们职工宿舍。"

"你提前说一声我也好有个准备，我现在这脏兮兮的样子多不礼貌。你看我膝盖上这两个洞，是不是很艺术？"鹿鸣开始打趣起自己了。

"都是朋友，还有啥见外的。你这么忙，又累，陪我聊一会就好了。"

店老板认得鹿鸣，以前见他来吃饭，都是和他自己一个组的大老爷们儿一起，这次坐在他对面的却是一个相貌不俗的姑娘，不禁往这边多看了几眼。

"对了，你还没告诉我，怎么搬出去一个人住了，那里离你们车间那么远，来来回回的，多不方便啊。"

"你猜啊。"

"我知道了，一定是你这个小书虫嫌宿舍太吵了不适合看书，才搬出去的吧？"

"你说得对，以后我就再也不用躲在厕所或者被窝里了。现在天这么热，再躲在被窝里看书，痱子都要捂出来了。"

"你也真不容易，每天干那么累的活，下了班还能坚持读书，太了不起了，简直就是现实版的保尔。不像我班里的那些男生，他们整天就知道躲在宿舍里打游戏。"

"也许如果我处在和他们一样的位置，也会和他们一样的，说不定比他们玩得还凶呢。"

"不会的，你身上有一种东西，我说不清楚是什么，但是我知道，你和他们真的不一样的。"乔雅有些严肃地看着鹿鸣。

听着乔雅如此夸赞自己，鹿鸣怎能不害羞呢？他感激面前这位姑娘，是她给了自己力量！他只是一个中学毕业生，一个每天累得连话都不想说的装卸工人，每天带着浑身的汗臭和一群同样汗臭的男人们，在零下十几摄氏度的雪地里或者三十八九摄氏度的太阳底下，挥汗如雨。乔雅可能永远也不会知道，她的话会让这个犟小伙铭记多年。每当周鹿鸣遭遇了挫折和屈辱的时候，他都会记起乔雅当初那不经意地赞誉。

吃罢饭，两个年轻人一起沿着厂后的溪水往山上走。厂后的这座小山，常有厂里的情侣来这里散步，是以溪水两侧都踩出了一条羊肠小道。乔雅开玩笑说："也许世间不少的路都是被情侣们饭后的脚步踩出来的吧。"鹿鸣的脸就红了，没想到教授家的千金开起玩笑来竟也会如此大胆。刚想到这里，他又在心里暗暗地骂自己，周鹿鸣，你这个穷小子，脑袋里都想些什么啊。人家只是无心的一句话，你却想出这般绝不可能的事情来。

也许是溪水的滋润吧，上山的小径两侧生长着许多乔雅连见也没见过的花草。她不停地向鹿鸣请教面前这些花花草草的名字，让鹿鸣的虚荣心得到了些许的满足。鹿鸣毕竟是在农村长大，沂县乡间的一花一草，他都大致叫得上名字。他得意地向乔雅指点着，"这是茜草，这是沙参，这是荆花，这是——"

"我知道，这是蓝羽花。"乔雅抢着说。

山不高，小径也平缓，两个年轻人不一会就爬到了山顶。山顶的最高处，是一块极大的山石，乔雅嬉闹着跑了上去。山风吹拂起她额前的头发，她咯咯的笑声就传遍山野，笑声清脆如风铃。

"你还记得《平凡的世界》中提到的那首《白轮船》吗？"乔雅问鹿鸣。

"当然记得，"鹿鸣也爬上山石，站在乔雅旁边，用夹杂着临沂味的普通话朗诵起来，"有没有比你更宽阔的河流，爱涅塞？有没有比你更亲切的土地，爱涅塞？有没有比你更深重的苦难，爱涅塞？有没有比你更自由的意志，爱涅塞？"乔雅踮起脚尖，看着远方的村庄，田野，羊群，用甜美的声音应和着，"没有比你更宽阔的河流，爱涅塞。没有比你更亲切的土地，爱涅塞。没有比你更深重的苦难，爱涅塞。没有比你更自由的意志，爱涅塞！"

从山上下来后，乔雅搭车回了老家，鹿鸣也一路小跑冲向了自己的小窝。他已经很久没有像今天这样开心过了，不由自主地唱起了歌曲。在厂门口，门房老鲁拦住了他，笑嘻嘻地递给他一个小箱子："小周，刚才和你一起出去的那个姑娘，给你留了个东西，你顺便拿回去。"鹿鸣有些纳闷，接过来打开一看，竟是一台崭新的笔记本电脑……

第十三章　爱如少年

当剑鸣离开短短三天后又出现在师大校园的时候，蓝莲花乐队的其他成员高兴过了头，以至于忘了问他们心中的这位天才少年何以提前返回。恰逢周末，学校里的紫檀花开得正盛，三五成群的学生躺在图书馆前的草坪上晒着太阳，瓦蓝的天空下，不时有鸟雀飞过。

关琳、志全和苏野刚刚从学子会馆二楼的社团办公室走下来，就看见了倚靠在皂角树上的剑鸣。剑鸣穿着裤衩，趿着拖鞋，笑嘻嘻地看着他的三个搭档，一副与世无争的样子："有人请喝酒去不去，一缺三。"关琳像一只茫然无措的小鹿，愣愣地看着面前的这个男孩，眼神里满含悸动与惊怯。这个家伙总是这么的出其不意，你永远无法知道他下一刻在想什么。

在剑鸣离开的这三天，每天傍晚，关琳都会一个人到瘦竹园的那间小亭子里，坐在她和剑鸣一起常坐的竹凳上，一坐就是三四个钟头。她什么也不干，就这么枯坐着。剑鸣走后，她的生活开始变得一塌糊涂起来，只要一打开书本，满纸就都变成了剑鸣那张桀骜的脸。她不想剑鸣出事，但又不知和他说些什么，每当看见他那紧闭的嘴唇，她就会莫名地慌乱起来，担心他又要闯下什么祸端。已经有好几次了，她注视着教室前面老师的板书，那一个个的粉笔字就都变成了剑鸣的脸，对着他笑。她就乱了，什么事也做不成，只好在课本上，胡乱地勾画，等到下一次打开课本，她才惊讶地发现，自己无数次勾画的都是同样的字眼：周剑鸣。

每天睡前，剑鸣都会从苏州给她打来电话，向她诉说着这一天来的经历。当然，他也不忘了给她说几句柔软的话语，也会像其他恋爱中的男孩一样，说一句"我想你"。他还用手机给她发来一些让她耳热的话语："你的唇像一朵一开一合的喇叭花，而我，只想在这朵喇叭花里一开一合……"剑鸣无意间写下的这首短诗，被关琳的室友窥见后，很快就在师大的学生中传开了。关琳没有想到，这个平时爱憎分明的男孩，竟也会这般地柔情蜜意。每天晚上十点一过，她就躲进被窝，把头深深地埋进被子，等着剑鸣的电话。"琳，我给你念一首诗吧。"剑鸣在电话那头说。关琳的心就咚咚地跳起来，把手机紧紧地贴在了耳朵上，生怕漏掉一个字。剑鸣的语调出奇的柔和，让关琳的心里不知不觉地温热起来：

> 一年以后，我希望/有人还在读这首诗，想你，想我/想这个春天，想那些像鸟鸣的音乐/你那么安静，我那么忧伤/想我们曾在夜晚，飞临夜晚/灯光还会被编织成记忆，它们/还会去乡村，照亮黑夜，讲述/你没有讲完的故事，也还会/种下一些记忆，和你有关/在某个夜晚，开成今夜的悄悄话/我们还在流浪，从一条河/到另一条河，河里漂着记忆中的目光/你说你就是喜欢这样，忘记了过去/还没有看见未来，只在麦地里/把月光想象得像水一样/我想起，这个夜晚，眼泪很长/我想起，这个夜晚，蝴蝶有了悲伤/……

还有什么比这些诗句更美丽呢？她把每一个字都刻到了心里。每当这个时候，她就会怀疑自己是不是出现了错觉，电话那头的男孩和那个爱管闲事好打抱不平的周剑鸣是一个人吗？她的心里开始不安起来。好几次，她都想打断剑鸣，让他再不要为了和自己毫不相干的人或事徒劳地伤害自己了，但剑鸣那柔软的话语从手机里流出来，她又怎么忍心开口呢。退一步讲，假如剑鸣从来就是一个与世无争的人，每天六点起床读英语，八点钟进教室，安心听讲做笔记，偶尔也在晚间打打游戏，和周围的男生过着并无二致的生活，她是绝对不会喜欢的。她迷恋剑鸣那闪电一样明亮的眼神，迷恋他旷达的歌声，迷恋他无论面对谁都永远目空一切的样子。

此刻，剑鸣就这样梦幻般地出现在了她面前，倚靠在皂角树上，斜着头看她，脸上挂着那清澈的笑，仿佛连牙齿也是微笑着的。她的心就醉了。她知道，不管这个男孩做什么，她都会站在他身旁，默默地支持他……

还是在上次的那家小酒馆，四个人重又围坐在了一起，剑鸣一边吃着"串串香"和小龙虾，一边向关琳他们描述着这几天南下苏州的所见所闻。苏州的山，苏州的水，苏州的小巷和小巷里的人，都被剑鸣叙述得齿颊生香。无奈这些苏野都不感兴趣，他蛮横地打断剑鸣，要求他叙述一切与苏州女人有关的事情。在苏野把胳膊肘支在桌子上作倾听状的五分钟里，他的手机至少响了三次。不用想也知道，一定又是哪个漂亮姑娘给他发来了短信，但他多半不记得这些姑娘的名字。苏野的周围，从来就不缺姑娘，但你要问他到底喜欢哪一个，恐怕连他自己也不知道。在剑鸣他们的记忆中，苏野的身边，很少出现熟悉的面孔，虽然关琳没少骂他花心，但她知道，这个叫苏野的男孩，就像他自己的名字一样，内心有几分狂野，一般的姑娘是绝难拴住他的心的。

四个人吃完"串串香"从小酒馆出来，关琳先回了乔园公寓，而剑鸣、志全和苏野，却仍是一副意犹未尽的样子。三个男生跌跌撞撞地来到晓南湖，《蓝莲花》那不羁的旋律就在湖边荡漾开来了："没有什么能够阻挡，你对自由的向往，天马行空的生涯，你的心了无牵挂……"随着歌声荡漾开来的，还有三个男孩旷达的笑声。间或有从湖边路过的学生，不时侧目往这边看。越是有人看，他们的歌声就越响亮，越是那么的肆无忌惮。

他们终于唱累了，顺势躺倒在湖边的草丛里。六只眼睛，像六条黑色的闪电，忘记了过去，还没有看见未来。从没有一个夜晚，满天的星辰如此明亮。剑鸣头枕着胳膊，愣愣地盯着头顶的夜空，嘴里小声默念着："前世为人，后世为雁，今生飞得有点慢……"苏野坐起来，带着一身的酒气，向四下打量着。不知什么时候，湖边的长椅上，已经坐了一位容貌冷艳的姑娘。苏野笑着摇了摇旁边的志全，说："敢不敢玩个游戏？"眼神里满含挑衅。

"校长咱都不怕，还有啥不敢的。"志全斜着头仰视着苏野。

"那边有位姑娘，你要敢过去给她念一首情诗，我就给咱仨带一星期午饭。"

志全虽然也是个颇有胆识的人，但没有谈过恋爱的他，平日里和女生说句话都会脸红，蓦地里让他去给一位陌生姑娘念情诗，有些太难为他了。所以听苏野这么一说，他就知道中了这小子的计，后悔把话说得太满了。哪知苏野的提议却得到了剑鸣的强烈支持，说不能白白浪费了这一星期的午饭。

在感情方面，志全是一个内敛的人，刚入学那会，他苦恋班上那位名叫唯佳的藏族姑娘，几个月下来，却连话也不敢和人家说一句。教室里，姑娘就坐在他前面，他已经占据了地利，却不知如何下手。每天早上一进教室，他就告诫自己无论如何要和人家姑娘说上一言半语的，无奈一天下来，他一而再，再而三，始终不能让自己的脸皮厚起来。也许是姑娘听课太过认真，从没有回头和他搭过讪，他只好将满腔的相思投放到了纸上。

在某些夜晚，志全会从梅园公寓三楼下到二楼，敲剑鸣或者苏野宿舍的门。熄灯了，他点上一支蜡烛，在靠墙的一溜桌子上，清出一块空地，然后俯身开始写那些被剑鸣称为"少男日记"的情诗。厚厚的蓝色硬皮本已经被他写光了，洋洋二十万言。他没有给那位姑娘看过，剑鸣和苏野是他仅有的两个读者。那段时间，志全的情诗突飞猛进，带着滚烫的情意，把自己灼烫得体无完肤焦炽得皮开肉绽。苏野替志全暗暗叫屈，偷偷复印了其中精华的几页，交给了志全笔下那位"头发乌黑如瀑"的被他称作"红马"的姑娘。

此刻，在苏野的一顿奚落和剑鸣的一再怂恿下，志全终于有些扛不住了，于是借着肚子里三五瓶啤酒的力量，硬着头皮就过去了。姑娘安静地坐在那里，晚风轻拂着她紫色的裙摆。志全没敢走得太近，隔着路站在了姑娘对面。这个家伙也太害羞了，连个开场白也没有，人家姑娘毫无心理准备，他就自顾自地念开了：

亲爱的　请允许我这样叫你/ 这是我唯一一首/ 没有意象的诗歌？/你让我感到真实/真实的疼痛和无奈/我知道我们的前世是两只蝴蝶/一前一后跌落水中/今生　你化成江心颤抖的月亮/我长着洁白的绒毛/彼此遥望/让疼痛　开满花/让心中的蔷薇　酿一杯毒酒/亲爱的　不管我们的海岸线在哪里/你终将会漫过我/我的白　为你疯狂/疯狂的漫天大雪/将你严

严实实裹着/用我的冰冷温暖/你的冰冷/即使飞蛾扑火/我们的陷落/也会在燃烧中/化为灰烬　不分彼此/亲爱的　请允许我这样叫你/这两个字让我感到暖/就像抱着你柔软的身体/天再也不会亮　身体落满灰尘/我们就这样抱着/看前世的那两只蝴蝶/一前一后　跌落水中

还不等诗念完，志全的背已经完全汗湿了，声音低得恐怕连他自己也听不清了。他没有给哪位姑娘看过自己的诗，更别说当面朗诵了。当全诗中最后一个字从嘴里挤出来后，志全转身就走，如蒙大赦。不远处的剑鸣和苏野，已经笑得不行了。如果不是晚上，他们一定要好好看一看志全那张羞红的脸。

"等一下，你不想听我说点什么吗？"一个让志全每天回味无数次的声音传了过来。

湖边平日不通电的八盏白炽灯骤然亮了，志全猛然停下步子，转过身，看见那位姑娘正满脸绯红地看着自己，头发乌黑如瀑……

第十四章　模范情书

　　博雅楼的某间教室里，唯佳手托着下巴，眼睛直愣愣地看着窗外，面前是志全那本厚厚的蓝色硬皮本。昨天晚上，她趴在被窝里，流着泪看完了这些滚烫的诗句。她怎么也想不到，这个和自己同学两年却形同陌路的男孩居然一直爱慕着自己，热烈得像六月的阳光。多少次他们在教室里迎面而过，他都不曾看自己一眼，哪怕只是余光。而现在，她已经完全被他的诗句征服了。这个平素在女孩子面前木头一样的男孩，笔端居然也能流淌出如此温暖的词语，想想就让人耳热。她回想着他昨晚的窘态，就笑了。旁边的女孩拍了拍她的胳膊，她这才注意到，代课老师已经向她投来了很不友好的目光。她只好收敛了笑容，假装认真听起课来。

两年来，她不是没有注意过这个男孩，可她从没想过他那躲闪的眼神里原来别有深意。第一次注意起他，是在大一的元旦晚会上。那晚，原本只能容纳三百多人的学子会馆小礼堂，挤进了五百多个不甘寂寞的学生，气氛异常聒噪。她坐在后排，视线不断地被晃来晃去的脑袋遮挡。她不太喜欢喧闹的场合，低头摆弄着手机。物理系2006级只有十几个男生，于是女生们就要求他们挨个上台表演。男孩子们也真配合，行不行的都上去吼一嗓子。也许是太过吵闹了，每一个登台的男生，都抱着麦克风，声嘶力竭的。越是吼，声音就越是嘈杂，听不真切。扩音器里不停地发出咝咝啦啦的声音，分外刺耳。突然就安静下来了，没有主持人的呼吁和老师的命令。一段美妙的旋律从耳旁飘过，唯佳惊讶地睁开眼睛。一个男孩安静地坐在台上，麦克风架在与下巴平齐的位置。没有开场白，没有伴奏，没有晃来晃去的脑袋挡住视线。他就坐在那里，神态安详，眼睛直视着某个角落，歌声从他略微有些瘦削的身体里升起，流进了大家的记忆里。一曲终了，他起身，走下台去，安静得像个局外人。没有掌声，因为没有人愿意破坏这短暂的美妙气氛。唯佳愣愣地看着台上，嘴里默念着一个熟悉而陌生的名字——佴志全。

放学时分的师大是最美的师大。姑娘们穿得五彩斑斓的，铃声一响，从博雅楼长长的阶梯上走下来，和她们身旁的广玉兰一样，春意盎然的。唯佳走在长阶上，风吹过她柔蓝色的裙摆，宁静如水。她觉得今天的自己格外美丽，目光之内，一花一草都艳丽胜过往日。室友祝愉从身后追上来，嬉闹着，来夺唯佳怀里的蓝皮本。唯佳有些不好意思，躲闪着不给。"都什么年代了，几首诗就把你收买了。"祝愉拉着唯佳的胳膊，故意激唯佳。

"才不是呢，他就是借我看看，我过几天还得还给人家呢。"唯佳不会撒谎，话还没说，脸先红了。

"行了吧，你在教室里偷偷看的时候，我在后面都看见了，每首诗后面都写了你的名字，还有为你画的素描。哎，看不出来，咱们班的黑马王子还这么痴情呢。"祝愉搂着唯佳的肩膀打趣唯佳，心里有几分羡慕。

"是又怎么的，越是现在写情诗才越难得呢。"唯佳被祝愉一奚落，竟有些急了。

"这么快就知道帮着他说话了，真是有了男友忘了室友啊。"祝愉故意摇头晃脑地说。

被祝愉这么一说，唯佳的脸更红了，心里有一丝小小的甜蜜。是啊，她为何要掩盖呢？志全那腼腆的笑，实在让她着迷。唯佳知道，班上喜欢志全的姑娘也很有那么几个，可收到他这么厚厚一本情诗的，就只有她自己。她怎么能不得意呢！

唯佳还在心里拨弄着自己的小九九，祝愉趁她不注意，一把夺过蓝皮本，跑下了台阶。"哇，写得好肉麻啊，我把一辈子的鸡皮疙瘩都掉完了。"祝愉翻看着，边说边配合着夸张的动作。唯佳去追祝愉，"祝愉，你再不还给我，下周的考试，你就别想让我给你画重点了。"祝愉知道唯佳心软，根本不怕她的威胁，"你让我再看一会，我就还给你，你要是过来，我就读出来，让大家都听见。"班上的几个女生一听祝愉要读，就马上起哄了起来，围着祝愉。祝愉就真读了：

> 我要带你私奔下扬州，乘快船，骑快马/没钱就牵小毛驴，我已经准备好了行李/那满箱的情诗，那满腔的烈焰与伤悲/你要常陪我左右，陪我度那好时光/有明月不秉烛，有你在不孤独/……

唯佳有些生气了，拉下脸，看着祝愉。祝愉涎着脸，笑嘻嘻地走过来，扯了扯唯佳的胳膊，然后指着台阶说，"鲜花，快看，你的牛粪在等你啊。"说完把蓝皮本塞到唯佳怀里，坏坏地笑起来。

志全站在台阶斜对面的紫藤下，一副不知所措的样子。他已经站在这里半个多小时了，刚才的一幕他全看在了眼里。祝愉读诗的时候，他差点就要跑开了，好在苏野站在二楼的窗口，不停地给他打气。他见唯佳看见了自己，就只好硬着头皮过去了。

"一起走一走吧。"志全不敢看唯佳，话是对她说的，眼睛却看向了别处。唯佳没想到志全就在旁边，见他过来，也有些茫然无措。祝愉也还识趣，拉着几个室友哄笑着跑开了。两个人并排往瘦竹园那边走，正是放学时间，环校路上人来人往。几个认识志全的男生，像看西洋镜一样看着志全，脸上挂着意味深长的笑。这个平日里见了女孩就脸红的家伙，竟也和姑娘散起步来了呢！志全还在想着刚才的事，脸上的表情很不自然。唯佳也不敢和他走得太近，脑袋里搜寻着一切可以适合在此刻言说的词语。气氛有些尴尬。

"你的诗写得不错，我很喜欢。"唯佳声音有些低，眼睛看着远处。

"谢谢，我都是瞎写的。"志全说，似乎又觉得不太合适，只好补了一句，"不过有时候我会花一晚上去斟酌一个词语。"

"还记得你在元旦晚会上唱的那首《恋曲1990》吗，唱得真好。"走到广播台楼下的时候，唯佳似乎终于找到了话题。

"你喜欢听的话，现在就可以听见的。"还不等唯佳接话，志全就抬头向广播台的方向挥了挥手。关琳在楼上会心一笑。原来蓝莲花这个小团队，早有"预谋"了。

校广播台播音主持关琳轻轻按下播放键，一个微微有些颤抖的声音瞬间在师大的角角落落响起来了，"大家好，我是深蓝色爱乐者协会蓝莲花乐队的佴志全，下面我为大家演唱一首《恋曲1990》，送给2006级物理系的唯佳，也送给所有喜欢蓝莲花乐队的朋友。两秒的停顿之后，是志全那极具磁性的歌声："乌溜溜的黑眼珠和你的笑脸/怎么也难忘记你容颜的转变/轻飘飘的旧时光就这么溜走/转头回去看看时已匆匆数年……"这一刻，所有的人都记住了一位名叫唯佳的女孩，这个下午，是属于她一个人的。

唯佳低着头，双手背在身后，眼睛盯着自己的裙摆，认认真真地听完了整首歌。她在等。她以为他会说点什么，但是他却什么也没说，只是直愣愣地看着她。如此近，如此大胆的逼视，连他自己都觉得惊讶。

唯佳忽然抬起头，看着志全："你干吗老看我。"

"你不也在看我吗。"志全以退为进。

两个人就都笑了。

"能约你吃个饭吗？"虽然志全已经无数次设想过和唯佳在一起的场景，但对于一个毫无恋爱经验的小青年儿来说，在约会的方式上也依旧未能免俗。

"好吧，就给你一次表现的机会。"唯佳踮起脚尖，歪着头，笑着回答。

两个人开始往图书馆后面的小饭馆走。志全平时是不来这里的，这里是情侣们的天下，他和剑鸣他们常去的是瘦竹园旁边的小酒馆。此刻，带着一个姑娘，他可以大大方方地走进来了。饭桌上，他们的话题和绝大多数恋爱初期的情侣一样缺乏新意，他们聊起了各自的过往，尤其是童年。唯佳来自遥远的鄂西北小城十堰，爸爸是东风汽车公司的一名干部。志全从小生活在浙江海宁乡间，典型的小镇青年，无奈父母在他很小的时候，双双被大海吞没，这些年他一直和年迈的奶奶相依为命。当志全说到自己家庭变故的时候，唯佳没有去追问其间的细节，只是眼睛里流露出一丝难以察觉的伤感。在唯佳的生活里，没有什么跌宕起伏的故事，从小学到中学再到大学，一切都是那么波澜不惊。

从小饭馆出来后，天开始慢慢黑下来，由于看不清彼此的表情，由志全的身世所制造的沉闷气氛就慢慢缓和了下来，唯佳被志全信手拈来的段子逗得笑出了眼泪。

"你有男朋友吗？"志全很傻地问道。

"有。"唯佳故意逗他。

"……"志全愣了，后背直冒汗。

"有——过。"唯佳走到志全前面，背着手，看着志全。

"……他是谁，咱们学校的吗？"志全故作轻松地追问，心里却有些不是滋味。

"我们家楼下的一个男孩，小时候我们玩过家家，我演妈妈，他演爸爸。"唯佳笑了。志全也笑了。"我准备失恋一次，然后嫁给一个有钱的男人。"唯佳一边说，一边点着下巴看着志全。

某哲学家说过，你所说的话正是为了掩蔽你内心所想。或者说，当你渴望纯洁的爱情时往往会刻意制造生活的喧哗。苏野也给志全"培训"过，如果一个姑娘主动跟你说起她的童年，并与你探讨她的爱情观，她其实是想说：追我吧，我不会拒绝。

"为何非得先失恋呢？"志全饶有兴趣地问。

"你没听说过吗，一旦爱上一个人，你就会先失去自己，然后失去爱情。"对于爱情，唯佳似乎并不那么乐观。此刻的志全还不知道，一年以后，这句话将在自己身上应验。

"你不会失恋的，我打赌。"志全勇敢地看着唯佳。唯佳没有接话，低头跑开了。

"赌什么呢，我们？"唯佳走在前面，故意不回头。

志全被唯佳的话问住了，他在心里搜寻着能够与爱情相称的赌资。终于，他会心一笑，找到了答案。他鼓了鼓勇气，追上唯佳。他刚想开口，班长司青的电话却打了过来。除了普通的同学交往，志全和司青不仅平时没有私交，甚至内心里还互相抱有几分敌意。

"班长邀请上次联谊会表演节目的同学过去聚会，也让我转告你。"司青在这个时候打来电话，志全多少有些不快，但除了自己对方还一并邀请了唯佳，所以即便自己不想赴宴却也不便代唯佳推辞。

"他怎么知道咱俩在一起。"唯佳脸红了。

"祝愉那么一闹，恐怕班上没有几个人不知道了。"志全也有些不好意思。

志全和唯佳赶到小酒馆的时候，十几双眼睛齐刷刷地就看了过来，大家显然还没有适应志全和唯佳的关系。两个人刚一落座，大家就推杯换盏地喝了起来。借着酒劲以及酒桌上的喧闹气氛，几个平时和志全相熟的同学，开始打趣起志全和唯佳刚刚建立了不足半个钟头的恋爱史。一群进入成年人队伍不满三年且稚气未脱的大学生，企图通过几瓶劣质酒水，以及成人世界惯有的交流腔调来彰显自己的成年人身份，和课间躲在教室楼道里吸食廉价香烟又怕同学看不见的中学生一样可笑，但也不得不承认，相比毕业十年、二十年、三十年之后充满铜臭与攀比的同学聚会，这群还没有真正接受过社会和生活洗礼的孩子在酒桌上的姿态要可爱的多。志全向来对此等场合深恶痛绝，但有同学情分在，他也不好就此离席。酒过三巡，几个男生多少都有了几分酒意，在酒精的麻醉下，大脑降低了对嘴的约束，于是起初只宜浅尝辄止的话题一再被深挖，这原本简单的班级内部聚会，因为几句说者无心听者有意的话，喝着喝着就喝成了对垒。而班长司青就是那个听者。

原来司青也暗恋唯佳多时，明里暗里地追过几次，无奈每次都是铩羽而归。席间有人拿志全和唯佳开玩笑，他便打翻了醋坛子，等到酒深之后有人把话题搭到了他身上，他已然怒从火起，于是便打着庆功宴的幌子，想让这对小情侣在大家面前难堪。仗着自己的酒量优势，司青接连发难，一再忍让的志全渐渐看清了形势，不再示弱。

"啤酒多没意思，志全，咱们俩还是喝白的吧。"司青不管别人，单单向志全挑衅。

"随意。"志全的回答短促而有力。

三五个回合下来，满满的一瓶白酒翻腾在了两个年轻人的胃液里，掌管班级财政大权的生活委员提前结了账，示意大家离场。从小酒馆出来，喝红了眼的司青愈发兴起，依旧不依不饶，扯着志全来到瘦竹园一处鲜有人经过的角落。多年之后，大家回忆起这场惊心动魄的斗酒，依然心惊胆战。这是个凉风习习的春夜，一张看不出颜色的长条桌支在司青和志全面前。不能认怂，不能输了酒丧了气，志全在心里暗暗告诫自己。酒、色、财、气四个字，可怜少年就是没钱，否则气血方刚之时，恨不能全部拿下。这是一次畅快淋漓的对垒，生活委员在司青目光的胁迫下到小卖部里去买高度的沂河桥老白干，来回跑了三趟。这酒不下60度，洒在桌上，打火机一点，"嘭"就着了。唯佳吓得脸都白了，全然忘记了劝说。在酒的主场，司青向志全陈述了自己相比对方在恋爱上的九条优势，在每一条优势里，志全都被描述得一无是处。可惜在这场爱情的战斗中，在胜利者面前，败军之将的优势越多，就越是一无是处。

可怜的是，老天也没有时间安慰一位失恋的年轻人，酒桌上的决斗同样以侤志全的胜利告终。司青还有半瓶没有喝完，就直接倒在地上，吐了。唯佳和另一个男生把志全搀扶着往回送。志全骄傲地看着唯佳，然后拒绝了她的好意，他强提一口气，爬上梅园公寓那几百级台阶回到宿舍。然后"砰"的一声，就飞到了上铺，又"砰"的一声，把衬衫的扣子扯飞了，再"砰"的一声，吐了……

第十五章　蓝色骨头

　　六娘山下，周鹿鸣躺在一处田埂上，头枕着胳膊。天空瓦蓝，阳光穿过浓密的树叶，斑斑驳驳的，空气里弥漫着青草的味道。鹿鸣轻点手机，许巍那沙哑的嗓音就在草间枝头飘散开来了。近旁的一处草窠子里，扑棱棱飞起一对斑鸠。

　　夏天马上就要到来了，从迷龙河到六娘山，一片虫鸣鸟唱的景象。现下正是播种红薯的时节，四下里都是乡亲们忙碌的身影。他们猫着腰，快速而准确地把秧苗埋进事先刨好的土埯里，腿部和肩部的肌肉随着播种的节奏来回屈伸，动作潇洒漂亮，这是土地赠予他们的力与美的标签。但在农家汉子们自己看来，根本没有任何美感可言，在他们心里，农民是世界上最低等的职业。

鹿鸣家有三四亩河滩地，山地也有两亩多，大舅年纪大了，鹿鸣又只有周末才能回家，根本营务不过来。水芬小姨家也缺少男劳力，两家就搭了伙。上周去师大，鹿鸣给哥哥多留了几百块钱，现在又赶上家里农忙，从乔雅那借的书也足够他看半年，这样以来周鹿鸣也就无须再去师大。另外，也许他以后再也不用为了哥哥的生活费去师大了，乔雅教会了他网上汇款。乔雅还建议他参加市里的自学考试，一是弥补自己在人文社科类知识方面的不足，二是可以拿一个大学本科学位，为自己的将来提早谋划，哥哥也有这个意思。他不是那种只会空想的人，有了哥哥和乔雅的建议，加上自己本也有这方面的打算，他很快就行动起来了。教材方面他是不用愁的，乔雅到市教育局自考学习中心帮他订了一整套汉语言文学和历史学的本科阶段教材，还找其他有过自考经历的同学要来了学习笔记和重点知识攻略，一起邮寄给了他。有了这些材料，加上他一贯的勤奋，拿下自考学位不过是时间问题。

太阳一点点升高，炙烤着蓝天下的这片黄大地，有经验的庄稼汉子们将早晨出门时穿在身上的薄褂子褪去，只留一件贴身的背心，只在寒、暑假和周末偶尔下地的学生娃不听父母的劝阻，连背心也一并脱了去，不一会就被晒得皮开肉绽，算是向土地交了学费。鹿鸣已经快两年没和土坷垃打交道了，身子有些硬。不像刚毕业那会，天天泡在田间地头，熟练得像个老农。他学村里汉子们的腔调和做派，不下地的时候在村里的懒汉市扎堆吹牛，下地的时候，穿解放牌黄球鞋，抽手卷的纸烟，饭后光着膀子到河滩上遛弯。可水芬小姨说怎么看他都不像一个农民，没有哪个农民下地的时候口袋里装着书本，耳朵里塞着耳机的。鹿鸣就笑了。如果不是想多赚点钱，他也许会甘于从事这个存在了几千年并将长期存在下去的古老职业的。虽然每天累死累活，胳膊、膀子被庄稼扎得到处是血口子，还痒得不行，但总归比那些在工地上拾砖拿瓦被老板吆来喝去的泥水匠舒心。他就图个自在。傍晚从地里回来，带着一身的疲惫和汗臭，扑通一声跳进迷龙河里，痛痛快快地游上几圈，就忘了日间的熬煎。

太阳爬到了头顶，田野里劳作的庄稼人开始陆续收工，为了节省时间和体力，大舅、水芬小姨、赵西梅老汉先一步回家吃饭去了，留下鹿鸣照看农具和水车，等着水芬小姨把午饭送过来。鹿鸣躺在田埂上，身子乏了，心里却是快活的。前段时间交给乔雅父亲的六个短篇，已经在他主编的《沂蒙文艺》上以专版的形式刊发出来了。另有一个中篇，乔教授尤为激赏，将其推荐给了省级大刊《时代文学》的某位责编，如果没有意外，下月即可见刊。除了这件高兴的事，鹿鸣最近还遇上了一件烦心事儿，让他不知该如何应付。已经有好几回了，他下了工窝在自己的小屋里看书，附近的村子里，不时传来几声狗叫，陈厂长的闺女就敲响了小屋的门，不等他应答，人就已经进来了，手里拎着几个水果或是端着一碗红烧肉，往窗前的小木桌上一放，顺势就坐在了他的光板床上。她就像这间屋子的主人一样，竟没话找话地和他聊起来了，显得木讷的鹿鸣像个串门的客人。

"小周，你家是咱县里哪个镇上的？"

"西边柳溪镇。"鹿鸣不自然地说。

"柳溪啊，那边环境可比县里强多了。我有个顶好的同学，就是你们柳溪的。她弟弟才十九岁，找了个媳妇比他大六七岁呢。都说女大三抱金砖，其实大上个八九十来岁，也没啥。女人大了，知道疼男人。"话题跨度有些大，从环境直接到了婚姻，但女人却让它过渡得如此自然。

"……"鹿鸣干笑了一下，不知道如何回答。

"对了，小周，你多大了。"

"二十岁。"

"那也该相看个媳妇了。结不结婚的倒是小事，先订了亲，有个人知冷知热的。你看修坯车间的侯小勇两口子，一块来，一块走，多让人眼馋。"

"我还没想过这些呢。"鹿鸣觉得她对自己说这些，有些莫名其妙。

女人似乎也意识到自己与鹿鸣谈论这些有些不合时宜，就讪讪地笑了笑，说："你还在长个，干装卸，怪吃力的，营养再跟不上可不行，我今天专门让食堂做了红烧肉，味道不错，我估计你也没吃上几块，就给你多留了一碗，你趁热吃了吧。"

鹿鸣没有拒绝女人的好意。一来是因为他实在不知道该说些什么，二来他也确实有些饿了。鹿鸣只是自顾自地吃，没有注意到女人已经拿上他的脸盆和几件脏兮兮的衣服出去了。食堂王大厨的手艺虽然不能和水芬小姨比，但这碗红烧肉的味道却委实有几分功力。一碗红烧肉下肚之后，鹿鸣吃得油光嘴滑，女人也已经把洗好的衣服晾晒了起来。没等鹿鸣起身道谢，女人就已经走远了，留下鹿鸣自己坐在他的光板床上，不知该如何是好。

这个有过一段不幸婚姻的女人，在厂里食堂负责财务工作，因为没有生养过，身条还像个大姑娘。但毕竟是结过婚的女人，身上有一种年轻女孩所没有的"女人"气息。平日里其他女工都是清一色的工作服，她却常穿着一些花花绿绿的裙子，把两条白生生的小腿露在外面，很是扎眼。刚进厂里不久，鹿鸣就注意到这个叫陈丽云的女人对自己和别的职工似乎有几分不同。好几次他到食堂打饭，她从里面办公室出来，嘱咐打饭的师傅："小周年纪小，还在长个呢，给他多打点。"

"陈丽云"三个字是茶余饭后男职工口中的高频词汇，与此相关的多半是一些不干不净的荤话。鹿鸣并不反感工友们的这种"放松方式"，却也从没有因为工友们毫无根据的臆想，就从她身上读出什么风尘味来。不管大家怎么聊或者聊什么，鹿鸣都很少参与。在鹿鸣眼里，她仅仅是一个离了婚的，不幸的女人而已。他原本不认为能和这个比自己大十多岁的白净女人有什么瓜葛，但现在看来，之前的一切都似乎有了联系。当然，鹿鸣仍不敢确信自己的某种猜测。虽然她是个离过婚的女人，但毕竟没有孩子的牵绊，也还算年轻，且颇有几分姿色，再寻个好人家嫁了，也不是什么难事，为何在自己这个穷小子身上花费这番心思？难道是自己想多了？有这种可能。也许人家只不过是同情自己而已。他有什么呢？除了年轻，除了年轻所拥有的力气，一无所有。当鹿鸣还在为这件事耿耿于怀的时候，他还不知道，他的哥哥周剑鸣，已经消失三天了。

剑鸣是在回到师大后的第三天凌晨不辞而别的。

那天早上，志全和司青在前晚刚斗过酒，宿醉未消，床前吐得一塌糊涂。因为口渴，天还没亮，他就起身找水喝，连喝了三大军用杯隔夜的茶水，喝第四杯的时候，不知何时滚落床下的手机就响了起来。志全迷迷糊糊地按下接听键，电话那头，苏野的声音有些颤抖。"剑鸣走了。"苏野尽力想让声音听起来平静一些，可越这样反而越让志全不安。"走了？什么意思？"志全猛地从床上坐了起来。

"张清远把鹿鸣写的检讨书发到学校论坛了，全校都看见了，就咱们几个还蒙在鼓里。剑鸣早就知道了，要不然他也不会这么快就从苏州回来了。咱们太大意了，他回来的当天，我就看他有点不对劲。他的脾气你不是不知道，肯定早就跑到张清远那里吵过了。"

"那现在是什么情况，罗老师和关琳知道吗？"

"罗老师也是刚知道，关琳那边，我刚打了电话。张清远听说检讨书不是剑鸣写的，人都快气炸了，说要把剑鸣的学籍给注销，罗老师也受了批评。剑鸣根本不吃张清远这一套，张清远说要开除他，他倒先把学校开除了。"

"现在有什么办法吗？"

"暂时还没有。"

"他家里人知道了吗？"

"剑鸣出来上学不容易，他内心一直很矛盾，应该还没给家里人说，咱们暂时也先别通知鹿鸣，再想想办法。"

"我太了解剑鸣了，如果张清远不主动服软，剑鸣无论如何是不会回来的，可是张清远毕竟是校长，他怎么可能向几个'坏学生'低头呢。"

"我忽然有个想法，咱乐队不是一直想在学校里搞一次专场吗，我们——"

"我懂了，主意不错，很大胆，很符合咱们'蓝莲花'一贯的风格，我顶你。晚上咱们仨一起商量一下。"志全会心一笑。

……

苏野、志全和关琳赶到剑鸣宿舍的时候，剑鸣的床上已是空空荡荡。最先发现剑鸣离开的是室友胖三。凌晨三点，胖三起来上厕所，剑鸣就已经不在了。

苏野俯身在剑鸣的床上查看着，似乎在寻找什么。果然，在靠近墙脚的床板缝里，有一张字条。字条上有一首用钢笔蘸血写下的长诗。是剑鸣的笔记。苏野看了看关琳和志全，心里有些不安。志全接过字条，念了起来，声音低沉得让人窒息。

写给逝去的和到来的

我站在抒情和背叛的两岸/四顾哑然。做下如今的抉择/以及远去是我的宿命，终于/说我不爱了，只留下一片暗藏热泪的山河。/我有一群放弃思考和恋爱的兄弟，将人群/用以爱情的词句挂在头顶。如果一切/尚未开始，我或许还能说爱；"别让我/不安"，这个夜间一半用来爱，一半用来遗忘。/在大地之间，听到晚来的琴声，/乡间的国土里：一群求爱的黑蚂蚁/爬向碧绿的夜莲花/雨一直下。/少了黑夜我无法正常生活，好像我曾/和过去相依为命过。走过黑夜里/柔软的生殖，回头看见踩进泥土的/影子，如同美好的时光挂在我唇边。/夜路，夜歌，还有生活在夜里的昆虫/和人们，这么多值得我珍藏和关爱。/生命在黑暗中生长，于光亮处死亡，/凭那干燥的火把，我为我死去的一部分/深感骄傲。背叛是一种难以描摹的痛苦，/遑论其他，如今是真的一个人离开了，/在这潮湿的富于想象的土地。/我双脚摩擦透明的生活，以求/保持更安全的姿势，孰料以落叶的速度跌进蚁群。/我用双脚起誓，我将走更长的路，/走更长的路赴一场必散的宴。/如今在一场浩大的夜里，我易于生长，/练习抒情。/隐居时代来临：我坐在乡村的雨地里，/思念一场爱情和少年时光，他们奔跑着，/询问着，窥探我手掌中央安详的星云。/像一些幼小的棍子，像/一个钟情于黑夜的想象。/……

　　"别念了——别念了"关琳打断志全，背转过身去，泪如雨下。志全瘫坐在剑鸣空荡荡的床上，手中的字条徐徐飘落……

第十六章　天鹅之旅

　　临沂火车站是一个不起眼的小站。它和其他火车站一样，像一个巨大的贪婪的胃，吞吐着从四面八方奔涌而至的人流，上演着一出出离别剧目的同时，也见证着一个个久别重逢的暖色调故事。365天，火车从一些知名的或者不知名的城市轰鸣着开进来，有的人下车，有的人上车，然后再轰鸣着开往下一个知名的或者不知名的城市。大部分情况下，它们会像女人的月事一样准时。当然，有时候，它们也会像女人的月事一样提前或者晚点。

　　天还没有亮，火车站前的小吃摊上，散坐着几个民工模样的男人，一张布满油污的方凳上，破旧的17寸（43厘米）彩电正播放着港版《金瓶梅》里一个香艳的镜头。凳子只有三条腿，第四条腿的位置垫着几块砖头。手推车上的炭箱里，无力地飘着几朵火苗，看样子马上就快要熄灭了。

"摊煎饼，三块一份，加鸡蛋四块，加鸡柳四块五！"这已经是这个矮胖老板半个小时里的第三次吆喝了。没有人应答。这些伪食客是刚刚从站里出来，因为舍不得多花几元打车，才坐在这里等待天亮后的首班公交的。显然，他们不会为了老板的几声吆喝就打开自己的腰包。矮胖老板有些不高兴，一张肉脸在15瓦的白炽灯下油光闪闪。

"摊一个煎饼，什么都不加，再来一碗羊肉糁。"说话的是剑鸣，坐在距离胖老板最远的一张桌子上。尽管老板的吆喝并非针对他，他却再也不好意思这么干坐下去了。

如果他不说话，老板都已经把他忘了。别人都有同伴，只有他，孤零零的一个人。白色T恤，淡蓝色牛仔裤，白底蓝杠运动鞋，典型的学生打扮。现在并不是开学或者放假的时间，不知道他要去往哪里。他似乎对电视机里大胆的镜头不感兴趣，只是低头自顾自抚摸着怀里的吉他。喷香的糁汤和煎饼果子已经上来了，他却没有什么食欲，脑袋里一片混乱。要是在以前，他肯定会美美地吃上一顿。他常常为这种叫煎饼的面食打抱不平，他不明白，为何这么美味的食物却只流行于鲁南苏北一带。

一阵刺耳的汽笛声过后，一列软座特快列车靠站了，提着大包小包的男男女女从出站口拥出来。矮胖老板把油光光的肉手往围裙上抹了两把，人就从手推车后面走了出来，"不吃饭的别占位置！"声音里透着一股十足的底气。伪食客们呼啦啦站起来，没有一点不好意思的表示，就又背上蛇皮袋子，寻找下一处免费"硬座"去了。剑鸣也不好意思再坐下去，留下一点没动的饭食往售票厅走去了。

已经趴在了售票窗口上，他才发现自己根本不知道要去哪里。售票员不耐烦地看着他，"不买票就下一位。"剑鸣立马掏出两张红票，塞进去，脑袋里快速寻找着所有他想去的地方。"到底去哪？！"售票员的声音已经由不耐烦转为呵斥了，如果在平日，剑鸣一定要给她点教训。但今天，他却一点脾气也没有了。"离现在最早发车的火车去哪，我就去哪，坐到终点站。"剑鸣像做了一个重大的决定似的，狠狠地吐出了这句话。

半分钟后，售票员丢出一张车票和几张零钱。剑鸣接过车票，L1916，临沂至西安，离发车还有三分钟。他猛然转身，背起吉他跑向了检票口，身后排队购票的其他乘客，不解地看着这个冒冒失失的小伙子。如果苏野看到了此刻剑鸣赶火车的速度，他一定会怀疑这个背着吉他飞奔的男孩是不是那个当初在百米赛场上屡屡败给自己的人。距离发车还有不到半分钟，剑鸣一个箭步蹿上了一节车厢，身后的乘务员随即关闭了车门。在临沂站停留了十分钟后，火车再次奔驰了起来。五一刚过，车厢里的人并不多，不少乘客直接横躺在了座位上。

剑鸣已经一夜没睡了，身子有些乏，脑袋里却乱糟糟的睡不着。离天亮还得两个多钟头，对面座位上那个带孩子的女人，头靠在车窗上，呼吸细密，看来已经睡熟了。

马上就要离开自己生活了二十多年的土地了，剑鸣那不安的心开始慢慢冷静下来。他审视着自己的这次"诀别"，或者说逃亡，一时间百感交集。"这近乎疯狂啊！"他在心里念叨着，负罪感逐渐裹挟了他。大舅和弟弟的面容像挥之不去的幽灵，不断在面前显现。"周剑鸣，你这个自私鬼，你怎么能为了自己那可怜的一点自尊就把大舅和弟弟的苦心弃之不顾呢！"他在心里狠狠地骂自己。

剑鸣至今还记得，在水县中学读书的时候，每天傍晚，大舅都会蹲在村口等着他和弟弟回来。有次下大雨，他和弟弟留宿在了学校。家里没有电话，哥俩没法通知大舅，谁知大舅就站在村口一直等到半夜，见有人从河对岸过来，大舅就挨个问有没有看见他的两个外甥。到了下半夜，大舅竟沿着兄弟俩上学的路，盘问着到了学校。学校的门房不让大舅进，大舅就一直等到天亮，看见有学生从校门口出来，就挨个问："你们认识不认识奥赛班的周剑鸣和周鹿鸣？我是他舅。"中午吃饭的时候，剑鸣从学校里出来，一眼就看见了蹲在校门口浑身湿透了的大舅。

冬天的时候，兄弟俩住校，因为宿舍背阴，洗完的鞋袜没个十天半月干不了。周末回家的时候，大舅就把他和弟弟的鞋子洗了，放在煤球炉子旁边；袜子呢，就拧干了，睡觉的时候直接放在身子底下，用体温把它烘干。时间一长，大舅得了风湿，三伏天里，半边身子也是冷冰冰的……

剑鸣知道，他欠大舅的太多了。这几年，大舅年龄大了，身体一天不如一天。同龄的老人都已是儿孙绕膝安享天年了，可大舅却还要在地里累死累活地干活。不为别的，就为了能让他这个外甥读完大学，不再像他一样，一辈子羁绊在黄土地里。以前剑鸣最怕的是，有一天他也要遭遇子欲养而亲不待的悲凉。可是现在，他竟然被开除了！撇开大舅不说，他又怎对得起弟弟当初的牺牲！想到这些，剑鸣把头狠狠地撞向车窗上的金属把手，鲜血顿时从他的额头上流了下来。对面座位上的女人不知什么时候已经醒了，愣愣地看着他。

"你怎么了？"女人问。

"没事。"剑鸣有些诧异，也有几分不好意思。

"我这有纸，擦擦吧。"女人小声说，似乎害怕面前这个小伙子继续做出什么过激行为，一边递纸给剑鸣，一边抱紧了怀里的孩子。

"谢谢。"剑鸣接过纸，看着女人，心里有些暖暖的。

"有什么需要帮助的吗？"女人试探着。

剑鸣流泪了。连他自己也想不到，他居然在一个陌生女人面前泪流满面。女人不停地给他递过纸来，最后干脆把一包纸塞给了他。"说说吧，"女人恳切地看着剑鸣，"你还这么年轻，没有什么事过不去的，也许说出来就好了。"

"……"剑鸣有些犹豫。

"没事，咱们也不认识，下了车各走各的，没有什么不好意思的。"女人似乎已经看出来了，这个斯文的小伙子，并没有什么恶意。

在这辆奔驰的火车上，在太阳升起之前，剑鸣向一个陌生的女人，敞开了心扉。

　　天慢慢亮起来了，火红的朝霞映红了女人的脸。不知什么时候，女人怀里的孩子醒了，似懂非懂地听着母亲和剑鸣的谈话。"叔叔，给。"小男孩递给剑鸣一包山楂片。剑鸣抱过小男孩，亲了一下，三个人都笑了。

　　"叔叔，我叫乐乐，你给我照张相吧？"小男孩搂着剑鸣的脖子说。

　　剑鸣掏出手机，开机，一堆短信和未接电话涌了进来。他无奈地取下手机卡，抛出了窗外。要逃离就决绝一些吧！

　　乐乐坐在妈妈腿上，摆了个鬼灵精怪的造型，咔嚓一声，剑鸣按下了拍摄键。火车飞驰着，有节奏地撞击着铁轨，大片的杨树林在轰鸣的汽笛声中快速后撤。新的一天开始了！

　　鲁南师大。

　　这个周末的师大，和往常并没有什么不同。学生们一如既往地恋爱，自习，打游戏，看穿越或者小说，也一如既往地发泄，一如既往地躲在某个不为人知的角落里自慰——阳光之下并无新事。但这个周末，在师大，所有的人都在谈论"蓝莲花"，谈论主唱周剑鸣那封被传得沸沸扬扬的检讨书。在大家的情节预设里，"水果门"事件本就不该以一个风平浪静的方式结束，他们期待另一种宣泄式的结局。

　　蓝莲花乐队的三个小青年神色凝重地走在环校路上，关琳脸上隐隐有泪光，苏野和志全不停地接打手机。剑鸣出走的事已经在他们的小圈子里传开了，百草诗社和深蓝色爱乐者协会的几百号会员，还有剑鸣班上的学生，都行动了起来。他们要赶在保安发现之前，让他们的海报贴满整个师大。

因为是周末，近十点钟的光景，瘦竹园餐厅里依然有不少吃早餐的学生，看来，他们是打算为祖国节约一顿午饭了。三个身穿百草诗社文化衫的学生匆忙地往餐厅门前的宣传栏上贴着海报。几分钟后，海报前已经围拢了百十个学生。

"呦，蓝莲花乐队要搞专场演唱会了，可咱们班今晚有主题班会呀，这分明是诱惑小爷我逃课。"一个穿大裤衩的高个男生对他身后的几个学生说。人群外围一个打扮嘻哈的女生挤进来，拍了下高个男生，"周剑鸣都走投降路线了，演唱会还有啥意思，说不定是来当张清远的说客的，你们这些'三坏'学生啊，就都从良了吧。"

"周剑鸣，多牛啊，要做共产主义的接班人了？不能吧？这里面肯定有故事，得去看看。"高个男孩将信将疑地说。

"得了吧，你是想去看关琳那小妞的吧？！"

"你不也想去看苏野吗？有本事你今晚别去！"

"去你的，我才没你那么没出息，我是觉得'蓝莲花'这三小子加一小美妞好不容易搞一次专场，要是不去吧，怕错过啥爆炸性新闻，那多对不住自己啊。但一想到周剑鸣那低三下四声情并茂的检讨书，我脑袋里就自动生成一造型：周剑鸣站在主席台上，脖子上系着红领巾，肩章五道杠，你说别扭不别扭！"女孩歪戴着鸭舌帽，充分调动着她的肢体语言。

"有事儿！绝对有事儿！检讨书不可能是周剑鸣写的，你要信这还不如信猪会上树呢！你想啊，周剑鸣的检讨书刚曝出来，他怎么会有脸搞演唱会呢？只有一种解释——检讨书不是他写的。你要是不信，咱就打个赌。"男生一副无所不知的样子，好像他不当探子，这辈子就亏了。

"你这么一说，那我更得去看看。"女孩一边说着一只手就搭在了男孩的肩上。

"有蓝莲花乐队的地方，从来就不缺《故事》。"男孩一语双关，略带几分卖弄。

"你刚说要打赌，我觉得可以考虑一下。"女孩斜睨着男孩。

"赌什么？"男孩似乎很有兴趣。

"这么吧，如果今晚有事，我就光天化日地到梅园超市，当着你们这些禽兽男生的面，去买一盒安全套。但是，如果今晚风平浪静，你就到乔园超市，在一干纯情美少女面前买一包卫生巾，然后送给离你最近的一个女生，怎么样?！"女孩挑衅地看着男孩，顺手把鸭舌帽摆正了。

"你还别激我，我觉得很有必要和你赌一把。"男孩点着下巴，伸手又把女孩的帽子转了回去。

第十七章　傲慢的上校

L1916次列车经过十几个小时的奔驰，终于从齐鲁大地穿越河南全境驶进了关中平原。作为"蓝莲花"乐队的主唱，无意中来到了古城西安——那个全中国吉他弹得最好的男人的老家，不知这算不算是一种宿命。在量子力学的理论里，世界是无数个偶然组成的必然，也许这次无意间与长安古城的碰触，就是那无数次偶然后的必然。

还有半个小时火车就要进站了，不知谁的手机响了起来，铃声正是"许巍"，剑鸣的心再次被搅动了，于是拿出吉他，对着车厢里的乘客旁若无人地唱了起来："我像风一样自由，就像你的温柔，无法挽留……"大家用不屑的眼神看着他，以为这个小伙子又在搞什么行为艺术。远处的两个姑娘小声嘀咕着，像是把他当成了专门在火车上搞促销的投机商人。只有乐乐和他的妈妈饶有兴味地看着剑鸣，报以诚挚的掌声。

"唱得真好！"乐乐妈妈说。

"有些激动了。"剑鸣害羞地笑了。

"下车后，你去哪？"她似乎很关心这个爱唱歌的小伙子。

"再看吧，"年轻人显然还没想好，"哪里有人听我唱歌就去哪里。"

"那就去钟楼吧，晚上那里人多，街头歌手都喜欢到那里唱歌。"

"那就去钟楼！"剑鸣刮了一下乐乐的鼻子。

一路上，剑鸣已经和这对母子厮混熟了，乐乐吵着要和"周叔叔"学吉他。头一次被称呼叔叔，剑鸣有些不好意思。

"你身上带有钱吗？"女人问得很直接。

"有——有一些。"剑鸣撒谎，他兜里的钱恐怕只够买一瓶饮料了。

"小周，你很善良，但听方姐一句劝，人活一世，不能太亏待了自个儿，不是谁都值得你去牺牲。"

这些剑鸣又何尝不知道，当他为了一些毫不相干的学生抛头露面得罪这样那样的人，不知有多少人躲在背后笑他。他也曾无数次质问自己，这么做到底值不值。但只要一有事需要他出头，他就又会义无反顾地冲在最前面。他曾无数次对苏野他们几个说：一个伟大的战士往往不是死在战场上，而是死在战友们的笑声里。幸好他还有这几个志同道合的哥们，要不然他早就向这个该死的世界投降了。

"哐当"一声闷响，火车到站了。三个人一起从车站里出来，分手的时候，乐乐走到剑鸣跟前，拉了拉剑鸣的衣角。剑鸣俯下身，搂着乐乐。乐乐趴在剑鸣耳朵上，说："我妈妈说，你要是没钱了，就来找我们。"说完塞给剑鸣一个小字条，上面写着某街某巷，显然那是方姐的家。剑鸣起身，感激地看着方姐。

夜幕笼罩着古城西安，灯光照射下的钟鼓楼金碧辉煌，成群的鸟雀鸣叫着在楼前飞来飞去。外省青年周剑鸣置身于苍茫的夜色中，面对着熙熙攘攘的人流，嘴边蹦出一个词：西漂。有京漂，有广漂，他姑且就做个西漂吧。他在钟楼西北角找了片开阔的场子，小心翼翼地拿出吉他。人在西安，怎么能不吼几嗓子许巍呢？人流中一些孤单的身影被这突如其来的歌声捆绑住了脚步，他们不约而同地停下来，向着歌声的源头围拢过来，寻找着《蓝莲花》的旋律。

鲁南师大篮球场。

一座临时搭建的舞台前，一群年轻的心脏呼喊着"周剑鸣"或者"蓝莲花"这支乐队的名字，摇曳的荧光棒点亮了这个夜晚。一阵巨大的打击乐器所制造的狂躁之后，两棵粗壮的法国梧桐同时荡下了贝斯手苏野和键盘手俦志全。兴奋的呐喊之后，年轻的目光在搜寻着他们最期待的主唱周剑鸣和鼓手关琳。片刻的寂静之后，抱着吉他走上舞台的不是周剑鸣，却是鼓手关琳。鼓手的位置上，是剑鸣的室友胖三。在众人的疑惑中，一个犹如天籁的女声划破夜空：

> 没有什么能够阻挡/你对自由的向往/天马行空的生涯/你的心了无牵挂/穿过幽暗的岁月/也曾感到彷徨/当你低头的瞬间/才发觉脚下的路/心中那自由的世界/如此的清澈高远/盛开着永不凋零/蓝莲花/……

让苏野和志全没有想到的是，关琳的歌声也如此动人。乔园、梅园两公寓中所有宿舍的窗子都不约而同地打开了，一些对"蓝莲花"乐队毫不感冒的学生也从宿舍楼里冲了下来。园丁楼里的教师们似乎还不知道这边发生了什么，一个个惊讶地趴在窗户上，伸长了脖子。

西安钟鼓楼下，剑鸣的歌声也同样吸引了不少巍迷驻足，面前敞开的吉他包里已经有了不少小面值的纸币，围观的一些年轻人默契地打着节拍，几个活跃的小伙子还跟着吉他的旋律一起唱了起来："穿过幽暗的岁月/也曾感到彷徨/当你低头的瞬间……

西漂青年周剑鸣，在这个浩大的夜里，彻底迷失在了自己的歌声里。听众们那浮躁的心，借着这个外省青年的歌声，渐渐安静了下来，乘着歌声回到了他们各自过往的记忆里。剑鸣收拾好一堆零碎的纸币，弹唱着往一个未知的方向走去，把歌声和背影留给了那些同样迷离的目光。

天边夕阳再次映上我的脸庞/再次映着我那不安的心/这是什么地方依然是如此的荒凉/那无尽的旅程如此漫长/我是永远向着远方独行的浪子/你是茫茫人海之中我的女人/在异乡的路上每一个寒冷的夜晚/这思念它如刀让我伤痛/总是在梦里我看到你无助的双眼/我的心又一次被唤醒/我站在这里想起和你曾经离别情景/你站在人群中间那么孤单/那是你破碎的心/我的心却那么狂野？我的心里永远是故乡/……

在东大街骡马市公交站牌附近，剑鸣重新驻足，他在一处台阶前坐下，怀里的吉他在灯光的照射下散发着幽蓝的光。人潮中偶尔有人短暂地停留，倾听或者围观，然后匆匆离去或者在离去前留下一枚闪亮的硬币。一个驻足捧场的白人小伙子，身材瘦高，双手兴奋地打着节拍。

"我可不可以——看一看你的吉他，它看上去很棒，我很喜欢。"笑容灿烂的白人小伙，用蹩脚的汉语问剑鸣。

"Of course."剑鸣友好地把吉他递了过去。

"我——弹，你，你来唱，OK？"中英混杂的话语里透着诚意。

"OK！"

小伙子勇气可嘉，只是技术和他的汉语一样蹩脚，好在剑鸣见多识广，熟知欧美音乐。

"久违了，迪伦！"*Blowing in the wind*，虽然伴奏让人有些抓狂，但熟悉的旋律仍然让剑鸣有些感动，他已经很久没这么深情地唱过一首外文歌了：

How many roads must a man walk down,
Before they call him a man?
How many seas must a white dove sail,
Before she sleeps in the sand?
……

"Good！我以为你会唱中文的，没——没想到，你的English
也这么Good, so good！"

"Thanks."剑鸣点了点头，这是他唱得最辛苦的一首歌，节
奏被白人小伙带得凌乱不堪。但也是因为他的加入，停留驻足的
路人一下子多了不少。

"This."小伙子递给剑鸣一张十元"大钞"，"再唱吧，喜
欢唱什么就唱什么，我喜欢听你唱。"

剑鸣会心一笑，亮开了嗓子："西安的朋友们，我是来自山
东的歌手，希望古城西安能喜欢我的歌声。西安是歌手许巍的老
家，下面我为大家演唱一首许巍的《曾经的你》：曾梦想仗剑走
天涯，看一看世界的繁华，年少的心总有些轻狂，如今你四海为
家，曾让你心疼的姑娘，如今已悄然无踪影，爱情总让你渴望又
感到烦恼，曾让你遍体鳞伤……"

一曲唱罢，掌声雷动，但却没有几个人打开他们的腰包。剑
鸣不去看面前摊开的纸盒——即便是为了生存，他也难掩自己的

孤傲，"下面我再为大家演唱一首《旅行》。"

剑鸣不知道，当他歌唱的时候，有一位女子一直在远处看着他。

"卖唱的，给你小费。"一个光头站在纸盒前，把一张百元"巨钞"砸在了剑鸣的脸上。

"你好，您的钱掉了。"剑鸣压制着心里的怒火。

"那是赏你的，捡起来。"

"那您拿好您的钱，重新给。"剑鸣捡起来，递给光头。

"卖唱的，我的钱是打赏你的，你把它捡起来。"光头把钱再次丢给剑鸣。

"我是歌手，不是卖唱的。"剑鸣强压住怒火。

远处的女子不安地看着剑鸣，心头紧绷着。

"你个臭要饭的，给脸不要脸是吧。"光头扯住了剑鸣的衣服。

剑鸣挣脱光头的撕扯，退后，然后跳起，一个近乎完美的鞭腿。一座肉山轰然倒地，灯光下，地上的两颗金牙异常醒目。剑鸣想不到，苏野教他的花拳绣腿竟然在这里派上了用场。

"Kung Fu，中国功夫，哇！"白人小伙兴奋地尖叫起来，模仿着剑鸣刚才的动作，踢向想要爬起的光头。"砰"的一声，动作笨拙摔倒在地的白人小伙，重重地砸在了光头身上，"Oh，My God！"

光头起身，掏出手机："给老子叫一车人来，老子在钟楼！"

"喂，公安局吗，钟楼这里有人打架，你们快过来。"远处的女子对着手机呼喊起来，旁边一个小男孩拉着她的手，眼神有些惊慌……

鲁南师大篮球场上，"蓝莲花"乐队专场已经进入了高潮，苏野像一个长不大的孩子，潇洒地从关琳手中接过吉他，动情地唱了起来，曾梦想仗剑走天涯/看一看世界的繁华/年少的心总有些轻狂/如今你四海为家/曾让你心疼的姑娘。

苏野刻意修改了歌词，显然是唱给不知身在何处的剑鸣听的，只可惜这个"曾梦想仗剑走天涯"的浪子，如今竟真的置身在了天涯。关琳一动不动地看着远方，眼神有些迷离。

"蓝莲花乐队"的演唱会已经接近了尾声，很少在台上唱歌的志全也不由自主地走到了台前，他把最后一首经典曲目留给了自己，"《完美生活》，献给在场的所有朋友，以及我们不屈不挠的周剑鸣，青春的岁月/我们身不由己/只因这胸中/燃烧的梦想……"

这是"蓝莲花"乐队每次演出的收尾曲目，台下的学生们如苏野他们预想的一样，瞬间骚乱了起来，大家对剑鸣的呼唤已经盖过了志全的歌声。他们相互交换着疑惑的目光，等待着一个结果。突然，志全停止了歌唱，跳下舞台。此刻的志全，神态异常安详："朋友们，剑鸣今晚来不了了……被水果店老板打伤的那对情侣如今已经出院返校上课，可是那个和他俩都不认识的冲在最前面的男孩却被我们的校长开除了……"

人群再次骚乱了起来，关琳背转过身去——她的泪水再也止不住了。苏野也从台上跳下来，大声说："大家看到的那封检讨书是剑鸣的双胞胎弟弟为了保全哥哥背着剑鸣写下的，剑鸣毫不知情。张清远如今把他挂在网上，显然别有用心……"上午那两个曾立下赌约的学生从人群里挤出来，大喊着："我们从明天开始，声援，声援，直到恢复周剑鸣的学籍为止！"

"对，声援，声援！"苏野和大家一起应和起来。

"包围园丁楼！"不知是谁喊了一嗓子。

场面突然失去了控制，人群冲向了园丁楼，楼上的窗户后面，教师们一个个用疑惑的眼神看着这边。苏野和志全也傻眼了，任他们怎么喊，人流依然像潮水一样向园丁楼汹涌而去。"蓝莲花"乐队并不想多生事端，他们的想法像他们的歌声一样单纯。关琳冲到队伍最前面，泪流满面地对大家说："同学们，我替剑鸣谢谢你们，我们只想让剑鸣回来，我们不想惩罚谁，也不希望大家做出什么过激的事给师大丢脸。我求求大家，都回去吧。我们只需要默默地抗议。"

人群安静了下来，继而又像潮水一样退去了。

晓南湖畔的情人坡是学生情侣们时常光顾的场所，但此刻的情人坡没有情人，只有三个落寞的小青年。花生米、烤肉串、麻辣烫胡乱地摆放着，身后一堆青岛啤酒，空空如也。晚风依旧撩人，繁星也一如既往地闪耀着，如此美丽的夜晚，在蓝莲花乐队看来，竟也了无诗意。剑鸣走后的这四十个小时里，他们给剑鸣打了无数个电话，发了无数条短信，无奈都杳无音信。他们开始担心，以剑鸣的脾气，即使张清远同意恢复他的学籍，剑鸣也依然不会回到师大。

"要不了两天，咱们几个估计也要被开除了，不过也好，省得像现在这样，老悬着，让人不痛快。"苏野主动打破了沉默，即便此刻心里翻江倒海，他脸上却仍是一副无所谓的样子。

关琳没有说话，或者说她根本就不知道该说什么。她已经哭累了，整个人都在为下一次哭泣的来临积蓄着能量。"你们还记得怎么认识剑鸣的吗？"苏野斜躺在地上，嘴里嚼着花生米。他有些醉了。"当然记得，怎么能不记得呢，这辈子是忘不了了。"志全回应着，"不管怎么样，不等到学校主动发话让剑鸣回来，咱们就和学校死磕到底，罢课，罢餐，走着瞧吧。"志全说完顺手甩出去一个空酒瓶，"砰"的一声，碎了。

凌晨十二点半，光头男和周剑鸣一起被带回了钟楼派出所。从进入派出所的那一刻起，周剑鸣就已经后悔了。他宁愿挨揍的是自己，也不愿在派出所里与一个流氓对坐四五个小时。仰仗着人多势众，光头男张口就是五千块。这显然超出了剑鸣的赔偿能力，但这已经是两位年轻的治安警察最大限度地偏向自己了。警察小刘毕业于山东警官学院，去年秋天才通过公务员招考来到这里，成了一名基层民警。小刘在学校读的是刑侦，人生理想是当个国际刑警，参与的案子都是"天网2006"或者"猎狐2008"什么的，有朝一日能站在人民大会堂接受国家领导人的接见。无奈最近几年公安系统公务员招录一年比一年难，为求稳妥，小刘最终还是选择了这家派出所，于是理想与现实之间就塞进了这些无事生非的地痞流氓。

参加工作第一个月，小刘与光头男就打了五次交道，如果不是穿着这身警服，他肯定第一个站出来痛扁这个老流氓。光头男最开始要一万，小刘知道剑鸣是个穷学生，加之光头男又是个惯犯，小刘心理上本能地就站在了剑鸣一边。然而光头男终是难缠，小刘费了好一番唇舌，他才勉强伸出了五个手指头。只是小刘不知道的是，即便是五千块，剑鸣又哪里能拿得出来。剑鸣拿不出钱，光头男对小刘开始咆哮起来，院子里他的狐朋狗友也跟着叽叽歪歪。隔壁房间里，剑鸣坐在长条凳上一句话不说，一副要钱没有要命一条的样子。周剑鸣很纳闷，光头男折腾了大半夜突然就消停了。在打印好的笔录材料上按了手印之后，民警小刘给他开了门，"零点了，回吧。"如此结局，委实有点突然。剑鸣顾不上多问，从小刘处取回吉他就迈开步子向自由的方向走去。快到派出所门口时，剑鸣回过头，看见小刘正看着自己。于是两人相视一笑。

凌晨一点二十分，在西安，在钟楼派出所大门口，满是狼狈的周剑鸣怀揣着一百零七元三角，站在大差市十字路口，茫然四顾。突然，一个熟悉的童声突然出现在身后："叔叔，我要和你学吉他。"剑鸣转过身去，看见方姐和乐乐正站在浩大的长安之夜里，满脸焦急地等着他。

流浪歌手周剑鸣是幸运的，他的"西漂"生活刚刚向他露出狰狞的一面，善良的方姐和可爱的乐乐就接纳了他。在建国门附近的一栋不足六十平方米的筒子楼里，剑鸣白天教乐乐弹吉他，晚上到街头唱歌。小乐乐调皮得要命，学起东西来却有模有样，抱着剑鸣给他买的儿童吉他，摇头晃脑地像个大明星，倍有范儿。

剑鸣在街头唱歌的时候，人群中方姐和乐乐总是最忠实的听众。以剑鸣的脾气，如果不是方姐一再劝说，他绝不会因为光头男的威胁就放弃了钟楼这块风水宝地的。好在剑鸣唱功了得，很快就在建国门附近开辟了新天地。每晚七点拉开场子，听众点什么剑鸣就唱什么，从红色歌曲到港台流行乐，从港台流行乐到校园民谣，从校园民谣再到重金属，总之，只要大家喜欢，只要他唱得来，他都一一满足。只是一不留神，他就能把红歌唱出摇滚的味道，大家笑称这是红色摇滚。吼上三四个钟头，等到听众逐渐散去，剑鸣就牵着乐乐，乐乐拉着妈妈，三个人一路说笑着回了家。此刻的周剑鸣是幸福的，他暂时忘记了师大，忘记了烦恼，他还不知道，他的一时冲动给亲爱的罗慧老师惹了多大的麻烦。

鲁南师大综合办公室，校长助理小吴不顾中美十几个小时的时差给远在美利坚合众国的校长张清远打去了电话。

"张校长，学生停课了，学校的三家餐厅也一整天没开张了，饭菜都馊了。"小吴一边说话一边想象着电话另一头张清远的反应。

"怎么回事？"睡眼惺忪的张清远猛地从床上坐了起来。

"您出国前不是把哲学系那个叫周剑鸣的学生开除了吗，他们社团的几个学生，趁着周末，撺掇了不少学生，声援这家伙呢，说是周剑鸣一天不回来，就一天不开课。"

"这些学生，简直是胡闹，花两个亿建的教学楼，不知道珍惜，跟着几个坏学生瞎折腾。王校长在不在学校，他怎么说？"

"王副校长上午到梅园去给学生们喊话了，可是——"

"可是什么，有话就说。"

"王副校长和您上次一样，也被学生泼了红墨水。王副校长平时和学生走得近，他说服不了学生，别的领导也没辙了，现在报社、电视台的记者都在学校蹲点呢，唯恐天下不乱，保安拦都拦不住。"

"网上呢？"

"也已经闹开了，情况不怎么好，不过学生们暂时还没有什么过激行为。依我看，这些学生不是真心想闹事，就是单纯地为周剑鸣鸣不平。"

"鸣不平？他多次违反校规校纪，顶撞校领导，影响学校正常教学生活，哪来的不平？！"张清远吼了起来。

"对，您说的对。可是学生们就愿意跟着闹，各班的辅导员说话都不好使。您还是尽快回来吧。"小吴知道自己说错了话，想把话头岔开。

"我就奇怪了，别的学校学生见了老师都服服帖帖的，怎么就咱们师大这些学生个顶个的乍刺儿呢！"

"校长，人文学院的罗老师，和社团那几个学生关系好，您看能不能给她打个电话，让她先稳住学生，然后您回来再处理。"

"电话不用打了，要不是看在她父亲的面子上，我不会让她留在师大的。你先把媒体那边压住，我天亮就飞回去。"

"那好，校长您先休息。"张清远一说天亮，小吴才意识到大洋彼岸此刻正是午夜。

此次出国考察，张清远原本计划在美利坚停留半个月，谁知在他下榻的加州酒店刚刚洗完澡，身上的水还没擦干，后院就再次起火。他丝毫不敢怠慢，他深知自己管理的是一批怎样的学生。他一边强压着怒火擦拭着身上的帝国之水，一边通过手机遥控考察组的下属根据自己的缺席调整接下来的工作，顺便帮他预定第二天一早回国的航班。

在万米高空的空客330客机上，张清远奋笔疾书，他要把一腔怒火都灌注到笔下的文字里。二十个小时后，张清远重新出现在鲁南师大行政楼校长办公室门口，他一边拿钥匙开门，一边向隔壁房间吆喝着："小吴，这是我在飞机上草拟的一个文件，你拿给其他几位校领导看一下，没问题的话，尽快下发到各个学院。"小吴有点不敢相信自己的耳朵，但听到上司的命令还是条件反射似的从椅子上弹射而起，三秒后就出现在了张清远面前。张清远仰躺在真皮座椅上，满脸都是从美利坚合众国带回来的愤怒和劳累。"张校长，开除周剑鸣我想各位领导和各学院肯定没有意见，只是对罗老师的处理……您需不需要再和罗书记沟通一下？"助理小吴跟着张清远鞍前马后已经有几个年头了，学校很多政策性的文件都出自他手，大家私底下管他叫"二把手"。"二把手"接过文件，迅速地浏览一遍，看见关于罗慧的处理意见一栏赫然写着"辞退"两个字。虽然深知张清远做出如此决定肯定是出于无奈，但鉴于罗慧父亲的身份，"二把手"还是下意识地提醒他的这位倒霉的上司。"我刚和罗书记通过电话，对小罗老师的处理，就是她父亲的意思。"张清远长舒一口气，像是终于得到了某种解脱。

"大义灭亲！"小吴从校长办公室出来，嘴里脆生生吐出四个字。

第十八章　蓝色骨头

最近几个月，从柳溪镇政府到辖区内28个行政村，大家都在谈论同一个话题，那就是每三年一次的村两委换届选举。按本县惯例，村党委换届在村委换届之前，意思大概是先把党的接班人选出来，党组织稳定了才好开展其他工作。这也确实符合基层工作的规律，因为村委的选举中涉及的人数远多于村党委，过程慢得多，也复杂得多。但既然是惯例，就自然要有特例，比如这柳溪镇驻地柳溪村。在村党委的换届中，别的村子大多一上午就能解决，但在柳溪村却一而再再而三拉锯了半个多月，钱、李两股势力针锋相对，谁也不服谁，到头来，谁也未能得到半数以上的选票。钱、李两家俨然两座山头，其他姓氏的党员夹在两座大山之间左右摇摆。先是钱家人在河滩上大摆筵席两百桌，东风压倒了西风；后来李家人见势不妙，摸黑挨家挨户地送出了他们的爱心大礼包——水县瓷厂产茶具一套，于是西风又压倒了东风。虽然两家各有胜负，但选票却依旧远未达标。如此反复再三，横竖要两败俱伤。正在这两虎相争难分胜负的时候，柳溪村新晋的野心家李大头在河滩上逛了一宿，天一亮拨出去一个电话，隔天钱家人就消停了。第二日，经过三个多小时的反复核票，李大头最终竟拿下九成选票，当选新一届村支部书记，被折腾到半死的镇委第三选举小组长舒一口气。

黑夜有一种无可替代的力量，它让一切喧嚣归于平静。当钱、李两家正闹得不可开交的时候，水县瓷厂后山脚下的这间小屋，正散发着昏黄的光，屋内的光板床上，周鹿鸣仰躺着，眼睛直视着屋顶，显得心不在焉。最近一段时间，每当他吃罢晚饭，回到这间小屋，那个叫陈丽云的女人总会准时来到这里，找这样或者那样的借口与他聊上一会。女人的到来严重影响了他的晚间阅读，可他却没有理由拒绝。至少从目前来看，女人对他充满了善意。

自从陈丽云第一次为他洗衣服之后，他就再也没有自己动手洗过衣服了。她不知从哪里找到了小屋另外的钥匙，每天鹿鸣起床上工之后，她就抽空来到小屋，把他头天夜里换下来的衣服拿去洗了。起初鹿鸣以为小屋招了贼，待看到食堂后面晾衣架上飘荡着他的白衬衫时，他竟不知该说些什么了。因为习惯了陈丽云的准点造访，今晚这偶尔的"爽约"反而让他有些坐立不安了。

倒也不是盼着她来，只是摸不清她是否还来，心里又装着哥哥的事，加之村里最近又在换届，钱、李两家四处拉票，一时人心惶惶，一个人躺在这后山下的小屋里，心就总也静不下来。

他强打起精神，翻出一本杂志来看，半个多钟头却连一个页码也没看完，心里烦乱得紧，索性就又光着膀子趿着拖鞋，起身到屋外去洗漱。刚扭开水龙头，远远地就看见一个女人扭着腰肢往这边走来了。来的不是别人，正是陈丽云。鹿鸣擦净嘴上的肥皂泡，女人就到了近前。

"和我爹聊了一会，过来晚了。"女人一看见鹿鸣，就满脸的幸福。

鹿鸣没有接话，把头伸到了水龙头下，喷涌而出的水流击打在他脑袋上，有一种触电感。

"小周，姐……我有些话想跟你说。"一向风风火火的女人竟也吞吞吐吐了起来。

鹿鸣擦干头发，重新套上上衣："边走边说吧。"他大概能猜到陈丽云要对他说些什么了。屋子里局促的空间似乎会抑制他表达否定观点时的勇气，而山间凉爽的晚风也许能够让他更加真实。

女人跟在身后，步子很轻。溪水潺潺，是宁静的夜空下唯一的背景乐。

"小周，厂里关于咱俩的传言也有日子了，你也应该早就听到了，你怨姐吗？"在黑夜的掩饰下女人开口了。

"让他们说去。"鹿鸣越过田埂，卷起裤管跳进了山溪里。

鹿鸣的回答让女人有些捉摸不透，她走上田埂，看着鹿鸣："咱们认识也有些日子了，姐待你怎样你心里也有数……你识文断字，肚子里墨水也多，姐的心思你也该知道。你还年轻，不能因为姐坏了你的名声，是黑是白，姐今晚就讨你一句话。"

对于陈丽云如此坦荡的摊牌，周鹿鸣显然毫无心理准备，他在溪水里趔趄了几步，险些摔倒。他没有回答，他缺少斩钉截铁地拒绝一个女人的勇气。鹿鸣不敢抬头看女人，只好迈开腿往山上走。女人在岸上紧跟着，也不说话。她盼着鹿鸣肯定的答复。长时间的沉默之后，女人也跳下水，堵在鹿鸣前面："你心里要是有姐，姐今晚上就是你的人，要是心里没姐，咱大路朝天各走一边！"鹿鸣转过头去，逃避着女人的逼视。女人"砰"的一声扯掉了上衣的扣子，把鹿鸣的手按在自己胸上："姐今晚是你的……"一股热流轰击了周鹿鸣的身体，脑海里却泛过乔雅的笑脸。他轻轻推开女人的身体："姐，你穿上衣服，以后咱们还是好姐弟。"

女人的眼泪就下来了。对于这样一个结果，她虽然早有心理准备，但鹿鸣如此果断的拒绝，还是超出了她的预想，她比他大，且是一个离过婚的女人，对她来说，走出这一步看起来并非难事，实则却需要天大的勇气，众口铄金，众口亦可杀人。她无法接受这个从一开始就已设定好的事实，这太过残酷，她放声大哭，然后转身向山下跑去了。

水县瓷厂餐饮部归陈功副厂长分管，而陈功副厂长的女儿陈丽云又在食堂管财务，所以食堂经理只是名义上的食堂一把手，陈丽云才是真的女掌柜。从后厨到采买，从采买到保洁，食堂上下三十几号人，没有人不知道陈丽云对周鹿鸣打什么算盘，所以无论周鹿鸣多晚来到食堂，食堂窗口的小妹从不会对他说饭菜已经卖完。可自从周鹿鸣拒绝了陈丽云的爱意之后，他的一日三餐就成了一种煎熬。以前每次在食堂排队打饭，哪个窗口出售哪种饭菜他从不在意，他专挑人少的队列，匆匆来匆匆去。但是现在，他只要一走进食堂大厅，心里就发怵，即便肚子饿得咕咕叫，身子却不由自主地站在了最长的队伍里——他怕遇见陈丽云。可他怕什么就来什么，不管他站在哪一列，等到他挨到了窗口，陈丽云的脸总会出现在窗口的另一侧。也不和他讲话，却单把一大勺红烧肉或者肉丸子扣在了他的饭盒里，排在后面的工友调笑着问陈丽云红烧肉还有没有，不料陈丽云把窗口一关，"暂停服务"的牌子就挂了出来。

鹿鸣怕工友们笑话他，给陈丽云发短信，叮嘱她不要再给自己开小灶。陈丽云却从没有回过，等到下一个饭点，鹿鸣照例是躲不开她。出了食堂，几个相熟的工友们就打趣鹿鸣，说他白天吃了陈丽云锅里的小灶，晚上说不定还会吃她身上的"小灶"。鹿鸣就恼了，把自己的饭菜一股脑倒进了对方的饭盒，却不知正合了那人的意，还没到宿舍，那人就坐在路牙石上吃了个油光嘴滑。

距离水县瓷厂党组闭门会议召开仅半月，技术革新的成果就有了具体的反映。

这天下午，本打算与水县瓷厂解约的一位东南亚地区的老客户，在收到合同内最后一批货后，临时紧急决定追加5万套茶具，还一次性结清了此前拖欠了三年多的尾款。厂领导们乐开了花，装卸组的汉子们却触了霉头，像周鹿鸣这样的骨干劳力，就更是遭罪。送走最后一辆"大解放"的时候，天已经黑透了，鹿鸣浑身上下一片汗湿，他头一次像其他工友一样光着膀子走回了宿舍。回到自己的小窝门口，鹿鸣惊讶地看见陈厂长正站在水龙头旁，似乎是在等他回来。因为陈丽云的关系，鹿鸣看陈厂长的眼神有些不自然，还没等鹿鸣开口，陈厂长点上一支烟，无奈地说："年轻人，世事难料啊，你给厂里立了功，厂里却再容不下你，"鹿鸣不明白陈厂长的意思，刚想问个所以然，陈厂长接着说，"厂里要在这存一批货，明天一早你把钥匙交给我。"

周鹿鸣有点不敢相信自己的耳朵，愣在了原地。等他回过神来，意识到这并不是自己的幻觉，陈厂长那宽厚的背影已经消失在了夜色里。此时的他还不能把自己因一时好奇写下的论文与东南亚客商突然之间的追加订单联系起来，更不能在自己的论文与自己被赶出这间后山下的小窝之间建立起联系，生活还没有把他磨炼得足够圆润，他只能将陈厂长离去的背影与他拒绝陈丽云联系在一起。为了水县瓷厂少数人的利益，这少数人决定牺牲一个年轻人的利益："年轻人多栽几次跟头，是好事。"这少数人用这样的话来宽慰自己的龌龊。这少数人终究是少数，无奈陈厂长正式的称谓还要在"陈"与"厂"之间加个副字，这多出的这一个字，使他不但没能进入这少数人的行列，还要在年轻人周鹿鸣那里担一个心胸狭隘的罪名。年轻人周鹿鸣的确因此而失望了，他原以为是自己的才华为自己赢得了这间小屋，在此刻的他看来，这只不过是他自己的一厢情愿罢了，陈厂长对他所有的好都是有所企图的。一个自尊的年轻人，是接受不了这种交换的，离开是他唯一的选择。

想到这里，鹿鸣原本就疲乏至极的身子，突然间变得好似一摊烂泥。他强打起精神推开房门，把自己沉重的躯体撂倒在了床上，泪水在眼睛里直打转。他好不容易才逃离了集体宿舍，来到了这间并不宽敞却只属于他自己的小窝，工作之余拥有了片刻安闲的读书时间，如今却又要搬走了。他是多么的不甘心啊！可又能怎样？这里本就不该属于他这个打工仔，属于他的是两华里外臭烘烘的集体宿舍，是靠门的那张铁架子床，冬天一到，冷风就从门缝里往他的被窝里吹，冻得他直打哆嗦。躺了大半个钟头，他感到稍稍有了些力气。于是就坐了起来，蓦地瞥见窗台外面放着一个小箱子，箱子外面粘着邮政包裹单。他迫不及待地把箱子拿进来——他似乎猜到了箱子里装的是什么。果不其然，箱子里是乔雅从师大邮寄来的几本外国小说，小说全部出自"20世纪法国现代小说文丛"。在这套丛书的下面，赫然出现在鹿鸣眼前的是六本《时代文学》样刊和一张稿费汇款单。天哪，周鹿鸣简直不敢相信自己的眼睛，他兴奋得浑身发抖——一个装卸工人的文字居然也出现在了国内顶尖的文学期刊上！按捺不住内心激动之情的鹿鸣，开始设想起这笔稿费的种种花销方式了。给水芬小姨买一条花裙子，给大舅、赵西梅爷爷每人一条好烟，给大葫芦爷爷买上一箱好酒，剩下的钱存起来，凑足一万块，给哥哥买一把进口吉他。对了，还应该给乔雅准备一份礼物，至于送什么，他还没有想好。心情稍稍平复之后，他这才打开杂志，翻到属于自己作品的那个页码，才发现这里夹着一封信，信是乔雅写给他的。鹿鸣颤抖着打开信封，乔雅那隽秀的小楷就跑了出来：

鹿鸣：

自从水县一别，常常盼着与你再次相见，再一起谈论各自喜欢的作品。刚刚和父亲一起重温了你发在《时代文学》上的小说，令人刮目。

我父亲代你投递的另外三五篇小说最近也将陆续见刊，你这"集束手榴弹"式的轰炸，恐怕要引起评论家们的关注了。之前借你的书料你也该看完了，我从"20世纪法国现代小说文丛"里开列了部分书目，托同学从北京带回来送给你。你接触外国文学作品较少，我想这些书应该于你有些帮助。

我快毕业了。联系了一家人文地理类杂志社，如果不出意外，毕业典礼一过，我就要成为一名北漂了。行前如有时间，盼一见。对于我的工作选择，父亲已表示默许，但我却有些想听听你的意见。如有时间，请务必告知。

乔雅

鹿鸣合上信封，由劳动所带来的疲乏以及由于失去这间山脚小屋所引起的不快，已经荡然无存了，全身的细胞都处于一种难以言说的亢奋之中。工作是何等大事，她竟如此正式地写信向他征求起意见来了，她是在乎他的，善良的乔雅心里是有他这个穷小子的。他实在难以抑制这突如其来的幸福，竟光着膀子冲出小屋，向着后山跑去了。他躺在山顶那块和乔雅一起坐过的石头上，向着远处的村庄以及村庄里的人们，大吼了起来，啊——啊，小青年周鹿鸣的春天就要到来了……

第十九章　花房姑娘

也许是因为太过兴奋了，从后山上下来后，周鹿鸣躺在床上翻来覆去地睡不着。太阳刚刚贴着海平面往上蹿，他就已经从床上爬了起来。他要赶在陈厂长那张冷面再一次光顾这里之前，与这里的一切撇清关系。行李昨夜就已经收拾妥当，除了多出一台笔记本电脑和几本新添的小说外，来时的麻袋与去时的麻袋一样简单。鹿鸣背着麻袋站在小屋外的水龙头前，几个月来与小屋有关的美好记忆在脑海里翻来覆去。人生瞬息万变，谁也无法知道下一刻将要发生什么。不久前他还是厂里的红人，而此刻的他却如此狼狈无助。他最后看了一眼小屋，打算转身离去的时候，陈丽云却已经站在了他面前。

"把行李放回去吧，别理会我爹。"女人想把鹿鸣背上的行李拽下来。

"回去和大家一起住也好，一个人在这也挺无聊的……"此刻的周鹿鸣天真地以为，陈厂长只是剥夺了他对于山下小屋的使用权，还远没有看到生活真正狰狞的一面。

他紧紧抓住麻袋的一角。前几日山上的那一幕他还没有释然，只有他们两个人的时候，他不敢看她的眼睛。

"你要是从这里走了，以后要是再遇见，我就当没有你这个弟，你也不用喊我这个姐了。"女人不放手，逼视着鹿鸣，眼睛里隐隐有泪花。她希望他能留下，哪怕他拒绝了她的爱。可是，在小青年周鹿鸣的内心深处，一切与爱情有关的美好想象从来与面前的女人无关，且他在安置友谊的角落里，给"陈丽云"三个字留下了不小的空间。此刻，陈丽云把自己留在他心里的所有记忆作为挽留的赌注放在了他面前。他犹豫了。在这个有着三千余名职工的铁一样冷硬的瓷厂里，他的确需要这样一个能给他温暖的姐姐。然而与友情相比，二十岁的周鹿鸣更需要爱情的光临。他深呼一口气，慢慢推开陈丽云的手，迈开步子向男职工宿舍的方向走去了，留下陈丽云一个人哽咽地站在原地。

站在乔雅用小楷编织的爱情童话中的周鹿鸣似乎还没有意识到，对于他来说，这间小屋不仅仅意味着放工之后那私密而愉悦的夜读时光，它还是一座小小的堡垒。走出这座堡垒的周鹿鸣，很快就将暴露在生活的打击之下，离开瓷厂也只是时间问题了。从小屋搬走的这天下午，全厂十六个装卸小组中唯独他所在的小组接到了加班通知。有人放出话来，只要周鹿鸣在第九装卸组一天，第九装卸组就别想早下班。于是周鹿鸣很快就被孤立了，他成了工友们公共的敌人。在自身利益面前，这些农闲时强健的装卸工、农忙时粗粝的庄稼汉子，身体内隐匿的自私的小农意识，很快就抬头了。周鹿鸣不再是那个为他们分摊过几十吨重量的热心小伙，不再是那个把自己饭盒里的红烧肉分给大家的活雷锋，他成了人人敬而远之甚至拔刀相向的毒蘑菇。在食堂排队打饭的时候，有人刻意在他前面插队，等他打完饭走在回宿舍的路上，又有人故意撞翻了他的餐盒。周鹿鸣依旧不愿意把这些理解为人心叵测，他希望这一切都不过是巧合，都不过是大家给他开的玩笑。当然，即便这是陈厂长在替他的女儿惩罚他，又能怎么样呢，他对此毫不介怀，这些人生路上无关痛痒的小褶皱，很快就被乔雅带给他的幸福冲淡了。几天之后，当这种幸福一点点淡去，周鹿鸣重新拿出信件，企图在那一行行隽秀的小楷之间，重温昨日的幸福之时，粗心的他这才意识到，乔雅的来信虽是征求他的意见，如果他没能及时回复，这来信也就成了道别。周鹿鸣，你这个该死的大马虎！他在心里骂着自己。一向遵规守纪的他原本打算吃罢午饭给乔雅回个电话，突然意识到乔雅不久即将远走北京之后，这个家伙把吃了一半的盒饭往桌上一放，不及给班长请假，就抓起外套跳上了一辆开往师大的大巴车。上了车，他才意识到自己的鲁莽，以他们的关系，他有必要这样兴师动众吗？也许自己太自以为是了，又或许人家姑娘只是随口一说呢？顾不了那么多了，他内心有一个声音告诉他，他必须去，必须要见到她，告诉她，我希望你留下。

鲁南师大图书馆，中文系毕业生乔雅坐在阅览室的某个角落里心神不安，面前摊开的是最新一期《时代文学》杂志。整整一个上午，她就这样坐着，把杂志从头翻到尾，又从尾回到头，一篇文章也没读进去。她的心乱了。从水县回来后，她内心始终处于一种不自觉的愉悦状态中，总是在经意与不经意间想到一个人。起初她自己觉得这种状态不可靠，一来他们彼此其实并不算太熟，虽有过几次交流，可话题也只围绕着他们彼此的共同爱好；二来他不符合以往自己想象过的意中人的形象，他既不高大帅气，也不自信活泼，甚至还有几分土气。如果再庸俗一点来看，他的家庭境遇以及学历、工作都与自己有着不小的差距，除非她疯了，否则没有人愿意相信她会喜欢这样一个穷小子。然而她近来的一切表现都证明，她似乎的确喜欢上了他。她喜欢他因害羞而微笑时嘴角泛起的酒窝，喜欢他眼神里时刻诉说着的执着与坚韧，喜欢他浓黑的眉毛，喜欢他才华横溢却含蓄沉稳。她必须承认，不知不觉间，他已经占领了她的生活。

晨间洗漱的时候，她会想这个时间他是不是已经开始上工了，会不会累；在图书馆看书的时候，她会想之前送他的书是不是看完了，要不要和他通个电话聊一聊；等到了午休时间，她又情不自禁地回忆起与他在水县小山上的那次漫步闲谈了，想着想着，心里就不由得笑了起来。大学四年，班里班外追求过她的男生少说也有一个排，各方面条件俱佳的也不在少数，不知为何她却始终没能进入恋爱的状态。没想到临近毕业了，生活却向她呈现了明亮的一面。自从认识了他，她就变了，变得活泼了，和实习点的几个女孩子一起唱歌，一起玩闹，一起疯。闲下来的时候，她也开始看那些原来从不在意的爱情小说了。到了晚上，她竟也会和几个要好的女孩挤在一个被窝里听她们讲自己的恋爱故事了呢。半夜里别人睡意正浓的时候，她会爬起来，端着脸盆到公共洗漱间里去洗衣服，边洗边唱着欢快的歌。她充实而快乐，为自己小小的忧愁而甜蜜着。

认识他之前，她盼望着能够早日毕业走向更加广阔的天地，甚至提前一年择定了要去的城市和单位。而现在，她却害怕毕业。她想留下来，她想知道他关于自己要去北京的事有什么看法，无奈一直找不到一个合适的理由，毕竟他们才仅仅见了两次。她无法判断自己在这仅有的两次会面中，自己在他心里处于一种怎样的位置，正如他也无法判断自己在她心中是何位置一样。她就这样憋在心里，踟蹰着，犹疑着。她在给自己找一个留下的理由。她想到了父亲，于是她发挥了一名中文系高才生的语言优势，逐一推翻了此前一年曾向父亲陈述过的前往北京工作的种种好处，论据和一年前一样不容置疑。然而膝下只有一女的父亲对她前往北京之事却给出了肯定的意见。她知道，她还保留有最充分的一条理由，如果她告诉父亲，父亲一定会改口，而这对于此刻的她来说，是无论如何也开不了口的。经过几个昼夜的煎熬，她终于鼓起勇气给他写了信。在信中，她无法将问题直接摆在他面前，只能委婉地一笔带过，希望他能从信中读出她的心迹。然而他们彼此都不知道的是，当他们还在为自己的小忧愁纠结着的时候，一场空前的大灾难就要到来了。

带着一肚子的心事，冒着大雨在山路上颠簸了两个钟头，周鹿鸣终于来到了广电大楼。受暴雨影响，整座大楼都处于瘫痪状态，电梯悬在16楼，几个维修工人正试图打开电梯营救困在电梯里的一对母子。鹿鸣抬头看了一眼21楼的窗子，借着两年体力活打下的底子，深吸一口气，从1楼直接跑上了21楼。在21楼楼梯口，精疲力竭气喘吁吁的鹿鸣看见，乔雅拎着相机，胸前抱着一摞材料，正急匆匆地想要下楼。四目相视，两个人都愣在了原处。

"我从这路过，过来看看你。"为了掩盖自己的鲁莽，一向老实的鹿鸣也学会了撒谎。

"你冒着这么大的雨来看我……"乔雅没有把想说的话说完，她知道，从楼梯口看见鹿鸣的那一刻，她已经得到了她想要的答案。四目相对的一瞬间，两个人已经找到了自己在彼此心中的位置。虽然没经过什么大风大浪，亦没有语言上的暗示。

"你喜欢大自然，那份工作又很适合你……出去闯一闯也好。"窗外的闪电透过玻璃映在鹿鸣脸上，声音在雷声中断断续续。

"……"乔雅抬起头略显失望地看着鹿鸣，她开始怀疑起自己的判断了。

"但是……但是，我想你留下。"鹿鸣看着乔雅，这一次，他没有躲闪乔雅的眼神。

轰！因为断电而一片漆黑的家属楼被一波强烈的闪电照亮了，紧接着，脚下的地板也跟着剧烈地颤抖起来。鹿鸣下意识地看了一眼墙上的钟表，时间定格在了2008年5月12日14时28分……

第二十章 红旗下的蛋

周剑鸣离开师大已经整整一星期了，失去了引擎的"蓝莲花"列车只好暂时停止了奔驰。军二代苏野终日四处游荡，无休止地和路过的漂亮姑娘们搭讪，一副游手好闲地痞流氓的模样。校门口的乐器行里，一个身着"深蓝色"爱乐者协会文化衫的男孩，怀抱一把木吉他低唱着，样子十分陶醉。

男孩口中蹩脚的美国西部民谣让苏野不由得想起了剑鸣，想起了他们曾坐在晓南湖畔那令人无限遐想的情人坡上，吃烤串，喝啤酒，看月明星稀，谈彼此倾慕的姑娘，间或说到西川或者海子，晚风适时地吹动他们的头发。现如今，剑鸣不知去向，关琳终日以泪洗面，昔日意气风发的"蓝莲花"，如今风流云散。念此种种，一向吊儿郎当的苏野也不禁悲从中来，站在校门口"鲁南师范大学"五个金光灿灿的烫金字下，军二代摸摸脑袋，无奈地丢下一句："大学几年，长了见识，也长了头发。"然而当民乐系的几个气质不俗的姑娘迎面走来的时候，万人迷苏野心中那因西部民谣而泛起的片刻的小忧伤很快便烟消云散了。作为撩妹达人的他，凭借着帅到脚趾头的脸蛋和多年来屡试不爽的泡妞台词很快便与姑娘们热络起来。三五个回合之后，隔壁乐器行里高脚凳上略显羞涩的男孩早已换成了情意款款的苏野，旁边一位穿着超短裙的姑娘在三两首东欧情歌的诱导下已然春心荡漾。

从乐器行出来后，苏野和姑娘先后出入于西餐厅、咖啡馆、电影院，当迫不及待的月亮刚刚爬上柳梢的时候，苏野已经轻车熟路地邀请姑娘找个地方聊一聊"伟大的友谊"问题了。在一家名叫"夏日风情"的五星级酒店里"聊了"三个小时的"友谊问题"之后，原人大附中五千米长跑冠军苏野仍意犹未尽。在得知家境殷实的姑娘住在乔园公寓为数不多的几间单人宿舍之后，苏野表示"送佛送到西"，不如到姑娘宿舍继续加深一宿友谊。刚入学不到一年的姑娘，在万人迷一整天的狂轰滥炸之下，早已乱了方寸。为了帮苏野躲过宿管阿姨的盘查顺利进入乔园，姑娘不惜爬到顶楼配电室拉下了电闸。等宿管阿姨费了九牛二虎之力重新通电之后，苏野和姑娘早已在某间带有独立卫生间的香闺里重温"伟大的无产阶级革命情谊"了。

当万人迷苏野在鲁南小城临沂忙着四处采花的时候，键盘手俣志全正带着他的"红马"姑娘来到了他远在浙江海宁的老家。

志全与他的"红马"姑娘虽已出双入对多时，却仍坚持每晚准点写他的"少男日记"，志全的用情至深与苏野的情感泛滥形成了鲜明对比。志全的老家浙江海宁位于长三角南翼的杭嘉湖平原上，春秋时期属吴越之地，气候温润，是典型的江南水乡，先后诞生过干宝、朱淑真、查慎行、王国维，徐志摩、金庸等文化名人，可谓人杰地灵。志全家住在县里的丁桥小镇上，父母是本地有名的渔民，因为一场台风的突然到访，夫妻俩双双葬身鱼腹。打那以后，小志全就与奶奶相依为命了。

志全这次回家事先并没有通知奶奶，等到志全回到那所熟悉的农家小院扑向奶奶怀中的时候，正坐在院子里那棵老香樟树下纳鞋垫的奶奶，激动得把鞋垫都掉在了地上，等到转身看见孙子身后还站着一个俊俏的姑娘时，奶奶脸上就乐开了花。不等志全介绍，奶奶就迈着小脚从屋子里端出了本地有名的小吃——宴球和高阳桥粽子。奶奶是土生土长的海宁人，一辈子没有离开过丁桥镇，一口标准的吴侬软语把唯佳逗得直笑，志全只好自觉地做起了翻译。奶奶盯着面前这个大眼睛的姑娘，心里欢喜得不行。整个下午，三个人坐在老香樟树下，奶奶一会儿拉着唯佳的手，一会儿拉着孙子的手，肚子里有说不完的话，把作为"翻译官"的志全为难得够呛。

"孙媳妇长得真俊！"奶奶的牙已经掉光了，笑起来露出一排肉红色的牙龈。

"……"唯佳红着脸不知该说什么。

"在家多住几天，奶奶给你做缸肉吃！"

"我奶奶做的缸肉在袁花镇都能闻到香味，一辈子的手艺了。"志全自豪地说。

晚饭时候，唯佳在奶奶热情地招呼下，吃下了满满一大碗缸肉，撑得她直打嗝。晚饭后，这个农家小院的气氛开始变得暧昧起来。三个人如何睡两张床，成了一个尴尬的问题。奶奶摸不清孙子和他带回的姑娘发展到了哪一步，却也不和孙子商量，早早地便闭了上首房间的门，睡下了，大有成全孙子的意思。两个年轻人坐在院子里闲聊着，心里装着各自的小心思。夜越来越深，闲聊慢慢地就有了对峙的意思。小镇青年俉志全好几次鼓起勇气，想说出那句在心底酝酿了一个晚上的话，却终究没能说出口。姑娘有些看不下去了，她红着脸，嗔怪着说："你要是不困你就在外面坐一夜吧，我去睡了。"志全傻坐在院子里，下首的房间里传来窸窣之声。他的心剧烈地跳动着，他看了看上首的房间，又看了看下首的房间，然后起身走进房间，他伸出颤抖的手，搂住她，在她的耳边，嗫嚅着说："我帮你脱。"然后转身关上了房门。上首的房间里，奶奶从床尾回到床头，沉沉地睡下了……

第二天，志全和唯佳还没起床，奶奶就早早地做好了早饭。早饭后，奶奶提议让志全带唯佳去逛海神庙，志全似乎有些不情愿，但看着唯佳欢快的眼神，他把原本想说的话又咽了回去。海神庙结构仿故宫太和殿，有"银銮殿"之称，雍正名臣李卫于浙江总督任上奉敕建造，占地2.7公顷，耗银十万两，正殿中设一无名之海神，钱镠、伍子胥享配左右。正殿后有八角重檐攒尖顶御碑亭一座，御碑通高五米，碑身阳面为雍正《海神庙碑记》，阴面为乾隆《阅海塘记》。从殿门到正殿，从《海神庙碑记》到《阅海塘记》，唯佳摆拍了近百张照片，玩得不亦乐乎，却似乎并没有注意到志全的些许异样。大海夺去了志全的父母，志全对大海抱有极大的怨恨，一直以来，志全无论走到哪里从不祭拜海神，这次算是以爱情的名义破了例。从海神庙出来，志全带唯佳在小摊上简单吃了点早点，他们就又奔了王国维故居和安国寺。在安国寺大殿上，唯佳让志全许愿。志全像模像样地跪在蒲团上，嘴里默念着。离开大殿，唯佳问志全许了什么愿，志全三缄其口，神秘地说等他们结婚的时候一定会告诉她。此时的他还不知道，他的这个小秘密永远也没有机会说了。

人生苦短，然而人生又纷繁复杂。在生命的长河之中，许多事情的意义仅仅在于被遗忘，而另一些事情，像安装在我们记忆中的定时炸弹，随时都可能爆破。汶川地震就像安装在神州大地的一枚巨型炸弹，让13亿中国人民隐隐作痛。2008年5月12日，全世界的目光都注视着四川这个盆子的底部。漂泊在西安的外省青年周剑鸣，他那刚强而敏感的神经，也时刻被来自天府之国的消息牵动着。

地震来临之前，周剑鸣已经俨然成为西安建国门附近的一道风景，人们习惯了在晚饭后来到建国门下，听这位外省青年唱一唱他自己的人生。尽管大家性格不同、年龄各异，生活阅历也千差万别，人们却总是能在这个年轻人的歌声里找到属于自己的回忆。长安古城绚烂的灯火和人流让年轻人在自己的歌声中，暂时忘记了远在鲁南的老家，忘记了被开除的羞辱。小镇青年在单身女人那里得到了他不曾感受过的温暖，偶尔的几次小酌之后，两个人有了异样的感觉。孤男寡女共处一室，酒温耳热之后，难免被欲望裹挟。每每到了不能自持的地步，剑鸣便极力躲闪对方的目光，于是在日复一日的时光流转中，他的歌声里便增添了新的忧愁：他越来越分不清自己与方姐的关系了，他无法拒绝乐乐那期待的眼神，他更不知道自己会不会在长安街头越陷越深。

在汶川地震后的这个雨夜，剑鸣一宿未合眼。在方姐和乐乐尚未醒来之前，他悄悄起床收拾行李。他把心爱的吉他和这些日子以来大部分的积蓄都留给了乐乐，然后一个人消失在了滂沱的大雨之中。清晨，方姐在剑鸣留下的吉他旁找到了一张字条，字条上写着剑鸣的诗句：我用双脚起誓，我将走更长的路，走更长的路，赴一场必散的宴。方姐合上字条，趿着鞋来到窗前，她的眼泪和窗外的雨一样滂沱。

周剑鸣离开长安的时候，他的双胞胎弟弟周鹿鸣也离开了承载了他两年青春的水县瓷厂。厂里的"少数人"本就正酝酿着开除周鹿鸣，一直苦于没有合适的借口，地震当天他无视厂规厂纪私自外出的行径，刚好给这"少数人"留下了极好的口实。装卸工人在收获爱情的同时也遭遇了人生中第一次地震，虽然震区远在几千里外的大西南，但发达的现代通信，还是让他在几分钟后就领教了大地的愤怒是多么的可怕。面对乔雅，他的心情是复杂，花前月下固然美好，国难的气氛里他却无心温存。仅仅一个小时之后，他就不得不辞别了主编家的千金，又一次跳上了开往水县的班车。水县——临沂这条往返线路，少说三十多辆车，一直以来都把控在柳溪钱氏手里，李家人近来偏要在太岁头上动土，买通了交通部门，在营运资质上做了手脚，把钱家人的大蛋糕切小了。地震让大家暂时忘记了尘世的争斗，原本彼此陌生的乘客恍若多年的旧相识，车厢里的叹息此起彼伏，没有人怀疑他们发自肺腑的悲痛和整齐划一的表情。装卸工人没有加入车厢里的谈话，他把头转向窗外，目力所及处，鲁南地区的丘陵风景依旧毫无新意，连日来的心事和窗外的法国梧桐一起迅速后撤。

装卸工人刚一回到厂里，班长李虎子就把他的铺盖卷扔出了宿舍。周鹿鸣虽然早已预料到了这一刻的到来，但在这个特殊的日子里把他扫地出门终究还是毁掉了小镇青年对人性的美好想象。当工资科小刘把一沓钞票塞到鹿鸣手里，并摆摆手示意他被开除了的时候，一向隐忍的他竟也有了怒意。然而相比于乔雅赠予他的爱情，这点挫折又算得了什么呢？他苦笑一声，背起铺盖卷来到瓷厂门口的拱形牌坊下，冲着"水县陶瓷加工厂"七个大字挥了挥手，然后转身离去。他身后的某扇窗子里，一个女人泪流满面。

地震在中国的大西南撕开了一道血淋淋的口子，让13亿国人隐隐作痛。但这痛却暂时弥合了柳溪镇几十年来的伤口，钱、李两家似乎一夜之间提高了觉悟，两大家族带头组建了抗震义工队，他们充分利用自己掌握的资源，抗震救灾不遗余力，生怕在民族大义面前让对方占了先。钱家人捐献的各类生活用品通过李家的运输队源源不断地运往震区，他们默契的合作以及交接货物时发自肺腑的微笑，仿佛他们从来都是一家人。义工队囊括了镇里数百位具有一技之长的工人以及各村带着满腔热血的年轻人，他们免费为灾区生产帐篷、手电筒、瓶装水、卫生纸、卫生巾等各类急需品。钱、李两家虚假的太平景象让外姓人喜闻乐见，他们不用再为平衡于两座山头间而煞费苦心了。周、赵两家一向是名利场的局外人，但大是大非面前他们是不会置身事外的。从水县瓷厂回到柳溪老家的装卸工人周鹿鸣，没有因为失业而沉沦，他和水芬小姨一起，参加了义工队临时组建的车间，专门为震区组装水电筒和抗震床。赵水芬是迷龙河岸的一枝花，只要她一出现在义工队，队里的小伙子们就一窝蜂似的往前凑，争相表现自己，大大提高了队里的生产效率。当然也有些小伙子，心在赵水芬身上，人却躲到了一边不敢前进。这不敢前进的小伙子里，有生性安分不张扬的，有自揣相貌不匹配的，有家道破落的，有介意水芬寡妇身份的，但也有家道兴旺、相貌匹配、对水芬情真意切不在乎世俗眼光却依旧不敢前进的，比如，李大头的弟弟李小山。李小山和李大头有着截然不同的性格，性格温润，没有门户之见，生在李家却和村里的周、赵、张、王等一干小门小户甚至是死对头钱家都能打成一片。但是他生在李家，就注定和赵水芬之间隔了一堵墙，赵水芬打心眼里瞧不上李家人。

　　正如汶川地震给不同地区的人民带来的震感不同一样，地震在不同的人心中也留下了不同的印记。对乔雅而言，在她二十三年的生命历程中，再没有什么事情，比这个黑色的下午来得更加尖锐和激烈。爱情降临得如此突然，她幸福得不敢相信自己的眼睛。她在脑海里准备了一千个一万个与爱情有关的词语，但当他真的以爱情的名义出现在她面前的时候，她所有的准备都成了徒劳。她就那样傻站在他的面前，一如他傻站在她的面前一样。她已经准备好了迎接他的吻和拥抱，也准备好了迎接她将面对的舆论和生活，但生活却不打算给她这个机会了。电视机里那天崩地裂的一刻，在她毫无防备之际骤然而至，将天地的暴虐与不仁牢牢镶嵌进了她的记忆里，历久弥新。刚刚尝过爱情滋味，毅然决定放弃北京优渥的工作选择留在临沂的她，凭借短暂的职业经验，已经能够想象到祖国的另一端发生了什么，她是多么希望能够和心爱的人待在一起，靠在他的肩头，向他说说自己的心里话。但她不能，她柔软的心承受不起电视镜头里那悲惨的镜头，她必须站出来，站出来告诉人们在遥远的大西南到底发生了什么。那亲切的背影在自己的视线之内消失后，她来不及平复自己复杂的情绪，就在第一时间向单位递交了前往震区采访的申请，她在发给恋人的短信中写道：我必须亲临灾难的第一线，与上帝的冷酷做一次对话。我听到一个声音在四面八方的沉默中同时响起——我们要活着！热泪盈眶的装卸工人紧握住手机，他用颤抖的手回复道：等你回来，等你的光继续照亮我的生命，周鹿鸣。

“蓝莲花”乐队没有置身事外的人，震后，还在浙江的俤志全提前结束了回乡之旅，他辞别奶奶带着唯佳第一时间赶回了学校。在“狗洞”中，他与苏野以及“深蓝色”爱乐者协会的几个骨干成员简单磋商之后，决定邀集一批医学院的热心学生临时组建一支救援队赶赴汶川，让他们有限的医学知识在震区发光发热。当然这发光发热的队伍里绝对不包括麻醉医学生苏野，他连续三年飘红的成绩单预言了他日后成为屠夫的可能性比成为麻醉师更大，孰料校方出于安全考虑，第一时间封锁了学校的各大出口，宣布校禁，及时避免了屠夫苏野为祸西南。然而"深蓝色"的小伙子们无论如何是不能置身事外的，志全带头在全校搞起了募捐，苏野动用他父亲在军队的关系，以最快的速度将捐款换成各类生活必需品送达灾区，在物资抵达震区之前，少将老爷子的斥骂先一步抵达了苏野的手机。一向对父威心存畏惧的苏野，有了几百万受灾人民壮胆，头一次理直气壮地挂断了这次亲情热线。电视机里悲喜交替，越来越多的人从全国各地赶赴同一个地点，有的人死里逃生，有的人和时间一起走向了历史。当志全和苏野随着整个师大一起心系灾区的时候，没有人注意到他们的鼓手关琳已经利用走读生的有利身份穿越了校门口由十三位保安组成的校禁屏障。连续三天的紧张募捐，让志全乏力地倒在了宿舍的床上，一旁的苏野，虚弱地靠在墙角，用手机不停刷新着灾区新闻。"咕咚"一声，QQ邮箱涌进了一封邮件。也许是早有预感，志全猛地从床上坐起来，等待着苏野打开邮件。苏野屏住呼吸，轻点屏幕：

　　哥们：

　　原谅我的不辞而别。不管你们对我有多怨恨，我都甘心承受你们的责罚。但是此刻，请暂时平息你们的怒火，安心听我说完下面的话：

　　我想你们一定知道了发生在西南地区的这场灾难，或许你们也想到了我此刻正在这里。然而隔着屏幕与网络，震情也许远远超出了你们的想象。这里需要帐篷，整个四川也许已经再也找不到一顶闲置的帐篷了，如果你们能够搞到帐篷，那么能搞多少就搞多少，按照文后的地址尽快发货。我能够想到你们也迫切想赶往这里的心情，甚至你们已经在来这里的路上了。但是兄弟，面对生命流转，冲动一无是处。很多地方因地震造成的堰塞湖高悬头顶，随时有爆发山洪的可能，泥石流和落石也防不胜防，余震此起彼伏，灾后疫情已经蔓延。部队官兵非常尽力，他们把这里当作了战场，高强度的救援让他们不停抽搐，很多医院接受的病号已经半数都是军人。这里的地理条件你们在鲁南无法想象，如果没有一技之长，交通管制之下，来此无疑于添乱。灾区更需要你们留在后方。另外，如能号召我校附属医院中部分训练有素的外科医生和护士前来灾区，甚好。这里没有网上那么多的感人故事，这里有的只是哭泣和惨叫。我实在找不出任何明亮的字眼来形容这场大规模死亡的灾难了，好在四川人民都很乐观。当然，四川姑娘也很漂亮，但这次恐怕没有时间深入了解了。

　　余震随时可能到来，我必须马上回到帐篷去。其他情况暂不多说，CCTV比我说得更详细。再次强调，这里需要帐篷！

　　　　　　　　　　　　　　　　　　2008年5月15日晚11点

　　　　　　　　　　　　　　　　　　周剑鸣于四川映秀

　　收到剑鸣的邮件之后，苏野和佴志全高兴得几欲癫狂。他们的老朋友虽然没有交代自己所在的具体位置，甚至也没有留下可供联系的有效方式，但这至少证明，剑鸣这个家伙依旧生龙活虎，依旧还是他们"蓝莲花"乐队那个"爱管闲事"的好队长。他们想和关琳一起分享这个好消息，却才意识到关琳也早已不见了踪影。他们已经顾不上那么多了，汶川需要他们的帐篷。两人分头行动，志全负责发动学校里的积极分子到临沂各处采购帐篷，苏野则不顾少将大人的恫吓，继续利用他的军二代身分筹集资金和物资。苏野不负所托，很快便筹集到了一笔巨款。在物流之都临沂，只要钱不是问题，没有你买不到的东西，他们用最快的速度买光了临沂商贸城三分之一的帐篷，然后又用最快的方式将他们发往震区。

　　五月的汶川不相信眼泪，但五月的汶川人民需要帐篷。

第二十一章　闪亮的瞬间

震后半月。

柳溪镇李氏家族利益的代言人李大头走马上任，正所谓"新官上任三把火"，为了消除半个世纪以来钱氏家族在村里的影响，也为了拉拢村里其他人家在日后继续与钱家打持久战，李光头个人出资，向全村包括钱氏家族在内的六百户人家每户免费发放电瓶车一辆。让周鹿鸣惊讶的是，得知自己失业在家，李大头还亲自登门告知他，柳溪小学正缺一名语文教师，希望他能躬身任教。鹿鸣并不知道，李大头在来周家前，还和水芬小姨有过一次简短的谈判。

周鹿鸣一方面不想和李家人有任何瓜葛，另一方面却对小学教师的职位充满了美好遐想。编外教师待遇虽然十分有限，但教书育人对一个失业的装卸工人来说实在是个不错的选择。如果乔雅在身边，他一定会征求她的意见。但此刻的乔雅，却还不知在震区的哪个角落里冲锋陷阵呢。半月来，他多少次尝试着拨打她的电话，电话那头回应他的十有八九是几十秒的忙音，而当他一次次即将绝望的时候，电话里又会立刻出现她甜美的声音。灾情比预想的要严重得多，她跑遍了汶川、北川、绵竹等十几个市、县重灾区，夜里她只要一闭上眼，耳朵里就全是哀号和呼救。她的心在滴血，她无法回避钢筋混凝土墙体下那一双双无助的童稚的眼神。为期一周的采访之后，她不顾单位领导和父亲的劝阻，自告奋勇留了下来，和前线的男爷们儿一起，冲在了抗震救灾的最前线。为了不让鹿鸣担心，她在震区的日子从来报喜不报忧。

抗震义工队在没日没夜地忙活了十天之后，队里接连有人因体力透支过度而晕倒，

队长李大头"体恤民情"宣布放假修整一天。这天，周鹿鸣早早地起床，怀里揣上一本小说往迷龙河边走来。兴许是无人过河的缘故，大葫芦老汉把筏子系在岸边，人却不知跑到哪里吃酒去了。鹿鸣躺倒在筏子上，眼睛盯着书本，心里却烦乱得紧，索性把书本垫在脑袋下，眼睛直愣愣地看着天空。他一方面担心乔雅的安危，一方面又为自己工作的事犹豫不决。天空澄澈如练，不时有大胆的水鸟从空中俯冲下来，掠过河面，衔走手指大小的鱼苗。潺潺水声中，筏子轻轻晃动，鹿鸣抬起头，吃惊地看见水芬小姨正站在筏子上："去吧，教书匠总比出苦力体面，时间也

宽裕，你一直想自考个学历，当了老师，你尽管考。"细心的水芬小姨啊，自己的一点小心思，总也逃不过她的眼睛。被小姨窥破了心事，鹿鸣有些不好意思，他坐起身来，拍拍旁边的位置，示意小姨坐下。即便在乔雅面前，鹿鸣向来也是寡言的，此刻面对水芬小姨，鹿鸣却像个话痨似的打开了话匣子。他向水芬小姨袒露了自己与乔雅之间刚刚确定的恋人关系，那满脸的幸福像头顶的阳光一样真实。水芬小姨由衷地为鹿鸣感到自豪，她担心鹿鸣和厂里的粗汉子们待久了，不懂得讨姑娘欢心，嬉笑中就顺带着向他道出了姑娘们在恋爱中的那些小心思。水芬小姨一向是镇上男青年追逐的对象，担任鹿鸣恋爱的导师，她是游刃有余的，可惜的是鹿鸣在这门课上只能是位差生。且不说鹿鸣学不会那些油腔滑调专哄姑娘开心的把式，即便学会了，恐怕在乔雅面前，他也是万万要不出的，好在乔雅看中的是鹿鸣的才华和这才华背后的隐忍与坚持，空有甜言蜜语的暖男并不在她择夫的视野之内。

失业工人的感情问题本不是水芬小姨这次竹筏闲谈的重点，话题告一段落之后，水芬小姨开始郑重其事地操心起了鹿鸣的工作问题。即便对教师这个温暖的词语饱含深情，但对李家人的恒久偏见让鹿鸣一时之间难以接受李大头送上门的"嗟来之食"。

水芬小姨动之以情晓之以理，依旧不能让失业工人暂时收敛他的自尊，无奈只好把日渐衰老的大舅的生活问题和哥哥剑鸣的学业问题搬出来，明确了他在这个三口之家的顶梁柱地位之后，他才在无奈和感激交错的复杂情绪中接受了水芬小姨的建议。震后十八天，物资不再是震区最迫切的需求，柳溪镇抗震义工队自行解散，周鹿鸣正式成为水县柳溪镇第一小学四年级的语文教师。

柳溪镇第一小学是一所不完全小学，只有小学三、四、五三个年级，周鹿鸣所代的四年级一共有六十二名学生。在当下的农村小学，这样大的班额堪称超级大班。鹿鸣虽然名义上是语文教师，其实平时还要代音乐、美术、体育等其他科目。除了他之外，班上就只剩下一名代数学的老教师。经过几天的短暂磨合，鹿鸣发现，六十二名学生中，至少有三十个孩子属于问题学生，都存在着这样那样的问题。因为缺乏教育经验，鹿鸣从一开始就刻意和孩子们融洽相处，而这恰恰导致了他们在课堂上的肆无忌惮。为了维持课堂秩序，鹿鸣在课上浪费了大量的时间。直到此时他才明白，代数学的老教师为何总是一副冷面孔。当他明白这个道理的时候，学生们早已在心里与他打成一片，待他学着老教师的样子板起脸来的时候，孩子们回报他的是更为夸张的嬉闹。

孩子们最喜欢上作文课，鹿鸣在课上会给他们讲很多他们从来没听过的故事，也会在孩子们的作文后面写很长很长的批语。在语文组办公室，鹿鸣的办公桌靠近窗子，窗外就是学校的绿化草坪。课余时间，学生们喜欢趴在窗口和鹿鸣说悄悄话。为了充分调动孩子们的学习兴趣，鹿鸣准备了很多小字条贴在窗子上，字条上往往写着上一节课堂上刚刚讲过的题目。答对的学生，鹿鸣会给他们准备一份小礼物。如此一来，每当下课时间，语文组办公室窗前总是聚集了成群的学生。时间一久，其他教师自然就有了意见。再者，作为一名编外教师，收入比在编教师要少上许多，水芬小姨对他这自掏腰包的教学方法很不以为然。

自从蒲小义去世以来，赵西梅老汉寡居在家的三闺女赵水芬，又重新成为柳溪人茶余饭后谈论的热门对象，到赵家提亲的媒婆又一次踏破了赵家的门槛儿，赵水芬却一次也没松过口。水芬寡居在家已满三年，赵西梅老汉舍下老脸，准备和他的小女儿谈一谈她的人生大事。这天傍晚，赵西梅老汉从山上下来，早早地把羊群赶进了圈，然后点上一锅烟，坐在了院子里的老槐树下。水芬在树下支开饭桌，把饭菜摆上，又给他爹斟满了半碗老酒。老汉咂了一口烟，示意闺女坐下："三丫头，你坐，爹今天有事和你说道说道。"水芬见老汉如此郑重其事，忙坐下说："爹，你说，俺听着呢。"

"咱庄户人不易，庄户女人更不易，生孩子，伺候男人，孝敬爹娘、公婆，还得和男人一样营务庄稼，三伏天也好，三九天也罢，什么时候地里有活什么时候就得长在地里，没有比庄户女人更苦的了。女人离了男人就更苦……带孩子也苦，但有奔头，没有孩子，就没了奔头。咱庄户人活一辈子，活个啥，就活个奔头。要是没了奔头，庄稼营务得再好心里也不欢实，饭菜做得再香吃到嘴里也没了味道。三丫头你是个聪明人，爹从小就看在眼里，从小就高看你一眼。你妈走得早，该你妈说的话，爹今天替她说了，你莫怪。"自从水芬娘去世以来，赵西梅老汉从来没有对闺女一次说过这么多话，水芬看着她爹，不知该说些什么。老汉见闺女不吭声，端起酒碗闷了一大口，继续说："爹已经一年不如一年，今天睡下还不知道能不能看见明天的日头。蒲家的三年孝也满了，再寻个人家，外人也说不出个啥，爹哪天闭了眼也安心。""爹……闺女不孝，让您老人家操心了。俺命不好，活该受苦，从今往后，全听爹的安排……"水芬说着，眼泪就下来了，怕被父亲看见，起身回屋去了。

周鹿鸣到柳溪小学任教的第二个月，赵水芬嫁给了李大头的弟弟李小山。直到李大头入狱钱氏家族再次掌权，周鹿鸣才意识到他的工作和水芬小姨的婚姻之间有着莫大的关系。然而此刻的他，却还沉浸在幸福的乡村教师生活里。这天上午，周鹿鸣像往常一样，站在柳溪小学四年级教室的讲台上，他花了十多分钟才使得三五个调皮的男孩安心坐在了他们的位置上。今天，他给孩子们讲的是一篇教材之外的由他自选的文章，来自山东本土作家莫言的《夜渔》。习惯了"司马光砸缸"和"诚实的列宁"这些故事的孩子们，突然听到一个如此梦幻的故事，一个个把耳朵伸向了讲台。孩子们求知的眼神让周鹿鸣激情倍增，让他原本就发挥得淋漓尽致的肢体语言更加丰富了。

不知从什么时候开始，后排的几个孩子开始频频向窗外望去，接着，全班的孩子都跟着躁动了起来。鹿鸣收拢了表情，板起脸瞪着孩子们，孰料孩子们不仅没有害怕，反而开始用手指向窗外。鹿鸣停下来，顺着孩子们的目光看去。他看见，一个美丽的姑娘，正隔着窗子，满含笑意地看着他。

对于从小就对人生充满期待的农村青年周鹿鸣来说，没能成为一名大学生，不啻为人生对他的一次嘲弄。然而当乔雅出现在他生命中的时候，他由衷地庆幸，原来生活仍旧眷顾着他。如果非要他在大学生活与乔雅之间做选择的话，他会义无反顾地选择后者。所以，当柳溪小学四年级语文教师周鹿鸣发现他爱慕着的姑娘正站在窗外听他讲课的时候，原本讲课流畅而有激情的他就再也没法投入了。他开始变得语无伦次前言不搭后语了。他的心乱了。幸好放学的铃声及时解救了他，他头一次没有和学生们说再见就冲出了教室。

在水县这样一个被千把个山头三面环绕的地方，人们的视线之内，总是少不了山的存在。和水县瓷厂一样，柳溪小学背后也有一座小山，而山间也恰好有一条小溪，在水县，这并不足为奇。地震的阴霾似乎还没从两个年轻人的心头散去，从学校出来后，两个人一前一后往山上走，好像事先已经约定了去处，一路上两个人没有太多的话语。在半山腰上，鹿鸣从后面赶上来和乔雅并排走，随着胳膊的不断摆动，彼此的手不时碰触到对方。让鹿鸣惊讶的是，震后的这次相聚，两颗心的距离突然近了许多。穿过一大片栗子林，一座木亭子出现在了他们前方。这里距离柳溪镇虽然只有三华里，但茂密的树林、叽叽喳喳的鸟鸣已足以将世俗的声音隔断在另一个世界。乔雅站在亭子前，向鹿鸣复述着他上次教给她的各类花草的名字。鹿鸣在亭子里坐了下来，乔雅也跟着进了亭子。在这个只有他们两人的世界里，分开来坐似乎显得有些怪异。他们知道来这里意味着什么。

乔雅坐在了鹿鸣身边，周鹿鸣的脸就红了。为了不至于太过尴尬，鹿鸣主动向乔雅询问起了震区的情况。乔雅向鹿鸣仔细叙述了从进川到归来的点点滴滴，但她显然有意略过了自己遇到的危险和吃过的苦头，沉重的话题再次让两个人沉默了起来。亭子周围的鸟儿们像商量好了一般，不约而同地飞向了别处。山里静得出奇，静得让两个年轻人似乎能够听见彼此的心跳。也许是坐得太近了，鹿鸣清晰地感到了乔雅的体温。一阵山风吹来，亭前的药槐叶沙沙作响。乔雅突然起身，拎着裙摆站到了远处。鹿鸣屈膝而坐，双手局促地放在膝盖上，他不知道乔雅要做什么。

"你就站在那里，别过来！我知道你有话要说却又说不出口，那就让我来说吧！"乔雅的声音很大，似乎有些话只有这样才能说得出口。

鹿鸣愣在原地，心里激动得不行。

"周鹿鸣，我知道你喜欢我，你也知道我也喜欢你。但是你不敢说出口，你觉得咱俩家庭背景不同，学历有差距，你不确定我会不会接受你，你更不知道咱俩到底能不能有结果。说实话，在去汶川之前，我也不确定能不能接受你，甚至一度不确定到底喜欢不喜欢你。可是现在，汶川给了我答案。在生离死别面前，家庭、工作、学历、外貌，这些物质的东西，都将一无是处。所以，我要听从我内心的声音。我来找你，就是要告诉你，周鹿鸣，我喜欢你！"

面对乔雅如此炽烈的表达，民办语文教师的眼睛里早已噙满了泪水。他终于鼓起勇气，向乔雅冲了过去，他毫无畏惧地伸开双臂，将亲爱的人搂在了怀里，他的唇像雨点一样洒在了她的脸上……

第二十二章 斯卡布罗的集市

再过半个月，暑假就要到来了，鲁南师大各学院组织的期末考试已经接近了尾声，不久就要"解放"的学生们已经和六月的天气一样躁动起来了。

驻临日资企业胜代机械有限公司为缓解劳动力短缺带来的压力，已经提前在师大安插了暑期实习生招聘点。2006级哲学系学生胖三偶然间在招聘点前走过，鲁南燥热的天气以及日籍人事专员的短裙让这个大块头心生不安，诚实的裆部放肆地支起了小帐篷。秋波几度之后，胖三毫不在意用工合同条款就麻溜地在大段的中日双语文字后留下了他早已被同学们忘掉的本名——佟琔三，并在当天下午就出现在了胜代公司的某间电焊车间里。在胜代，与胖三并肩作战的清一色是本地各大高校的男学生。

没有了蕾丝短裙的诱惑，胖三很快就发现，在烘热的胜代公司电焊车间里，他们与大西北烤肉的距离仅差一小撮孜然，监控室里吹着空调的日本高管们，已经迫不及待地想一口把他们吃掉了。在每餐稀饭加馒头的供养下，胖三的体重直线下滑，沿用了十年的名头"胖三"已经名不符实。车间外面的温度持续走高，由于供电不足，六十多名员工集体作业的车间内唯一的排气扇显得有气无力，胖三的每一个毛孔里都有一群汗珠在排队往外涌。来到胜代的第五天，胖三光荣中暑。在第五次被那个分管电焊车间的猥琐高管驳回请假申请之后，摇摇晃晃的胖三义无反顾地走向了自由的出口——胜代机械厂大门。从职工宿舍楼前经过的时候，隔着门板的缝隙，胖三看见，五次拒绝了他的日本佬正骑跨在另一位蕾丝短裙上默默耕耘。

在厂区门口，三名中国籍保安用电棍回应了胖三虚弱的呻吟，他被要求出示辞职审批以及没有因旷工而引发过的罚款记录证明。想活着走出胜代，胜代工人的兜里必须揣上辞职审批和无罚款记录证明，这是胜代在临沂定下的铁律。拖着几近废弃的病体，胖三经过一个小时的艰难跋涉终于出现在了日籍女人事专员的面前，不幸的是，他被告知因擅自脱岗需缴纳罚款五百元，另有工装费一百三十元，刨除四天半工资一百五十元，他累计欠胜代四百八十元。在没有结清欠款之前，任何职工不会活着离开厂区。在胖三一番无力的诘问之后，"蕾丝短裙"把一张写满日文的文件丢在了胖三面前，文件上"佟琬三"三个字龙飞凤舞。在

"蕾丝短裙"不屑的注视下，胖三将面前的文件撕得粉碎。不到一分钟，三个日本保安就冲了进来。拳头和脚掌像雨点一样飞向胖三的要害部位。胖三的世界，在某个保安的一次重击之下，彻底安静了。他看见一个保安扛着摄像机拍摄着，哭得梨花带雨的女人，对着摄像头展示着她不知被谁撕破的短裙以及短裙上早已凝结的精斑。

胖三躺在临沂市第一人民医院的病床上，旁边的输液架上挂着三个空空如也的吊瓶。最先赶到医院的是2006级哲学系的几个男生，胖三满头的绷带和不忍直视的伤口让同学们情不自禁地用最肮脏的字眼问候了胜代公司和全体岛国人民。体力逐渐恢复之后，胖三故作平静地向同学叙述着他所遭受的一切，他突然拔高的嗓门，让大家意识到他的听力已经严重受损。胜代公司虐待实习员工的消息很快便在师大传开了，已经与胜代签了用工合同暂时还未到岗的学生纷纷庆幸自己逃过了一劫。当校方还在试图与胜代方面交涉的时候，学生们已经做出了他们的反应，学校的BBS成了大家同仇敌忾的主阵地，有几十条帖子直接喊话周剑鸣，豪言愿唯周剑鸣马首是瞻，只要他站出来振臂一呼，大家马上把胜代在地球上抹去。几十条投名状似的帖子在网上发酵了一夜，终于有人站出来道出了真相：周剑鸣早已不在临沂。面对周剑鸣的缺席，大家把希望寄托在了他的两个搭档佴志全和苏野身上。两个家伙刚刚把最后一批帐篷送往震区，还未来得及修整，就被学生们簇拥到了替天行道的头把交椅上。师大向来是集体事件的温床，本就受学生们拥趸的"深蓝色"爱乐者协会，在苏野和志全的鼓动下，很快就成了反胜代队伍的排头兵。有了"深蓝色"压阵，正义的队伍像滚雪球一样越滚越大，满腔热血的年轻人很快就都会聚到了苏野和志全的麾下。师大学生对胜代公司的讨伐，几乎没有发酵期，一开头就走向了高潮。苏野他们完全没有想到，原本几十个人的游行很快便蔓延到了本地其他几所高校，不少社会人士也加入了进来。队伍像滚雪球一样不断壮大，仅仅半天，偌大的胜代公司已经被围得水泄不通。事件在社交软件上不断升级，反胜代游行演变成了一场浩大的反日游行！场面愈演愈烈，面对学生们的质问，胜代公司将人性之恶发挥得淋漓尽致，不但拒不担责，反而污蔑胖三强奸未遂。怒不可遏的学生们被胜代的无耻点燃了，他们拥进了街头的日本餐厅、日本超市以及一切与日本有关的场所，当然，也包括胜代。在胜代车间，遭受了多年非人待遇的员工与学生们里应外合，他们在砸烂胜代车间之后，顺便将平时欺压员工最甚的几个日籍高管一顿好打。

在胜代被学生们占领了两个小时之后，日本驻青岛总领事馆的电话打到了省里。很快，鲁南师范大学校长张清远便接到了顶头上司的电话，电话那头的男低音把张清远一顿臭骂，"张校长，六个小时之后，我不希望在临沂的大街上看到任何一个穿着鲁南师大校服的学生，否则——你这个校长就下课吧！"让苏野、志全他们万万没有想到的是，面对强大的外交压力，张清远的回答是如此的振奋人心，"我张清远不会干打击自己学生正义感和爱国热情的事，以前不会，现在不会，以后也肯定不会。我现在觉得十分有必要到街上感受一下学生们的爱国热情……"于是，鲁南师大历史上最具戏剧性的一幕出现了：在学生们的簇拥下，鲁南师大第十八任校长张清远带着他手下其他几位校领导，在胜代公司驻临沂总部和日本人展开了谈判。椭圆形的长条桌前，师大领导班子与胜代公司五位西装革履的核心头目分坐两边，满屋子剑拔弩张的气氛。五个日本人，一男四女，坐在中间位置的中年油腻男左颈处生着一块暗紫色癫疤，硕大的酒糟鼻占据了半张脸，没来由地让人心生厌恶。从酒糟鼻的坐姿和语调判断，此厮似乎有大的背景，这也就不难理解，何以一个日本企业胆敢在中国如此放肆。

简短的开场白后，酒糟鼻摊牌了：胜代机械公司驻临沂总部拟赔偿实习员工佟琤三工伤医疗费人民币十三万元，如鲁南师大领导层能说服当事人达成赔偿协议，并在三小时内劝退以临沂各高校学生为主的反日游行队伍，胜代公司可每年向鲁南师大毕业生开放五十个中层管理岗，否则胜代方面将继续通过外事部门向师大施压。日方显然低估了师大领导层惩奸除暴的决心，酒糟鼻傲慢的嘴脸激怒了张清远和所有的师大人，他猛然站起来，指着酒糟鼻骂道：这不是甲午年，我也不是李鸿章，小小岛国，弹丸之地，简直是不自量力！只要我张清远还是师大的校长，就容不得你们在中国的土地上欺负我的学生。我把话撂这里，该赔多少钱，我们的律师说了算，谁打了我的学生，我现在就把他带走，该怎么惩处，那是我们中国公安的事，你们管不着！

张清远霸气的回应赢得了房间外雷鸣般的掌声，窗外的学生们激动得热泪盈眶。

在几千位学子的呐喊声中，张清远带走了三位暴徒，酒糟鼻灰溜溜地躲在一边，早已不敢吭声。鲁南师大校长张清远走出胜代大楼的那一刻，迎接他的依旧是雷鸣般的掌声。正义的阳光照耀着这群年轻人，照耀着鲁南师大，照耀着整个临沂，也照耀着张清远与学生们之间那原本不可弥合的伤口。苏野和伲志全冲到张清远面前，将他们英雄的校长高高举过头顶！

第二十三章　生如夏花

李大头执掌柳溪村已经有些日子了，在这并不长的时间里，全村上下却已经发生了不小的变化。他先是绕过镇里将六娘山卖给了台商兴建大型娱乐会所，继而又谋划着在迷龙河上开办水上乐园。提着大包小包西装革履的外地人从李家进进出出，柳溪人看在眼里，骂在心里。

当李大头大刀阔斧经营着他的柳溪江山的时候，他的弟弟李小山却安安稳稳地过起了小日子。如果不是蒲小义的离去，李小山做梦也想不到他能把赵水芬娶进家门。虽然赵水芬是个"克夫致死"的女人，可李小山却不信邪。李小山对赵水芬的爱一点也不比蒲小义少，可是在搞对象这件事上，他却完全不是蒲小义的对手。在柳溪镇，李家人家大业大，他李小山又是村里少有的几个高中生，自打他下学以来，村里骚情他的姑娘倒也不少，可他中意的赵水芬却从没拿正眼瞧过他。他知道，赵水芬心里装着蒲小义。他没有蒲小义那刚强的性格，没有底气做人家的情敌，只能眼瞅着赵水芬进了蒲家的门，把悔恨的眼泪往肚子里咽。知道蒲小义没了的时候，李小山笑了，可笑着笑着眼泪就下来了。他笑因为老天爷又给了他一次机会，他哭因为他心疼自己心爱的女人。多少人对这个克死夫命的女人避之不及，可他却一点也不在乎。他知道，蒲小义虽然没了，他却还要再等上三年。以赵水芬的性格，她是定要为蒲小义守孝三年的。

三年的煎熬终于过去了，他在一次次拒绝了那些骚情他的女人之后，从不喝酒的他，从"沂蒙老白干"那里借来了胆子，向他心爱的人袒露了心迹。让他想不到的是，他朝思暮想的人没有经过任何犹疑就答应了他。他高兴坏了，他在心里对自己说，蒲小义能给她的，他要十倍百倍的给她，他要她在以后的日子里，每一天都是幸福的。

他向赵家下了柳溪镇有史以来最丰厚的聘礼，他用他能办到的最奢华的婚礼迎娶她。结婚当天，迎亲的队伍从村口排到了村委，十六辆披红挂绿的黑色奔驰越野车浩浩荡荡地向酒店进发。按照本地习俗，新娘子一般会安排自己的侄子或者外甥坐在婚车队的头车里押车，水芬小姨从小看着鹿鸣哥俩长大，就特意把小哥俩和自己的亲外甥一起留在了头车里。水芬小姨在经历了一次不幸的婚姻之后，终于又寻下了好人家，坐在后排的鹿鸣哥俩高兴得合不拢嘴。上午十点半，车队按时抵达酒店，新郎官也早已西装笔挺地等候在了酒店门口。烦琐的迎亲仪式过后，新郎官的两位嫂子搀扶着新娘子走下了婚车。新娘子脚一落地，顿时锣鼓喧天鞭炮齐鸣。在万众瞩目中，新郎官庄孝贤向着他的新娘子大步走去了。赵水芬终于成了他李小山的女人。

婚后十天，李小山安排建筑队拆掉了水芬家的三间瓦房，为赵西梅老汉翻盖起了四间三层的小洋楼。与三年前一样，赵水芬又重新成为柳溪镇女人们羡慕的对象。

婚后的李小山感到了前所未有的幸福。他知道，也许赵水芬心里压根就没有他，可他不嫌也不怨，他相信只要心意到了，再凉的冰块他也能给融化喽。他就这样等着，等着赵水芬化掉的那一天。

日子一天天像水一样流过，有的人来了，有的人走了。人们希望善有善报，恶有恶报，好人一生平安，坏人汤煮釜烹。有人赞美生活美好，也有人痛骂老天不公。赵水芬嫁给李小山已经有些日子了，她原本对这桩带有交易色彩的婚姻没抱太大希望，然而李小山的付出却大大超出了她的想象。他的爱比结婚之前的誓言还要浓烈，浓烈得比蒲小义还要无微不至。她一点点地被他融化，尝试着从内心深处去接受他，从生活的点点滴滴去认识他。几番挣扎之后，她开始慢慢对他有了些许爱的感觉。现在，她把房间收拾得纤尘不染，把鲜艳的床单铺展在宽大的婚床上。她洗了澡，穿上了他给她买的衣服。她还买了两瓶好酒，炒了几个拿手的小菜。天马上就要黑了，她等着他回家，等着他叫她"亲爱的芬"。她想，如果这个家伙不是一进门而是洗罢脸之后给她一个拥抱的话，她大概也能接受。她在房间里来回踱着步子，风一吹院门，她就迫不及待地跑向院子。如此再三，她有些急了。天一点点黑了下来，风也不再吹动院门，夜静得出奇。终于，摩托车的轰鸣声近了，她的心跳不由地加快，脸也热辣辣起来，亲爱的人就要回来了。她在心里盘算着，她该不该主动去开门呢？她为自己这小小的心思纠结着。摩托车在院门外停了下来，院门响的那一刻，她毫不犹豫地冲了出去。门外站着的不是她的丈夫——邻村的一个汉子从摩托车上下来，摘下头盔，干裂的嘴角上一道寸许长的伤口翕动着。她看着他，等着他开口，细密的汗珠从背后往下流。他转过头去，不看她，说："漏电了，小山没了……"水芬愣了一下，然后眼泪像洪水一样决堤了。

李小山被电死的消息一传回柳溪，整个柳溪就炸了，所有人都认定是赵水芬克死了李小山。人们对李小山的死已经没有了兴趣，他们更愿意谈论赵水芬是如何的命硬。李小山的头七一过，李家人就开始盼着赵水芬离开了。可赵水芬却完全没有离开的意思，大门一关，就再也没有出过李家的院子——她的心死了。

对于七个月大就已经被送到外婆家的周鹿鸣来说，童年中关于父母的记忆是空白的，而水芬小姨在很长一段时间里都充当了他的母亲和姐姐的角色，可以毫不夸张地说，水芬小姨一个人就意味着他的半个童年（现在来看，他性格中的坚韧与执着来自先天遗传的可能性不大，这多半得益于水芬小姨在他童年生活中的潜移默化）。当水芬小姨再次丧夫的消息传到他的耳朵时，他整个人就垮了。他在心里咒骂着，咒骂老天不开眼，咒骂老天不去惩罚恶棍却为何一次次捉弄一个善良的女子。他两天没有去给孩子们上课，一向认真负责的他也旷班了。他躺在临近河边的屋子里，眼泪与迷龙河水一起哗啦啦地流。大舅知道他心里难受，也就不去喊他，只在早晚的饭点，敲一敲门，提醒他别忘了吃饭。然而他又哪里有心思吃饭，只把枕头盖在头上，忘记了白天与黑夜。多少次，他想冲出门去，冲到水芬小姨面前，像十年前的自己那样，在小姨面前放声大哭。但他不能，他怕自己的哭泣让水芬小姨心疼，让这个苦命的女子更加无助。他爬起来，洗了脸，刮净了黑硬的胡茬，胡乱地吃了几口饭就奔了学校。孩子们两天没见他了，他一出现在教室门口，孩子们就沸腾了，围着他问东问西。他只好给孩子们撒谎说自己病了，他无心的一个谎言，孩子们却记挂在了心里。下午上课前，孩子们从家里拿来的各种礼物堆满了他的办公桌，他感动得热泪盈眶，在每个孩子的作业本后面写下了一段长长的话。

他接手这个班级的时候，上一任教师打下的基础不太好。眼看期末考试又要到了，本就好胜心强的他有些急了。为了在短期内能让孩子们的成绩有所改观，他模仿世界杯的比赛模式，把全班六十几个孩子分成了十六个竞赛小组，每周组织四次测试，每组前两名出线，然后交叉PK，决出十六强、八强、四强以及冠亚军。所有比赛的试题都是他熬夜手写下的，当然阅卷也只能由他一人完成，工作量大得出奇。大舅心疼他凌晨两三点还在阅卷，就偷偷地把家里的电给断了。谁知他早有准备，等大舅一睡下，他就又点起了蜡烛。他给在比赛中胜出的十六个孩子都买了一份少儿版"四大名著"，然后安排这些孩子每人带两个成绩较差的孩子，组成一个学习小分队，承诺在下一轮比赛中成绩提高最快的六个小分队将会赢得一份神秘礼物。

柳溪小学语文教师周鹿鸣万万没有想到，他花了如此大的心血，期末考试中，他自己所带的班级在全镇二十个小学里排在了倒数第三位。直到这时候，学校的老教师们才告诉他，全校其实只有他一个教师按照课程表上课，其他教师总是把科学、品德、美术、体育这些课程拿来上语文、数学这些主课。他终于明白了，为何当他在美术课上给孩子们讲国画、讲印象派绘画的时候，和他搭班子代数学的刘老师要笑话他是不是要把孩子们都培养成凡·高和毕加索呢！他心里不服，可当孩子们把成绩单带回家面对父母那责备的眼神时，他又该如何给孩子们交代呢？！

现在，柳溪镇小学已经放假三天了，周鹿鸣接连收到了几家大型文学期刊的用稿通知，几个小有名气的评论家还自发为他的作品写了评论。乔雅在电话里调侃他，说他现在已经是省里小有名气的作家了。如果在平时，鹿鸣一定要为此开心好几天了。可现在，他却仍旧无法从水芬小姨丧夫的阴霾中走出来。为了不让大舅注意到自己的异样，每天一大早，他就带上家里的小狗憨憨上了山，随意找一处柳荫，往草丛里一躺就是一整天。他忘不了水芬小姨对自己的疼爱，忘不了水芬小姨这些年来的遭遇。老天啊，你亏欠这个苦命的女人太多了！

从六娘山到李家，鹿鸣一路都在想着如何安慰水芬小姨，以至于连门都没敲就直接进了院子。水芬小姨坐在院子里的香椿树下，猛然见到鹿鸣到了近前，就愣在了那里。鹿鸣喊了一声"小姨"，两个人四目相对，眼泪就都扑簌簌地下来了。

第二十四章　红先生

　　师大博雅楼前的小花园里，"蓝莲花乐队"主唱兼百草诗社社长周剑鸣斜倚一棵不知名的小树，手拿一本《欧美十大流派诗选》，意气风发地向他的乐队成员挥着手，像一只英姿飒爽的小鸡，像一株雨后疯长的玉米。贝斯手苏野坐在一棵法国梧桐上，吊儿郎当地吹着口哨。键盘手佴志全，情意款款地搂着女友唯佳站在环校路旁的小卖部门口，高举四支冰激凌回应着剑鸣的召唤。剑鸣身后，关琳刻意穿上了那件洗得有些发白的淡黄色文化衫，背面印有"蓝莲花"乐队的宣言性诗句：我是浪漫骑士，携白马行走于诗篇。四个文艺小青年很快便聚集到四支冰激凌面前了。几个月前的一幕如今因为"蓝莲花"与校长张清远之间的和解在师大再次上演了，只是这一次不是因为离别，而是为了相聚。"蓝莲花"乐队时隔一个月在师大的这次重逢实属不易，他们决定到海边好好玩上一番。五个小青年儿骑着四辆山地车向着大海的方向呼啸而去。

　　这场说走就走的骑行由于缺乏必要的准备，以至于出发还不到一个小时，坐在志全身后的唯佳就表示已经口渴难耐。大家齐刷刷把目光投向苏野，希望这位富二代赶紧慷慨解囊在这个炎热的夏日里为大家奉上几杯可口的冰镇果汁。经过了汶川大地震的摧残却依旧帅到脚趾头的苏野果然不负众望，很快便把大家带到一处小巷子里。大家还没搞清楚到了哪里，苏野就已经消失在了巷子的尽头。"嗞啦"一声，头顶的窗子突然敞开了，"王老吉""酱牛肉"应声落地，然后"咚"的一声，军二代从天而降。"兄弟们，快跑！"苏野扶起倒在地上的自行车，再次消失在了巷子的尽头。等剑鸣、志全反应过来，也疯了似的骑上车子逃跑了，留给窗子里那个操着一口鸟语的日本老板一串嘹亮的口哨声。

　　五个小青年顺着海风吹来的方向向大海进发，在距离大海不足五十里的地方，蜿蜒的小路和迷信曲径通幽的苏野把队伍引向了一座他们叫不上名字的小山。本来就没有明确目的地的小青年儿们，索性在山下停了下来。他们推着车子往山上走，看了景点介绍才知道面前的小山就是在鲁南苏北一带小有名气的典阳山景区。正赶上典阳山的旅游淡季，山道上并没有多少人。在景点的入口处，看车大爷从他们的口音中判断出他们不是本地人，于是大爷坐地起价，看车费每车每小时二十元。两个姑娘就不乐意了，分别用临沂方言和藏语轮番和大爷理论起来。大爷听不懂姑娘们连珠炮似的质问，干脆坐到一边和一位游客玩起了围棋。剑鸣这才注意到，看车这项业务主要由景区门口的小屋子里正在看电视的大妈负责，大爷的主业其实是摆棋摊，每局三十元。看见黑白棋子密密麻麻地分布在棋盘上，剑鸣的兴致突然就上来了，于是把朋友们的劝阻抛在一边，拉开架子就坐在了大爷对面。

"大爷，这玩意儿太耗时间，花两钟头赚三十块钱挺没劲的，要不这样吧，我让大爷你多赚点，五百块一盘，玩不玩？"剑鸣的表情充满了挑衅，几个青年齐刷刷看向关琳，似乎是想问："你见过他下棋吗？"关琳无辜的眼神让大家更没了底，纷纷为剑鸣捏了一把汗。"年轻人，不差钱，好吧，我就陪你玩一局。"大爷把剑鸣好一番打量，估摸着这个小伙子顶多不过二十五岁，亮他不会有多大的能为，自己摆了几十年棋摊，阅人无数，还能栽在一个黄毛小子手里不成。

粗壮的老槐树荫蔽起大片的阴凉，关琳他们几个见已无退路，也只好向剑鸣这边围拢了过来。苏野把志全拉到一边，问，"带钱没有？""大家一向不都指着你吗，出来得这么急，我随身就带了个盒饭钱！"听苏野这么问，志全心里也着了慌。在大爷面前，剑鸣的棋艺和他的年龄一样完全没有优势，不出一支烟的工夫，毫无章法可言的剑鸣已经露出败像，关琳已经忍不住埋怨起了这个莽撞的家伙。又走了十几手，剑鸣起身，笑嘻嘻地主动认输。三百元意外之财让老爷子喜形于色，转身从身后拿出一个竹筐，示意剑鸣掏钱。剑鸣嬉皮赖脸地转向苏野和志全，见两人不做声，又笑着转向两位姑娘。显然他自己身无分文。两位姑娘临出门换了运动装，往兜里翻找了半天，把一堆零钱丢进了竹筐。老爷子瞥了一眼，不说话，很明显钱还不够。剑鸣从地上站起来，拍了拍苏野的肩膀，示意他掏钱。"钱都买帐篷了，哪还有钱，要有钱也不用翻窗户占日本人的便宜了，没有那个金刚钻逞什么英雄啊，这下我看你怎么收场。"苏野转过身去，不看剑鸣。老爷子看出几个小青年儿像是要要赖，也起身，走到剑鸣跟前，"小伙子，愿赌服输，没办法，咱爷儿俩挺投缘，但钱还得收。"

"大爷，你也看出来了，我们几个骑车出来玩，没想过走这么远，出门的时候也都没怎么带钱，要不这样吧，我们这四辆车，刚买了没多久，加起来也值个五六千元，愿赌服输，全折给你，但你得把门票给我们几个免喽，咱两清，咋样？"剑鸣一反常态，没征求其他人的同意就把四辆车全搭了进去。老爷子可乐坏了，骑车来山里的年轻人不少，他见得多了心里自然也就对常见的车子价格有了底，明知自己占了便宜，嘴上却还要不依不饶，"年轻人，人在世上走，做什么事不能老由着自己性子，得给自己留条后路。"老爷子一边数落着剑鸣，一边就自顾自地把车子往槐树下推。志全看看老爷子，又看看笑嘻嘻的剑鸣，一脸的茫然与无辜。眼看事已至此，苏野索性耸耸肩膀坐到了一边。四辆车子齐刷刷排成一溜，一直坐在屋子里观望的大妈拿着一把链锁来到近前，弯腰"嘎嘣"一声把车子锁了起来，然后起身瞅了瞅几个小青年，说："遇着我这样好说话的怎么着都行，钱不够拿车抵也说得过去，换了别人，就怕是少一分钱都不让你走。"

没了车子，大海铁定是看不到了，如何回家自然也成了问题。可"罪魁祸首"的剑鸣却一点也不着急，任凭大家奚落他，他却依旧只管嬉皮笑脸地往山上跑，"回不了家就不回，我看住在山上也不错。"志全他们被剑鸣的厚脸皮搞得没了脾气，只好跟着他上山。心想既然到了山下，不上去瞅瞅也真对不住那几辆车子。临近饭点，五个小青年才满脸大汗地从山上下来。大家苦着脸商议着如何回家，剑鸣却一溜小跑直奔了山下的小屋。在小屋外，剑鸣隔着窗户喊正在午休的大爷。老爷子知道剑鸣已身无分文，抬抬头就又躺下了。谁料剑鸣却从兜里掏出了一小沓红票，老爷子立马来了精神，光着膀子就出来了。苏野他们刚赶到槐树下，还没弄明白是怎么回事，棋盘上一老一少就已经刀光剑影地干上了。关琳见剑鸣又要重蹈覆辙，气得拉起唯佳的手躲到一边去了，苏野和志全坐在一旁的小马扎上，左边的叹气，右边的摇头。四个旁观者各自盘算着自己身上还能有什么值钱东西可供剑鸣抵押，却没注意到棋盘上已是另一番风景。

开局几手棋一过，大爷就心里一惊，心想面前的这个家伙还是刚刚那个败在自己手里拿车赌棋的小伙子吗？屋里的老太太抬头往槐树下瞅了三次，老爷子心里"咯噔"一声，知道要坏事。老太太第七次抬头的时候，老爷子把棋盘一合，说："年轻人，怪我今天有眼无珠，你们把车子骑走吧！"剑鸣起身，学戏腔道一声"得罪"，伸手向老爷子讨钥匙。四个旁观者登时傻了眼，你看看我，我看看他，完全不知发生了什么。剑鸣冲大家挥挥手，故意摆出一副小人得志的样子。老太太从屋里出来，不情愿地把锁开了，瞪了老爷子一眼："一张票没捞着，白给人家看车还搭进去五张门票，你就饿着吧。"苏野他们看得一头雾水，剑鸣却已经骑上车子飞了出去，他回过身，重新掏出那一沓红票，挥舞着，向典阳山以及身后的小青年们大喊："到海边吃午饭，我请客！"

第二十五章　像风一样自由

几天前，在胜代公司，在不公与压迫面前，一句"我容不得你们欺负我的学生"，让师大的学生们感动得泪流满面，也让校长张清远与蓝莲花乐队的小青年儿们在感情上达成了和解。当张清远在激昂的国歌声中走出公安局的那一刻，他已然成为师大学子们心中的英雄。不久后，与张清远有关的各种漫画人物出现在了校园的各个角落，与漫画一起出现的还有蓝莲花乐队专门为他写的歌。

蓝莲花乐队的新歌风靡校园的时候，鲁南师大2008届毕业生迎来了他们人生中最后的一课。学子会馆大礼堂，身穿博士学位服的张清远走向主席台，台下五千多名学子给了他前所未有的掌声。台下的某个角落里，毕业生乔雅身穿一袭白裙安静地看着台上。没有主持人，也没有任何前奏，张清远开始了他在鲁南师大最后一次毕业典礼演讲：

同学们，很抱歉又要让你们听我讲话了，不过你们应该庆幸，因为今天以后你们再也不用看到我了，哈哈。

我听说咱们师大哲学系有这么一位同学，他有一次听完我讲话有感而发，他开玩笑说："咱们中国之所以成不了一个文化大国，是因为各级校领导在每一次讲话的开头，都把领导放在最前面，而我们的每位领导又都是很没有文化的。"他说师大的校领导最喜欢抄袭，最喜欢抄袭的句子是："金秋十月，丹桂飘香，我们欢乐的在这里相聚……"还说校领导抄袭是不分季节的，即使是酷热的三伏天，也敢说金秋十月，丹桂飘香。这让我和各位校领导倍感亚历山大，台下的其他几位校领导，你们觉得呢？哈哈……为了证明这位同学所言非虚，在今天这个夏日里，在师大，请允许我说：金秋十月，丹桂飘香，我们欢乐的在这里相聚，各位打游戏、斗地主、聊QQ累了的同学，各位三个月没发工资的老师，各位尊敬的、尊贵的、伟大的、伟岸的，以及猥琐的教育系统的各位领导，大家上午好！

同学们，距离我在这里第一次见到你们已经四年了。2008年夏天，在你们的生命里，以及我的生命里，终将成为一个特殊的记忆。这是一个适合幻想的季节，和风絮柳，花香醉人，你们从此将擎起生活的大旗，追逐属于自己的生活。你们中有的会选择读研继续深造；有的会走向社会，完成从学生到职场员工的转换；也有的会在深思熟虑后毅然决定弃文从商，或者弃医从政，当然也可能恰好相反，甚至抛弃一切皈依佛门——不要笑，这不是没有可能。这也是一个令人忧伤的季节，同窗话别，朋友挥泪，你们会在某个夏夜，几个哥们儿，或者姐们儿，在某个廉价小酒馆，酒风浩荡，面带两朵小桃花，杯盘狼藉间，怆然涕下，在环校路上留下你们歇斯底里的歌声或者苦笑；你们也会三五成群，相约图书馆孔子像前，以各种非主流姿势留下你们在学校最后的恣肆，镜头闪动的一刹那，我分明看到你们的笑容后面依稀的泪光；你们还会在梅园或者乔园楼下，拉起这样或者那样的横幅：毕业了，争取三年高富帅；毕业了，争取三年嫁个高富帅；各位师弟，师兄毕业了，师妹就交给你们了……

这是属于你们自己的黑色幽默，轻松的调侃中藏着隐隐的痛。你们有太多无奈，有太多牢骚，也有太多追悔。你们会骂：我用一麻袋的钱上大学，换了一麻袋书，毕业了，用这些书换钱，却买不起一条麻袋。你们会追悔：抱着一张大学录取通知书来师大睡觉，醒来后发现通知书变成了毕业证，证明我曾经在这里睡过。你们会背着行囊，站在校门口"鲁南师范大学"的烫金字下，摸摸脑袋，无奈地丢下一句：大学几年，长了见识，也长了头发。你们会模仿影视语言放矿地笑："就这样眨眼间毕业了。如果上天再给我一次机会，我要永远不毕业……"

这四年，你们记住了国家的峥嵘岁月：WTO、申奥、神舟系列飞船……你们也记住了国家的苦难：西南大旱，汶川地震。"一群人民狠狠地睡下了！"你们说出这样一句似诗非诗的东西，在远方眼含热泪，用十三亿人民的力量在神州大地上为"多难兴邦"写下注解。你们还记住了：学府苑的三角饼，校门口的摊煎饼。"亲，你的摊煎饼，""噢，不，亲，是你的摊煎饼。"我还记得你们杜撰了《莫须有晚报》，在记者子虚先生，编辑乌有公子的笔下，黑人总统奥巴马发出了"如果能让我天天吃到摊煎饼，我愿意放弃整个美国"的豪言。我记得你们戏称李文春、王配军等四位老师为四大名捕，"听说春哥曾来过"成了你们当中的时髦语言。你们在记住了熊琛老师迷彩外套蓝色牛仔裤的同时，也记住了他的经典台词：when I was young…你们还记住了任永生老师在生理实验课上三十六路炉火纯青的解剖刀法，他刀法诡异，快如闪电，让你无从追寻他的套路。当然，你们也记住了他犀利的语言和愤慨的神情。我记得你们把喜欢逃课的同学分成了凡人、得道者、仙人、佛，以及佛爷。凡人逃课后说：什么，明天要考马哲（马克思哲学）？得道者说，什么，下节课要考马哲？仙人说，什么，刚才考的是马哲？佛说，什么，昨天有考试？佛爷说，马哲？刚才考的不是生理化吗？我还记得大学里有棵树叫高数，很多人都挂在了上面。

你们还记住了天使路上突然落下的鸟粪，摸摸脑袋恍然大悟了"天使（屎）路"的来历。我记住了你们争抢图书馆自习室座位的壮观景象，也记住了被你们推倒的玻璃大门破碎的残影。你们佯装倒地，摸摸口袋，大呼：别管我，往前冲。哈哈，你们的聪明才智无处不在——

一阵稀里哗啦的杂音之后，张清远面前的麦克风突然腾起一阵白烟。几个拎着灭火器的安保人员对着讲台一阵狂喷。还没等学生们骚乱起来，火势就已被控制住，但舞台上连接音响的线路已然报废。抢修显然已经来不及，眼疾手快的助理小吴从楼下的小吃店里临时借来一个大喇叭。学生们逐渐安静下来，张清远小心翼翼地按下了开关——"烤肠，花生奶，十六天的全鸡……"学生们再次嬉闹起来，只是这一次的笑声里满满地都是善意。张清远将大喇叭调整到喊话模式，清了清嗓子，继续讲：

你们会在回忆里看到春夏之交的师大，日光白花花地耀眼，空气宜人，乔园楼下的栀子花下，男生们流连忘返，为他们心仪的姑娘打着开水。图书馆后面，白色的羽毛球画出一道道美丽的弧线，几个矫健的身影潇洒地挥舞着手中的球拍。旁边的足球场上，男生们乐此不疲地练习射门，不远处，也许正坐着一位可爱的姑娘。你们也会在记忆里想起曾经缤纷的社团生活，深蓝色爱乐者协会的同学，抱着吉他走上舞台，唱起《蓝莲花》。百草诗社的同学们，把诗歌当作追逐爱情和自由的沙场，他们在练习叩诊的同时也切磋诗歌的技艺，他们是诗歌江湖上的"楚留香"，或者"胡铁花"。至于他们愿隐居黑木崖，还是固守襄阳城，谁也不清楚。

同学们，我知道你们对学校和我本人有过种种不满和失望。你们责备我没能给你们提供舒服的寝室，没能给你们提供便捷的开水，责备我对学生活动投入得不够，责备学校风气不正，存在种种腐败和不洁。你们会骂，坑爹的奖学金，坑爹的推优，坑爹的食堂，坑爹的寝室，有没有？！你们也会骂，××的辅导员，

××的学生会，××的校园网，××的四、六级，有没有？！当你们骂累了，摇摇头，丢下一句"什么都是浮云"笑对明天。你们还会把这些流行语翻译成华丽的英语：cheating father, your younger sister。你们还会骂：为何每次开会，领导来得最晚，走得最早。我还记得，你们私下里喜欢管我叫张秃头，或者秃头张，哈哈，哈哈哈。是啊，我也时时拷问自己，到底为你们做了什么？还能为你们做些什么？但愿你们能记住师大的这些丑陋，也许有一天，这些丑陋会成为你们最温暖的回忆。什么是母校，母校就是那个自己一天骂八次却不愿别人骂一句的地方。

师大再美好也只是你们暂时的巢，长大的鸟早晚要飞向天空。同学们，明天是艰难的，也是美好的。站起来，前行就有路。同学们，关于人生和理想的话太多，且容我再给你们留下一句："要说真话。说真话，别人会倾听，说假话，只有风会听。"

同学们，今天我们不说再见，我们说后会有期，在明天，在远方！

十多分钟的讲话被一波又一波的掌声打断，不等张清远讲完，前排的几个男孩就冲上台去，欢呼着将张清远举过了头顶……

毕业典礼一过，期末考试也就告一段落了。作为哲学系2006级的高才生，即便缺了个把月的课，周剑鸣也依旧顺利通过了考试；志全和关琳，虽然成绩并不突出，但通过考试也还不是什么难事；唯有苏野这位挂科专业户，大家已对他不抱任何希望，只能为他祈祷佛祖保佑。当大家陆续走出考场，重新活跃在"狗洞"的时候，才突意识到苏野已经整整一周没有露面了。剑鸣以为这位万人迷肯定又在忙着和哪位女生"讨论伟大的友谊问题"，殊不知军二代正端坐在临沂东关考棚街上的一处小吃摊前，眼睛直勾勾地盯着汗如雨下的女老板，面前一碗喷香的豆腐脑，在夕阳的余晖中冒着热气。有半个月了，苏野每天早晚穿越整个临沂城从师大来到东关，点一大碗豆腐脑外加三根油条，然后一坐就是一个多钟头。直到女人收摊，苏野面前的豆腐脑却连一筷子也没有动。女人早就注意到了这个帅小伙，一开始提防着，时间久了，也就习惯了他的存在。

当苏野重新出现在"狗洞"并向大家宣布他已坠入爱河的时候，在场的几位姑娘首先表示了不屑。没有人愿意相信这个随时准备着交配的公子哥会真心爱上谁，在大家看来，这不过是这位行走的生殖器在暑假来临前的新一轮生殖冲动。苏野向剑鸣和志全再三强调他真的体会到了爱的悸动，他的这两位好哥们却也不约而同地表达了他们的鄙视。"狗洞"青年们用随口而出的各类原创段子戏谑着春心荡漾的苏野，一个经常光顾这里的大个子篮球队队员突然推门而入，一屁股瘫坐在了沙发上。他努力地平复着情绪，然后神情沮丧地说："张校长因为游行的事，被调到贵州去了……"如此突然的消息一下子让大家的心情降到了谷底，纷纷为此感到歉疚，仿佛所有的事都因自己而起。大家冷静下来后，剑鸣提议大家一起前往学校为张校长送别。没有人反对这个略带悲凉但很苍白的提议，大家起身急匆匆地往师大赶，他们要再看一眼他们最敬爱的张校长。

师大行政楼二楼，张清远锁好校长室的门，站在二楼走廊的护栏前，依依不舍。一辆奥迪轿车驶到楼下，助理小吴拉开车门，示意张清远下楼。张清远最后看了一眼师大，缓缓走下楼去。周剑鸣和"狗洞"青年们终究还是来晚了一步。

这是2008年7月的师大，热辣辣的阳光炙烤着大地，知了愤怒地叫着，周剑鸣和他身后的这群师大学生，面对着空荡荡的校长办公室，面对着张清远离去的方向，唱了起来……

第二十六章　睡在我上铺的兄弟

2008年的暑假到来之后，蓝莲花乐队几个各怀心事的小青年结伴滞留在了学校。苏野每天依然沉迷于豆腐脑西施以及她做的豆腐脑里；热恋中的佴志全舍不得与女友分开只好在一所培训学校干起了暑期兼职，志全教音乐，唯佳教藏舞；假期第一天，剑鸣带着女友关琳前往医院看望胖三。胖三从胜代公司得了一笔不小的赔偿，涉案人员也已被依法批捕，然而胖三却永远失去了聆听这个世界的权利。语言是苍白的，剑鸣没有安慰这个睡在自己下铺的哥们，他只是默默地坐在病床前，好像挨打的是他不是胖三。倒是胖三，看见剑鸣愁眉不展的样子，强颜欢笑地宽慰着剑鸣。胖三从枕边翻出一本蓝皮日记本递给剑鸣，剑鸣打开一看，吃了一惊，里面写满了剑鸣的诗，好多连他自己都已经忘记了的诗句，这个家伙竟还如此珍视着。剑鸣把蓝皮本递给关琳，唏嘘着给了胖三一个有力的拥抱。

为了给弟弟鹿鸣减轻负担，出了病房，剑鸣就背上吉他向酒吧赶去。在废墟酒吧，那里永远有顾客喜欢剑鸣的吉他和他的歌声。此刻，站在舞台上歇斯底里的剑鸣才刚刚知道，他敬爱的罗慧老师马上就要结婚了。原来，当初张校长对外所说的开除他和罗慧老师不过是做做样子。为了棒打人文学院这个小"作案团伙"，张校长在征求了罗书记的意见之后，动用私人关系把罗慧老师调到了艺专。单纯从个人专业角度来看，罗慧老师到了艺专未尝不是一件好事。可罗慧从来就不是一个平常女子，她走到哪里哪里就会兴起波澜。在师大读书的时候，她是师大男生们集体暗恋的对象；在师大工作以后，她的师生恋风波又闹得满城风雨；现如今来艺专还不到一个月，学校里未婚的几个男教师就早已在私下里开始了明争暗斗。可罗慧终究是罗慧，当整个艺专都还在猜测到底是花落副校长还是鹿死系主任的时候，她已经高调地宣布要与学校的水电工结婚了。于是从艺专到师大，整个校园都炸了，"罗慧"两个字迅速成为两校师生社交软件上最高频的词汇。但无论别人怎么说，罗慧的决定从来没有人能够改变，她坐在水电工的自行车后座上时，那爽朗的笑声告诉人们，她是幸福的。

暑假第一个周末，在情人坡，师大三剑客复又放浪形骸起来，啤酒和烧烤成了夜晚的主角。被丘比特之箭射中的苏野用了吃掉一斤羊肉串的时间，让他的两个哥们儿对他爱上豆腐脑西施的陈述由怀疑转为半信半疑。剑鸣和志全不是怀疑豆腐脑西施的存在，而是不敢相信风流如苏野竟也能爱上一个女人，而且是一个卖豆腐脑的女人。在罐装啤酒的麻醉下，剑鸣和志全答应择机陪同苏野穿越整个城市去喝豆腐脑，并在合适的时间借给他足够的勇气用来表白。一夜狂欢之后，当酒精的效力逐渐散去，剑鸣暂时忘记了苏野的豆腐脑西施，开始为罗慧老师的婚宴发愁了——缺钱。恩师大婚，仅凭他兜里那一两百块积蓄实在不好意思赴宴，但他是铁了心一定要去的。

上午十一点，剑鸣在纠结了几个钟头之后，毅然决定赶赴罗慧老师的婚礼。婚礼安排在新华路的一家规模不大的小酒店里，与罗慧老师的身份极不相称，这让各位来宾颇为诧异。在酒店门口，罗慧老师身穿婚纱笑靥如花，师生二人再次重逢，罗慧老师的眼睛里噙满了幸福的泪花。婚礼进行到下半程，剑鸣拿着大半瓶兰陵去向新娘子敬酒，不等新娘发话，剑鸣咚、咚、咚几声就把瓶中酒闷了。借着酒劲，剑鸣说："罗老师，你知道的，我是个穷学生，我没钱给你随份子，就写了一首诗，我想在这里念给你听，可以吗？"罗慧老师惊讶地看看自己的老公，又看看周围的宾客，但一想到这个家伙向来有惊人之举，也就不足为奇了："你能来老师就开心，你要是还没醉，还能给老师念诗，你就念吧，老师开心着呢！"罗慧夫妻俩一左一右扶着剑鸣，司仪把麦克风递给剑鸣。嘈杂的大厅马上安静了下来，大家纷纷把头转向这边，等待着这个小伙子发自肺腑的赞歌。剑鸣念完，罗慧老师的眼泪就再也收不住了。她转身拿纸拭泪，却不料"噗"的一声，旁边的剑鸣吐了。

最近半个月，熟悉苏野的人纷纷表示昔日的万人迷像换了个人一样，再也不见了他游园戏蝶的身影。其实与其说苏野不再留恋花丛，不如说他将万千宠爱单方面地强加给了女摊贩姚雪然。自从他邂逅姚雪然的那天起，他似乎在一夜之间找回了自己，重新获得了爱的能力。苏野每天从师大坐7路公交到市中医院，然后换乘1路，历时一个半小时到达东关。他嘴上说是为了一碗豆腐脑，其实不过是以豆腐脑做掩护想多偷瞄几眼女摊贩的芳容。每天他从小吃摊上回到住处都后悔得不得了，后悔自己设计了几十种搭讪方式却始终没有勇气开口，于是只好再次给自己打气，告诫自己第二天一定要与她搭上话，谁知等到第二天，他却依旧脸皮薄得像个害羞的姑娘，终究是铩羽而归，全然没有了原来那位花花公子的手段。

经过这些日子的"抵近侦察"，他大概注意到了她在经济上并不十分宽裕。就在昨天，他在匆匆吃罢一碗豆腐脑之后故意在碗底留下了一沓红票，不想却被她当场识破了。于是两个熟悉的陌生人终于有了第一次交流。她叫姚雪然，二十八岁，八年前从新疆来到临沂，因为没有学历，最近几年一直靠经营小吃摊勉强糊口。简短的交流给了苏野莫大的勇气，一夜辗转难眠之后，他花了一上午的时间终于说服剑鸣和志全相信了作为军二代的他，的确爱上了一个卖豆腐脑的、比自己大了七八岁的女人，然后又动用了他在过往泡妞历程中练就的种种花言巧语，才得以让两位搭档答应陪他前往东关，见证他人生中第一次表白。在赶往东关的路上，剑鸣和志全唱起了双簧，不停地拿苏野开涮。苏野却不为所动，一本正经地在心里打着腹稿。一串熟悉的手机铃声响起，剑鸣接通电话，脸上的笑意瞬间烟消云散。恰逢公交靠站，剑鸣来不及解释就跳下了车，他挂断电话，在车下向车上的两个人大喊："胖三在海南跳海了，人没了……"

还在医院的时候，胖三就已经开始对未来感到绝望。他不想让剑鸣担心，所以当剑鸣来看他的时候，他骗剑鸣说自己马上会接受人工耳蜗植入手术，不久就可以恢复听力，殊不知在心里却早有了放弃生命的打算。胖三和剑鸣有个约定，说要在毕业前去一次海南，去看一看天涯海角。距离毕业还有整整一年，对于绝望中的胖三来说，哪怕是一个月也好似遥遥无期，于是，睡在剑鸣下铺的，这个脆弱而敏感的小伙子，把生命的句号留在了海南岛，留在了他二十岁的夏天里。

动身去海南的前一天，胖三一个人坐在晓南湖畔的情人坡上，脑海里一片空白。两年前，也是在情人坡，也是一个凉风习习的夜晚，胖三躺在地上，旁边的剑鸣屈膝而坐。在吉他的伴奏下，剑鸣低唱着："睡在我上铺的兄弟，无声无息的你，你曾经问我的那些问题，如今再没人问起。分给我烟抽的兄弟，分给我快乐的往昔，你总是猜不对我手里的硬币，摇摇头说这太神秘……"在剑鸣歌声的烘托下，生活在胖三的想象中变得无限美好。而此刻的胖三，却只能一个人孤零零地仰躺在情人坡上，耳边回荡着剑鸣的歌声，泪水在眼睛里直打转。如果不是那次剑鸣的突然离开，胖三可能永远也不会明白，剑鸣的存在对他的人生究竟意味着什么。在师大的四年中，他算不上剑鸣最亲密的朋友，两人生活中的交集也仅仅限定在放学之后那狭小的学生宿舍里。然而在师大，再没有人比他更了解剑鸣。如果不是苏野、志全等人的出现，他一定会是剑鸣在师大最亲密的人。也许此生他再也不会遇到一个像周剑鸣一样真实的人，他说过的话，做过的事，他那些滚烫的诗句，都将成为自己永恒的记忆。他无比庆幸与这位天才的诗人共度了三年美妙的大学时光。他坚信，在现在以及未来的日子里，他再也不会遇到一个像周剑鸣一样真实的人。

生活瞬息万变，快得让周剑鸣无法接受，他从没有想过胖三会离开得如此决绝。他关掉手机，一个人躲在房间里默默地流泪。眼泪流干了，他拿起笔，在纸上写了起来。

天堂市幸福路一路顺风小区胖三收。

几个小时前，辅导员打来电话，告诉我你已经不在了。脑海里突然闪过一条短信：近期有同学溺水，大家注意安全。短信发自7月初，距现在，已整整一周了。我拿起手机，拨通那个熟悉的号码。晚上九点，四周漆黑一片，虽然脑海里的期待令人毛骨悚然，但我依然希望听见你的应答。"你拨打的电话暂时无法接通。"曾无数次听到的女声变得意味深长……我流泪了。窗外的风变得冷的刺骨，天上的月亮前所未有地让人讨厌。胖三，你走得太急了！

短信不回，电话不通，QQ不亮，空间无动态，一周的异兆都有了答案。和所有认识你的人一样，这一切都不足以让我相信，那个每天坚持练毛笔字，喜欢边听《上海滩》边做俯卧撑的、怀揣一张火车票就敢闯大上海的男孩已经不在了。胖三，你走得太急了！

在师大梅园公寓406宿舍，你何时再来把你的被子铺展？桌洞里那厚厚一沓报纸上，你的墨迹还没有干，旁边我借你的那本《德国哲学简史》你是否已经看完？你是否还记得那个价值一星期盒饭的巨额赌注？时至今日，我依然为当初输给你的盒饭耿耿于怀，不知何日才能报一箭之仇。你是否还能想起，我提着一桶衣服去洗衣房，到头来洗衣阿姨却发现，除了我的一件T恤，塞满桶的是你的牛仔裤和牛仔裤们。胖三，你走得太急了！

你是否已经忘记自称小乙哥的你突然闯到诗社的QQ群里，和陌生的女孩子嬉笑怒骂，却一直不曾发现昵称已被身为群主的我改成了"小乙哥来大姨妈"。哈哈，群里的丫头们都还记得你，就在刚刚，那个在四六级考场上给你递过小抄的姑娘还在群里为你点歌了。胖三，你走得太急了！

胖三，在"深蓝色爱乐者协会"，你是唯一一个不玩游戏的人。无聊的时候，你偶尔也会从陈功手里接过鼠标，屏幕上"穿越火线——运输船"战得正高，你无数次地倒下，却没能让敌人倒下一次，你冷不丁丢出一个手榴弹，炸死的却是队友。你是否还记得那次你突然人品爆发，在"死亡隧道"用比首连连击杀游戏小王子苏野得手，月余后还津津乐道。胖三，你走得太急了！

半年以前，你怀揣一张火车票，耳机里放着《上海滩》，就真的闯了大上海。你说你站在黄浦江上，江风浩荡，不经意间想起了发哥；你说你去了同济，逛了复旦；你说你因为连续两次误穿了工友的拖板，一盆凉水就浇透了你的被子；你说你压着怒火没有出手，因为发哥是很有风度的；你说你崇拜武松，早晚有一天要和我一起奔向梁山，大碗喝酒，大块吃肉；你说你还要带我去北京，要去故宫，要去八达岭，你说不到长城非好汉；你说你不知道江湖之外是否还有江湖，但我相信，世界之外，还有世界。胖三，你走得太急了！

胖三，我一直想问，你走起路来为何总是那样快。难道你是在追赶时光？难道是你想追赶残酷青春的旋律？难道……你走了，走得那么急，没有通知任何人，乘着海南岛的一朵浪花，走在了时光的前面。胖三，在梅园公寓406宿舍的那张书桌旁，你的身影已经定格：你正襟危坐，不知又从哪里弄来了厚厚一摞过期报纸，砚台里的墨汁黑得发亮，电脑里，那个叫田蕴章的老男人还在絮絮叨叨地讲他的书法文化。对于我一直以来对你书法的鄙视，你一直很不服气，如今一周不见了，不知你的毛笔字练得怎么样了？你是否还记得你拿了校乒乓球比赛冠军之后的那次班级聚会，大家说要喝啤酒，你偏要喝白的，杯盘狼藉间，你对武松武二郎表达了无限的崇拜，你说你梦想大块吃肉大碗喝酒快意恩仇的生活。你说你如果生在上海滩，或者梁山泊，定会成为某个黑老大。你终究没能成为黑老大，却成了宿舍的老大。作为老大，我们每人每星期最多可以享受一次倒垃圾的机会，你却可以享受一次之后，再复习一次。胖三，你走得太急了！

　　胖三，其实我一直都很恨你，你用你那丑陋的毛笔字强奸我的视觉也就算了，还要日复一日不停地播放任贤齐或者刘德华，来强奸我们的听觉。你知不知道你有多么的土鳖？上厕所听《兄弟》，洗衣服听《兄弟》，洗头听《兄弟》，吃饭听《兄弟》，QQ空间背景音乐也是《兄弟》，兄弟啊，如今你去了哪里？兄弟，你是否还记得，你无数次因为某个问题和我争论得脸红脖子粗，不论对错，每每被我骂一句：××，纯××！我期待着，你能再和我争论个脸红脖子粗，能够像我一样，一拍桌子，骂我一句：××，纯××！胖三，你走得太急了！

　　胖三，再过一个月我们就要开学了，纪检委员登记迟到的小本本上，你不怕名字后面被打钩吗？从通州到临沂区区十几个小时的车程，你也要走上一个暑假吗？快点收拾好你的行囊和心情，带着你新剪的发型和锻造了一个暑假的胸肌赶过来吧。在博雅楼1501教室里，曾经暗恋你的那个姑娘，已经把她旁边的位置擦了三遍了；在梅园公寓406，我为你从记者团抱回来满满一麻袋报纸，张耀武头一次像个女人一样，用他的"纤纤玉手"为你磨好了满满一砚台的墨，墨汁黑得发亮。苏野，"穿越火线——死亡隧道"，已经成功登陆，他放下屠刀，等你爆头，旁边穿着大裤衩的宿管大叔，已经准备观战。胖三，我以一盒盒饭起誓，只要你按时赶到，和谐号动车组车票，我铁定为你报销。

　　胖三，406室的垃圾桶已经积攒了满满一桶垃圾，我们等你来把它倒了！

第二十七章　幸福的子弹

　　柳溪镇六娘山度假村二期工程上马的当天，钱氏家族两百多人的上访队伍就拥进了水县人民检察院。一周后，柳溪镇李氏政权的掌门人李大头坐上了水县反贪大队的押运车。李氏家族轰然败北，钱老五的本家侄子钱如海就马不停蹄地夺了李大头的龙椅。在钱家人看来，在上一轮的龙争虎斗中，赵家人和周家人站在了李氏家族的队伍里。等钱家人一上台，周鹿鸣的教师生涯就到了头。在钱如海的拉拢下，八面玲珑的李姓校长当即倒戈，以教学成绩不佳为由开除了周鹿鸣。此时的李校长还想不到，当开学后孩子们不见了他们敬爱的周老师，那将会是一种怎样令他头疼的局面。对于周鹿鸣自己来说，丢了饭碗可以再找，但孩子们热切的眼神却是难以割舍的。他不愿向悲痛中的水芬小姨提起此事，只能将满肚子的委屈说给乔雅听。

受李大头贪污案影响，柳溪镇几处景点悉数停业，迷龙河两岸全没有了昔日熙熙攘攘的景象。傍晚，迷龙河畔，夕阳的余晖化作万点金光洒在了河面，不知谁家的一群肥鸭，像是刚刚用过了晚膳，在河滩上悠闲地遛着弯。远处的六娘山上，放羊的赵西梅老汉依旧哼着《沂蒙山小调》，只是曲调中多了几分昔日没有的悲凉。刚刚失了业百无聊赖的周鹿鸣，胡乱地撑着筏子，在河面上游荡着。河畔沟汊纵横，遍地是粗壮的杨柳和银杏，树顶架着大大小小的鸟窝。水洼里的苇丛里，红脖子的水鸡，绿翅膀的蝴蝶，这些鹿鸣童年时候的旧相识，听见筏子划过水面"嚯嚯"的声响，也依旧是扑棱棱飞远了。鹿鸣划累了，正盘算着找个合适的地方靠岸，就听见有人喊自己的名字。听见这亲切的声音，鹿鸣一瞬间就欢实了起来。站在岸边向他挥手的身姿绰约的姑娘不是别人，正是他盼望已久的乔雅。

鹿鸣把两支桨划得飞快，筏子箭也似的向乔雅驶去。业余摆渡人周鹿鸣对距离的估计严重失准，筏子重重地撞在了岸上，溅起大片的水花打湿了乔雅的裙子。筏子在河面上打着圈儿，鹿鸣赶紧俯身趴在筏子上，才勉强没有让自己荡进河里。乔雅在岸上看得直乐，不料筏子刚一停稳，鹿鸣就紧走几步，一把将她拽上了筏子。筏子左摇右晃，吓得乔雅不得不搂住了鹿鸣。爱情啊，无论多么木讷的男青年，只要有了你的点拨都会变得机灵起来！在远离村子被柳荫遮蔽的一处河面上，鹿鸣将乔雅搂在了怀里。

他热烈地吻她，他吮吸着爱情的味道，如吮吸着这夏日的甘露一般。阵阵河风吹来，乔雅的裙摆在河面上飞舞着。他的意识开始漫过亲吻，一只手依旧搂着她的腰，另一只手却试探着滑向了她的腰间。从没有一个异性和她这样亲近，当他的手落在她腰际的时候，她的身体就微微颤抖起来。她知道他手的方向最终将落向哪里，但她却不知该不该推开他，背上渐渐出了汗。他一点点试探着，找寻着，抚摸着。当他的手终于落向了那个地方，两个人都有些惊讶。她死死地抱住他，美妙的感觉里夹杂着一股莫名的恐惧。他也一样。他把手收了回来，不知道该把它放在哪里才合适，只好又毫无章法地吻起来。他也出汗了，她能感觉到。他慌乱的吻让她不由自主地喘息起来，而这喘息却鼓励着他的手一点点地靠近了另一个终究要靠近的位置。她想推开他，却没了力气。他的手随着她的喘息起伏着……即便她没有抗拒的意思，他也不可能有进一步的举动了。在男欢女爱方面，这个农民的儿子，还是一个站在成人世界的院落外隔墙眺望的傻小子。河畔的苇丛里，突然飞出一只长耳枭，着实把两个年轻人吓了一跳，鹿鸣不自觉地松开了搂着乔雅的手。待发现扰了他们的不过是一只鸟，两个人红着脸相视一笑。

鹿鸣解开缆绳，重新撑起筏子往下游荡去。由北而南，水流渐缓，河面也一点点宽阔起来。失业给鹿鸣带来的些许伤感，此刻已经全然不见了，因水芬小姨而引起的悲痛暂时也得到了平复。乔雅不仅给鹿鸣带来了心灵上的宽慰，还带来了一些令人振奋的好消息。他的两部短篇小说《守夜》《左手的响指》已经分别在《时代文学》《收获》两家杂志通过终审，下月即可见刊；6月份的五门自考成绩也已公布，最差的一门也在85分以上；另外，乔雅从汶川回来后，还将他此前已经发表的部分作品整理成了一个集子，只要鹿鸣同意，几个月后就可以面世了。听了乔雅带来的好消息，鹿鸣兴奋得手舞足蹈，差点又让筏子失去了平衡。到柳溪小学任教以后，鹿鸣已经很少有时间留意文坛的动向了，此刻的他还不知道，评论界已经有不少人士开始关注这个来自鲁南乡间的新一代农民工作家了。

河面水流缓如静止，筏子重新在下游的一处柳荫下靠岸后，乔雅告诉鹿鸣，震区的重建工作已经启动了，那里新建了很多希望小学，但是却没有足够的教师。鹿鸣知道乔雅的心思，但这话题显然有点出乎他的预料。气氛变得沉重起来，鹿鸣望着远处的河面若有所思。乔雅用手撩着水，她在等鹿鸣开口。"打算去多久？"鹿鸣低声问乔雅，眼睛却依旧望着远处。"我也不知道，等师资充裕了，孩子们能正常读书了，我就回来。"乔雅知道鹿鸣不会给她泼冷水，但他如此爽快的回答反而让她心里没了底。"你的心思我懂，如果我是你，我也会去的。但地震虽然过去了，震区却依旧很危险。孩子们读书要紧，自己的安全也要紧，凡事要小心——我等你回来。"鹿鸣重新撑起桨，转身看着乔雅。阳光透过树荫，在乔雅脸上映出斑斑驳驳的影子。乔雅与鹿鸣对视着，然后起身扑进了鹿鸣的怀里。

有人说生活是世界上剧情最精彩的电影，在这场电影里什么都可能发生。是啊，对于周鹿鸣来说，他的生活就像这夏日的天气一样，翻脸比翻书还要快，李家人让他在失业的痛楚中走上了教师的岗位，而钱家人则让他在生活的顶点猛然跌落谷底。现在，距离周鹿鸣被开除还不满半个月，以李家人为主力的上访队伍就又将钱如海的罪状送到了县纪委。为了瓦解上访队伍，钱如海想从周、赵等一干小户人家着手找突破口，于是"汉承秦制"，煞费苦心地为鹿鸣在镇邮局谋了一个派件员的差事，与李大头当初的伎俩可谓如出一辙。以周鹿鸣的性格，他万不会接受这份"嗟来之食"，更不会做钱如海小九九上的一颗棋子。可生活的剧情却总是让人难以预料，一周前正在地里干农活的大舅突然晕倒，入院后持续低烧并检出骨髓造血功能异常，院方怀疑是血癌，但其他几项关键指标又与血癌南辕北辙。这突如其来的变故让鹿鸣兄弟俩措手不及，在高昂的医疗费面前，兄弟俩没有时间表达悲痛，他们把大舅托付给亲朋好友，就各自马不停蹄地设法筹钱去了。剑鸣增加了他跑场子的频率，厚着脸皮接受了多家此前被他推掉的酒吧的演出邀请，每天在四五家酒吧轮流唱歌，嗓子几近报废。鹿鸣也屈从了钱如海的安排，周一到周五为镇上十七个村子收发邮件，周末则脱掉邮政制服收起了破烂。这个家伙像开足了马力的发动机，连午休和夜晚的时间也不放过，只要一闲下来，他就拿出稿纸唰唰唰写起了小说。

让人十分欣慰的是，《时代文学》杂志社在得知鹿鸣家里的境遇后，还以高稿酬标准提前预订并支付了他几篇还在创作当中的小说。让他过意不去的是，他食言了，他曾答应乔雅等她启程去震区时他会到车站给她送行，可大舅的病情容不得他有额外的时间，他也不想让乔雅知道他的遭遇。他知道，只要乔雅得知了此事，她是断不会安心离开的。亲戚们轮流在医院照看大舅，每天六点半，剑鸣会准时把早餐送到医院，安心看着大舅吃完，然后到附近一家餐馆做小时工。等到午后各大酒吧开始营业，他又背上吉他重新做回了歌手。在柳溪镇，早七点，距离上班时间还有一个半小时，周鹿鸣准时出现在了邮局仓库，他把前一天已经提前分装好的邮件悉数装到摩托车货架上，然后依次出现在他所负责的十七个自然村。午饭时间还没到，鹿鸣已经把所有邮件分发完毕，单位里另一名邮差此时可能还刚刚上路。他回到家，草草地吃过午饭，往院子里的树荫下一坐，就在稿纸上奋笔疾书了起来。

太阳越过头顶逐渐西沉的时候，鹿鸣脱下制服，把两只竹篓往车后一绑，就开始走街串巷收起了破烂。得益于他的邮递员身份，他从一开始就赢得了乡亲们的信任，各家各户都愿意把废品卖给他。这天下午，距离柳溪四十公里的盘长沟村，一位经常给远在国外的女儿邮寄家乡特产的老爷子给鹿鸣打来了电话，他说他为鹿鸣攒了几百个空酒瓶，已经用尼龙绳捆好，只等着鹿鸣上门收货。盘长沟村是柳溪镇最偏远的村子，鹿鸣那个含冤多年的表叔家就在这里。因为是老亲，两家已经二三十年没走动了。表叔从小天资聪颖，可惜生在地主之家，连续三年参加高考，试卷都被其他干部子女掉了包，连续三年落榜的表叔多年后才知道，有三个干部子女踩着他的青春上了清华、北大。

表叔上学的时候，因为成分不好老是被班里同学欺负，为了能安心学习，也为了给家里减轻负担，表叔骑着自行车到处收破烂，走到哪里就住在哪里，夜里在煤油灯下看书写字。有次下大雨，表叔恰巧到了柳溪村，眼看大雨没有停的意思，表叔就给村里人说他在村里有家亲戚，于是村里人就把表叔带到了大舅家。许多年之后，大舅向鹿鸣说起这位表叔，依旧唏嘘不已，"天大的本事让人误了，你表叔心里苦啊。那年住在咱家，外面瓢泼大雨，你表叔半夜三点还点着煤油灯做卷子，铺盖卷里裹着煎饼，被雨浸透了，就放在水里泡着吃，唉，可惜啊……"无巧不成书，许多年之后，周鹿鸣成了一位"破烂王"，来到了表叔的村子。更巧的是，当鹿鸣把老爷子家的酒瓶装上车后，大雨也如剧情设定一般到了。不过鹿鸣却不想惊动这位陌生而熟悉的表叔，他怕多年之后表叔苍老的容颜依旧掩不住当年的冤屈，他怕自己会在表叔面前怆然涕下。

他拒绝了老大爷的收留，冒雨在村里转了大半圈，最终在黑夜来临前栖身在了村中央的一处破庙里。这是一座晚清年间的观音庙，壁画上大大小小的坑洞显然是"四清"时期的杰作。雨越下越大，天也越来越黑，壁画里的佛陀在雷电的照射下忽隐忽现。鹿鸣把铺盖卷铺展在殿上，从包里拿出一根蜡烛在窗台上点燃。雷雨之夜，穷乡破庙，烛光昏黄，气氛着实有些阴森可怖，好在鹿鸣是一个坚定的唯物主义者，向来不惧怪力乱神，要不然这定会是一个不眠之夜了。借着烛光，鹿鸣四下打量着。观音庙坐南朝北，正殿约莫有七八十平方米，殿门缺了一半，四面墙上，诸菩萨衣袂飞舞，正中央是一条朱红色香案，岸上残留着不知是何日送来的贡品，依稀有"鼠菩萨"活动的痕迹。鹿鸣把清理完的香案搬到窗台前摆正，又把装有酒瓶的麻袋放在屁股底下，于是世间独一无二的办公桌就诞生了。

临近午夜，雨水开始漫进殿里，雷电也没有停歇的意思，而鹿鸣笔下的小说也进入了高潮部分。虽然乔雅给了他一台电脑，他也很快就学会了电脑写作，可他至今依旧偏爱钢笔摩擦在稿纸上时那沙沙的声音。殿里的水位一点点升高，他卷起裤腿继续把小说向结尾推进，全然不顾铺盖卷早已泡在了水里。鸡叫头遍的时候，下了一夜的暴雨也收住了，周鹿鸣也迎来了他小说的最后一个标点。突然放松下来的神经立马被积攒多日的困倦攻占了，他索性把香案做了床，一抬腿爬了上去，然后两眼一黑，呼噜声就响了起来。不知睡了多久，鹿鸣依稀听见有人进了殿，他半睁着眼睛，看见乔雅的身影在面前晃。他想抬手去抓乔雅，却听见来人问："是鹿鸣吗，我是你表叔……"

第二十八章　孤独的人是可耻的

　　胖三的离去暂时打乱了苏野的恋爱计划，从胖三的老家奔丧回来后，苏野又重新鼓起了表白的勇气。考虑到剑鸣还远没有从悲痛中走出来，苏野决定来一次独狼行动。

　　为了给自己壮胆，临行前他喝下了八两52度兰陵王原浆酒。平日喝惯了青岛啤酒的军二代，三两兰陵灌下去，肚子里立马火烧火燎起来。知道事情不妙，但兄弟们面前拍了胸脯的事哪里能回头，只好强提一口气，赶在酒力作祟之前直奔东关而来。

　　小吃摊前，姚雪然虽迎来送往却与客人极少交流，即便苏野每日穿越全城来捧场，也从没见过她微笑时候的样子。由于是熟客，苏野刚一坐定，喷香的豆腐脑就端了上来。碗底一扬，滑腻腻的豆腐脑就贴着嗓子眼直达胃底。孰料酒力太旺，饶是大满碗豆腐脑中和了胃液里的酒精浓度，一路的颠簸之后，大部分酒精也早已攻城略地摧枯拉朽了。且看此时的苏野，胆量已不输景阳冈上的武二郎，虽步态踉跄言语趔趄，脸上却写满了对幸福的期许。他来到姚雪然面前，一把抓住了那双正在收拾碗碟的油腻的手，从怀里掏出一枚钻戒，勉强捋直了舌头，说："我叫苏野，是师大的学生，最近几个月我每天都来你这儿，你肯定注意到了。我知道你叫姚雪然，你猜得没错，我看上你了，我想做你男朋友……"亲爱的读者，当你读到这里的时候，你也许会想，一个小吃摊摊贩在面对一个帅气且痴情的大学生追求的时候，肯定会激动得泪眼婆娑面颊飞起两朵红云来了。是的，笔者也是这么想的，可当丘比特之箭突然穿胸而过时，姚雪然的反应让人颇为惊讶。她确实激动得泪眼婆娑，可面颊飞起的不是两朵红云而是怒火与委屈。她推开苏野，哽咽着，说："我看你斯斯文文的像个老实人，没想到你也和那些臭流氓一样欺负我，羞辱我。好吧，我已经沦落到这个地步了，你们说什么我都认了，你们想怎么羞辱我我都接着……"这一连串不着边际的话像一根棍子打在苏野的脑袋上，顿时酒就醒了一半。他想说些什么，可舌头却硬得像块铁板，身子也左摇右晃地接连撞上了两张桌子，随着一个空碗应声落地，他也一屁股跌坐在地，然后呕吐……

　　由于连日来高强度的歌唱，驻唱歌手周剑鸣的嗓子受到了极大的摧残。为了回避高音唱段，今天他有意漏掉了自己的几首代表曲目。一个少妇模样的女人出手颇为阔绰，连着三天给了不少小费。舞台正前方，脖子上戴着刀疤和金链子的那个中年胖子像是借酒消愁，又像是因为女人对剑鸣的亲近让他吃了醋，一个人惊涛骇浪地喝了一箱青啤，期间不停地往厕所跑。第五次从厕所出来后，刀疤男立马就点了剑鸣的原创曲目《八月枫林》和《月亮上的男爵》，似乎是有意想让剑鸣难堪。这两首都是典型的高音歌曲，以剑鸣目前的状态显然拿不下来。可大舅还在医院里，拿不下来也只好硬拿了。剑鸣勉强唱完了《八月枫林》，嗓子像着了火，《月亮上的男爵》伴奏一起，剑鸣就哑了。连着来了三遍前奏，剑鸣都是在第一个音符上就破了音，刀疤男让服务生给剑鸣送上来两瓶图司红酒。剑鸣自知理亏，只好强压怒火接过酒来，女人冲上舞台来夺剑鸣手里的酒，剑鸣把女人推开，咚咚咚把酒灌了下去。

有人说上帝是公平的，他为你关上一扇门的时候，一定会为你打开一扇窗。可说这话的人也许忘了，上帝也有开小差的时候，他在一次次关上了周鹿鸣的命运之门后，不仅没有给他开过一扇窗，还在他关闭的门上上了一把永远也打不开的锁。像不久之前李大头的轰然倒台一样，当新一拨上访队伍在县纪委三进三出之后，钱如海还没有把柳溪的龙椅焐热，就坐着当初李大头坐过的同款车进了检察院。无辜的农村青年周鹿鸣，也和他当初在教师的位置上被开除一样，他刚刚穿上不久的邮政制服就又脱了下来。现在，他大概算一个彻底的无产阶级了。

这是8月下旬的正午，周鹿鸣骑着人力三轮车走在通往废品收购站的路上，他每一脚踏下去，都像在和命运做着抗争。阳光浓烈，炙烤着他黝黑发亮的背。从柳溪村到废品收购站少说有十七八公里，多半还是上坡路，全凭脚力驮几百斤货，是头牛也会招架不住。每当要累倒下的时候，鹿鸣就会想医院里躺着的大舅和他的心上人乔雅，脚底下就有了气力。但这连日来高强度的劳动，让他暴瘦了七八公斤，原本健硕的身材现在看起来有些单薄了。在烈日下跋涉了两个钟头，周鹿鸣终于来到了收购站。他把一堆发臭的废品倾倒在收购站院子里，然后从脖子里挂着三根金链子的胖老板手里接过一沓零钱。他用沾满污垢的手擦拭脸上的汗水，转过头，也用这双手擦拭眼泪。

他清点完零钞，准备骑车前往医院看望大舅，胖老板叫住了他，递给了他一封信，是从震区寄来的，负责这个片区的邮递员知道他离开邮局后常来这里卖废品，就让胖老板代收了。

乔雅的来信让鹿鸣觉得浑身都有了力气，回柳溪的路上，他把人力三轮骑出了机动车的速度。刚过迷龙河，他就把车子撇在了河滩上，手里攥着信跑进了树林子。他倚靠在一棵老态龙钟的银杏树上，迫不及待地拆开了信封，厚厚一沓几十页俊秀的小楷就映入了眼帘。熟悉的笔迹让鹿鸣再次噙满了泪水。这几十页信都是乔雅利用零星的休息时间写下的，他按照每页标注的日期依次排列好，然后如饥似渴地读了起来。

大作家，小女子现在要向你汇报工作了！

我和五位山东来的志愿者已于三天前抵达震区了。我们住在绵竹市一个叫塔竹的小村子里，这里的通信暂时还没有恢复，距离这里最近的邮局已经开始正常营业，但即便是最近，到塔竹村也还要走二十多公里崎岖的山路，邮递员只能每隔一周来一次村里，我不知道信件寄出后多久才能到你手里。我想把在塔竹的点滴生活都记录下来，等以后有了孩子，也让他（她）知道，他（她）母亲的汗水也曾洒在这片让人无法忘却的土地上。所以，大作家，你一定要帮我保管好喔！

01

这是到绵竹的第一天。我们下了长途汽车，一位来自阿根廷的大叔在车站迎接我们。他叫费利，十九岁来到中国，在甘肃敦煌生活了三十年，震后三天来到绵竹，普通话标准得像北京郊区的菜农。费利开着农用拖拉机把我们载到塔竹所在的镇上，然后我们下车继续步行。在去塔竹的路上，费利一再强调，等到了学校一定不要主动给孩子们提起地震的事，作为外来者，我们没有权利去揭开别人的伤疤。我们穿过镇上的集市，喧闹的人群模糊了震区的色彩，但出了镇子，便又是满目疮痍一片狼藉的景象。沿线到处是工作着的吊车、铲车、挖掘机以及其他大型机械，墙上贴着诸如"四川不哭，中国加油"或者"山东、四川一家亲，我们永远心连心"等标语。

这里是少数民族聚居区，一路上我们遇到许多打扮各异的村民，他们都会好奇地打量着我们这支队伍，然后热络地和费利打着招呼。显然，费利在这里已经是名人了。走到半程的时候，要过一座独木桥，前几天刚下过暴雨，桥下的水很急。我们和许多村民一起排队过河，轮到我们的时候，对岸走过来一位拄着拐杖的独腿老人。老人家执意给我们让路，我们拗不过他，只好妥协。我们的队伍经过他时，每个人都对他说谢谢。快到塔竹的时候，有位背着背篓裹着藏蓝色头巾的阿嬷，靠在一处被地震毁掉的栏杆上抽烟，出神地望着山上的一排排板房，眼神迷离。我在心里祈祷，那小山一样庞大的废墟下，一定没有他的家人。

经过三个小时的步行，我们终于来到了塔竹小学。学校只有五个房间，由很多简易组合版搭建而成，坐落在村后的一个小山包上。原来费利就是这里的校长，他告诉我们，我们将在这里支教一个月，主要是为附近几个村子的孩子们组织夏令营。我们刚把行李拿进宿舍里，村里的老乡就来喊我们吃晚饭了。走在最前面领路的孩子叫许超，今年读四年级，会学几十种鸟叫。晚饭的时候，小家伙搬了张板凳坐在我旁边，一直和我聊天。他说他想当羽毛球运动员，可是他以后再也打不了羽毛球了。我这才注意到许超右边的袖筒里原来是空的，不由得落泪。晚饭接近尾声，我们六个人一一介绍自己，然后感谢许超父母热情的款待。

折腾了一整天，一回到宿舍我们就开始整理各自的床铺。三男三女，但宿舍却只有一间。当然咯，床是没有的，我们大家通通打地铺。费利校长说山里的下半夜会很凉，让我们注意保暖。大作家，你一定想不到，我们虽然累得要命，却根本兴奋得睡不着。我们几个从小都长在城里，从没有过这样的经历。我们就躺在地上聊天，聊各自的经历和接下来的支教生活。果然，到下半夜的时候，屋子里冷得要命，可我们六个人却只有两床被子。既然睡不着，那就干脆不睡了。我们开始在屋子外面围着一小块空地跑步，我们也不知道跑了有多少圈，我猜最少也得有五公里。实在跑不动了，我们就把床铺转移到了屋子外面，反正现在我们已经不冷了。我们看着天上的星星，那么多星星，比我在家乡任何时候看见的都多，以前没怎么见过流星，那一夜，大概每十分钟就能看见一次。难道这些流星与逝去的生灵有关吗？我不敢再联想下去了。我许了两个愿，大作家能猜到我许的是什么愿望吗？

我闭着眼，听见四周都是虫鸣鸟叫。我们担心会有蛇，但又不舍得进屋子。慢慢地，我们都睡着了……四点半，不幸的事情发生了，我们被稀疏的雨点淋醒了。我们裹着铺盖就往屋里跑，样子狼狈极了。好了，下午的课就要开始了，这第一封信就写到这里吧。为孩子们祈祷，为中国祈祷！

02

大作家，今天我们几个被分散到各村去招生了。孩子们停课已经四个月了，我担心孩子们心野了不愿来上课，或者家长会顾虑孩子们的安全不放孩子们出来。事实证明我这种担心是多余的，几乎所有的孩子都表示愿意和大哥哥、大姐姐们一起过完这个暑假。男孩们都说想上体育课，小姑娘们却钟爱美术和音乐。大作家，你说我当初怎么就读了中文呢，这么不受孩子们待见，哈哈。

下午招生的时候，有个个子小小的男孩看到我胸前标牌上的名字，就自顾自地念出了口，因为年龄太小发音不清楚，他把"雅"读成了"傻"。结果一下午大家都在取笑我，还骗小男孩这个字就是念"傻"，小男孩就信了，嘴里一直念叨着要和"傻"姐姐玩。

03

今天是我们正式支教的第一天。来的孩子超过了我们的预料，仅四五岁的小男孩就来了七八个。我按年龄给孩子们安排好座位，再把他们的名字粘贴到他们各自的座位上。因为学校基本是夏令营性质的，让孩子们愉快地度过假期忘记地震带来的恐惧，是我们来这里的主要责任，所以我们六个人并没有根据我们所学的专业划分各自代的科目，而是每人一到两个班级随性发挥。九个班级全部以水果来命名，我们西瓜班三十多个学生从二年级到六年级不等，男孩子居多。第一堂课我很紧张，看着台下一双双清澈的眼睛，我对生活充满了无限美好的想象。在他们心里我不像是老师，更像是一个来自"外面世界"的大姐姐。当他们仰着小脑瓜和我一起抑扬顿挫地朗读《水调歌头》的时候，一种难以言说的幸福感包围了我。我给他们讲纪晓岚和和珅的故事，讲金圣叹临死前还在研究厨艺。在孩子们热切的眼神里，我看到了燃烧不灭的希望。

几节课下来，一个叫段恋的女孩引起了我的注意。她读四年级，个子比同龄女孩高出半个头，齐耳短发，眼神里有几分男孩的英武之气。刚开始我以为她只是在语文一个科目突出，可以背诵《出师表》全文并且能在作文里以老成的笔调写道，"《论语》梳了个中庸之头，三千年的墓碑被燕子的翅膀掠过"，却没有想到她在数学、英语、音乐、美术、体育等所有科目方面都出类拔萃。听到她用一口纯正的伦敦腔回答我的提问时，真是把我吓了一跳。我以为她的父母会是高级知识分子，再不济也得是个中学教师，可一问才知道，她是个留守儿童，从小跟奶奶长大，英语是跟电视里学的——因为家里的遥控器坏掉了，她家的电视机常年只能收看央视英文频道。这是典型的塞翁失马的故事啊！还有，她在美术课上画的素描，在音乐课上唱的《喀秋莎》，连我也自愧弗如。她还有一双长腿，跑跑跳跳都难不倒她。最让我惊讶的是，她一点也没有乡下孩子的扭捏，喜欢自编一些小笑话，经常惹得大家捧腹大笑。对于这样优秀的孩子我无法不偏心，你说呢，大作家？

04

大作家，你说巧不巧，我今天才知道，原来段恋还有个和你同名的堂弟，叫段鹿鸣，在荔枝班。小家伙没有她姐姐那么出色，但是却活泼顽皮快言快语。大家都管我叫乔雅姐姐，只有这个小家伙直接管我叫姐姐。今天去小鹿鸣家吃饭了，路上他给我说了很多关于考古和盗墓的事情，我猜这些都是他从网络小说里看来的。他的语文很好，但是数学很差，有点像儿时的我。我问他以后想做什么，他说想学地理或者天文。我便开始长篇大论地说自己小时候也这么想，但是后来因为数学成绩不好没读成地质大学，于是又多么后悔自己当初没好好学数学。他认真想了一分钟，然后说："姐姐你没去成的大学我替你去吧。"下午上数学课的时候，小家伙出奇地认真，再没有走神了。哈哈，大作家，你说我这算是善意的谎言吗？

　　鹿鸣一口气看完了四封信，他完全被乔雅的来信带离了现实，好似跟着乔雅一起去了震区。乔雅笔下的这些孩子仿佛就在他的面前，让他喜欢得不得了。他刚打开第五封信，却听到一个熟悉的声音在喊自己的名字，他起身，向着声音转过头去，他看见，水芬小姨一身素裹正向自己走来……

第二十九章　恋恋风尘

万人迷苏野像一只斗败了的公鸡，灰头土脸的一副破罐子破摔的德行，再也没有了昔日驰骋花丛的荣光。表白被拒之后的第二天，他找了个托，以工商局的名义给姚雪然送去了一万元个体户补助款，没想到她竟当天就追到了学校，把钱往他怀里一撒，然后劈头盖脸就是一顿臭骂，比前几天剑鸣拒绝他给大舅付医药费时还要决绝。苏野像个从未下过山的小道士，分不清姚雪然使的是哪个门派的招式，饶是他阅人无数，却在她这里也没了章法。这半个月，他再没有去过东关的那家小吃摊，每天就躺在床上冥思苦想。他始终不明白，何以她拒绝他的时候会说出那些不着边际的话来。别人告诉他，她比自己要大上七八岁的时候，他一度很惋惜，以为她已经结了婚。而那以后，他也就害起了相思病。抱着最后一线希望，硬着头皮到民政部门打探了一番。当得知她还未婚的时候，他激动得拿头直撞墙。他又观察了个把月，确信她未婚且没有交往的对象的时候，他才有了向她表白的想法。

对于一个单身的姑娘来说，有男人追求，尤其是一个相貌不俗的男人追求，怎么说都是一件值得高兴的事，她怎么会把这当成戏耍呢，他实在想不明白。对于身边从来不缺女人的苏野来说，这当头一棒着实力道不小。他原本以为自己经过半个月的调整会重新找回那个百毒不侵的自己，没想到半个月后，自己从床上爬起来，洗脸、刷牙、刮胡子，重新把自己打扮得人模狗样之后，出门想做的第一件事，竟然就是喝一碗豆腐脑！他终于确信了，他确实爱上了这个女人。不管是上刀山还是下火海，今天他是一定要再走一遭了。

姚雪然像往常一样打理着她的小吃摊，每天早四点起床做豆腐脑，五点出摊，晚八点收摊，规律得像一天总是二十四小时一样不曾有过什么改变。现在是8月中下旬，是一年中的淡季，少的时候每天卖出五六十碗，多的时候顶多能卖出一百五十碗，刨去食材成本和门面房租，每天五六十元的收入勉强能够糊口。摊位靠近市医院，顾客以病号家属居多，所以生客多熟客少，常来的几位客人各人有什么喜好，上午来还是下午来，加不加辣椒，坐哪张桌子她都烂熟于心，甚至有些每天必来的客人几点到，她都记得清楚。有时候客人还没到，豆腐脑就已经放在了某张桌子上。这每天必来的客人大概有五六位，其中一位却有半个月没有出现了。那天的事，她确实生了他的气，他怎么能给她开那样的玩笑呢，怎么能喝醉了酒到她这里要酒疯呢！他还两次给自己钱，难道连他这个学生也觉得她是那个该被接济的弱者吗？可是，让她惊讶的是，才几天她就原谅了他。要知道，最近几年，她对别人算是刻薄了，自己向来是得理不饶人的。他半个月没有来，他常坐的那张桌子也就一直空着。现在，连她的心里竟也跟着空落落了起来。

好几回了，她把热气腾腾的豆腐脑端上来，摆在那张桌子上，客进客出，有赶时间的客人见桌子上没人，就坐下了，她嘴上说你吃就行，等客人唰唰唰真吃了，她却在心里骂了起来："上辈子没吃过饭啊，是个饿死鬼托生的吧，等一等会死啊……"慢慢地，她也就明白了，自己心里是在等他。可是一想到自己这几年的遭遇，转而又像换了一个人似的，再不愿去想他。他消失的这半个月，她就一直处在这种煎熬中，做出来的豆腐脑不是咸了就是淡了，惹得些脾气大的客人黑了脸。因为心里装着事，做活的时候手上就慢了几分，有的客人等不及，坐一会也就走了。离平时收摊的时间尚早，她就熄了灶里的火。最后一对客人离开后，她收罢了碗筷，开始拖地。一个身影就不声不响地进来了，"一碗豆腐脑，三个火烧，豆腐脑不要辣椒！"她不抬头也知道是他，心里乐得不行，嘴上却不紧不慢地说，"来晚了，都熄火了！"苏野也不生气，继续说，"把我那碗端出来吧。"女人正在拖地的手就停下了，迟疑了一下，然后果真就到灶上端出了一碗热腾腾的豆腐脑，还拿来了几个火烧。

苏野不再说话，只管闷头吃饭。他在心里已经乐开了花，看来她已经原谅了自己。从她为自己留的这一碗热腾腾豆腐脑来看，也许她已经接受了自己呢。他在心里盘算着，不停给自己打气，准备再一次表白。原本五分钟就可以干掉的豆腐脑，他足足吃了半个钟头——他的勇气已经集聚得差不多了。他放下碗，起身，准备把事先备好的腹稿一股脑儿都倾泻出来。他大步向她走去，然后站定在她面前，左手在裤兜里摸索着那枚钻戒——突然，一个脖子里戴着红领巾的男孩冲了进来，然后兴冲冲地扑进了姚雪然的怀里："妈妈，我饿了。"苏野看看红领巾，再看看姚雪然，背上的汗就下来了，停在兜里的手抖了一下，慢腾腾地夹出一张十元，放在桌子上，"饭钱放这儿了。"他说，然后转身，逃也似的消失在了夜色里。

苏野住院了。从东关小吃摊回来的当天晚上，他一口气连闷了两瓶老烧。趴在马桶上吐的时候，就见了血。吐完了就睡，睡醒了接着喝。如果不是剑鸣他们及时赶到，说不定他能把胃给吐出来。人送到医院，把接诊的医生吓了一跳，说再喝下去不死也得得个急性胰腺炎什么的。即便是挂上了点滴，万人迷还是在病床上吐了两次。酒醒之后，苏野向他的两位好兄弟敞开了心扉。如果换作别日，剑鸣和志全一定不会放过这个调侃苏野的机会，但此刻看着面前这个只剩下半条命的家伙，他们不得不相信，原来那个整日流连花丛的公子哥现在是玩真的了。

剑鸣他们想留在医院陪苏野，可苏野死活不让，管床医生说病人已无大碍，两个人才放心地走了。剑鸣他们刚走，苏野的眼泪就下来了。酒醉不过三天，可要是醉在了心里想出来就没那么容易了。虽然他已经知道姚雪然有了家室，可他的心里还是有些不敢相信，只要一闭上眼，满脑子的不是豆腐脑就是做豆腐脑的人。痴情的人正抚床哀叹，忽然就真闻到了豆腐脑的味道。他转身向门口一看，整个人就蹦了起来——姚雪然左手领着"红领巾"，右手提着豆腐脑正站在病房门口。他完全没有想到姚雪然能来看他，更没有想到在这8月的某个上午，在市人民医院的病房里，姚雪然向他敞开了心扉。

八年前，那时候姚雪然还是一个狂热的摄影迷，无论她走到哪里，身边一定少不了相机。那年秋天，她从新疆老家到青海湖拍一组高原湖泊主题照，一个叫王建安的临沂男人正打算从青海乘机去北京，不料飞机却晚点了十多个小时。对于旅途中的人来说，十多个小时的等待无疑是一种煎熬。于是他去了青海湖。他在湖畔踱着步子，看晴空万里，看成群的斑头雁与棕头鸥在头顶掠过，当然也看湖畔形形色色的人。他看别人，别人自然也会看他，咔嚓一声，他无意间就进入了她的镜头里。她给了他一个明媚的微笑，于是原本腼腆的男人人生中第一次和姑娘搭讪了。没有人能够想到，从一句简单的问候开始，在接下来的十个小时里，两个人把一生中该说的话都说完了。

她相信，如果不是因为事情太过重要，他一定会陪她留下来。也许有太多太重要的话要说了，直到他登机离开，他们都没有想过问彼此的姓名和联系方式。但是他们彼此都知道，他们已经深深地爱上了对方。为了不错过彼此，也为了让这十个小时的爱情接受时间的考验，他们约定九个月后重聚青海湖。

然而从青海回到新疆后的第二个月，她发现自己怀孕了。她没有过别的男人，孩子只能是他的。她顶住了整个家族的压力，甚至不惜与父母决裂，终于把孩子留了下来。约定的日子到了，可她的预产期却也到了。为了孩子，她只能放弃9月之约。冥冥中希望他能知道自己的遭遇，甚至盼着他能来新疆找自己。孩子出生后一个月，她背着父母，拖着虚弱的身子来到了青海湖。青海湖的水还像十个月前一样绿，可是那个男人却再没有闯进自己的镜头。多么傻啊，他们居然连彼此的联系方式都没有留！

她在湖边住了下来。她在心里安慰自己，只要自己这么住下去，只要青海湖还在，他就一定会回来。住下来的第三天，一个在湖边晨练的老大爷问她是不是在等人，她说是。老大爷告诉她，一个月前有个从山东来的小伙子也在这等过一个姑娘，等了一个月，就走了，走的时候哭得像个孩子。

听到这里，她的眼泪就下来了。他是爱我的，孩子不能没有父亲，她在心里对自己说。她根据十个月前的航班信息，找到航空公司，几经周折，终于得到了他的姓名和电话号码。她兴奋地拨通他的电话，可电话那头却迟迟无人接听。她不能再等了，她当天就买了飞往临沂的机票，她要用最短的时间来到她爱的人身边。让她怎么也想不明白的是，她来到了他的老家，他的父母却告诉她，王建安已于两个月前因病去世。苍天啊，她不能接受这个结果！如果他两个月前就已去世，那一个月前在青海湖畔等待自己的那个男人是谁？如果青海湖畔晨练的老爷子在撒谎，那么他又如何知道自己在等人？如果青海湖畔的老爷子没有撒谎，那么去世的王建安又是谁？她一遍一遍地在属于青海湖畔的那十个小时的记忆中搜寻着蛛丝马迹，直到她的大脑已经不能再承受任何回忆。

在与父母无休止地争吵之后，她决定把孩子接到临沂。她要住下来，她要等着青海湖畔的那个男人出现——这一等就是八年。每年的那个日子她都会带着孩子去青海湖，她告诉孩子，他的父亲是一个博学帅气的人，一笑起来嘴角就像长出了两弯月牙。

姚雪然坐在病床前向苏野讲完了她梦幻般的故事。苏野明白，姚雪然今天的到来并不是为了向他痛说情史，而是在告诉他，她的心已经给了别人。苏野含着泪勉强吃完了豆腐脑，可姚雪然的故事不仅没有撼动他追求爱情的意志，而且他已在心里说服自己，他不会在意她的过去，他要用一点一滴的行动去温暖她的心，让她相信在这个世界上，还有一个男人真心爱着她，愿意去接受她的所有——包括她的孩子。

此刻的苏野还不知道，从此以后他都不会再吃到东关的豆腐脑了，姚雪然的到来除了是让他不要再在自己身上耗费感情之外，还有一层告别的意思。可一碗豆腐脑却重新点燃了苏野心中爱的火把，姚雪然刚一离开医院，他也跟着办了出院手续。他已经迫不及待地要实施他的追爱计划了。可惜苏野这个感人至深的追爱计划永远也无法施展了，当他再一次见到姚雪然，那已经是一年半以后的事了。

第三十章　天鹅之死

对于破烂王周鹿鸣来说，每天收工后读一段乔雅的来信已经成了他的一种享受。上午去院里看望大舅的时候，医生说大舅的病已经有了很大的好转，如果不出意外，半月后就可以出院了。鹿鸣像得了一颗定心丸，收破烂的时候逢人便笑，心里亮堂了，手上也就麻利了许多，太阳还刚斜过头顶，他就收了工，躲在上次读信的老树下，重新把信件拿了出来。

14

大作家，今天晚上这里停电了，我得打着手电给你写信了。

上午的音乐课，我教孩子们唱了《突然好想你》，不知道你会不会唱，但我知道你一定想我了，哈哈。孩子们虽然调皮，但学起东西来还是很认真的。他们每个人都认真地在练习本上记下了歌词，我唱一句他们唱一句，临下课前，他们已经把这首歌唱得比我还好了。午饭的时候，有孩子送来了当地的粽子，这粽子不知是用竹叶包着还是用芭蕉叶包着，总之我是分不清的。吃的时候才知道是肉馅粽子，算是长见识了。饭后我没有休息，在教室里和几个没回家的孩子聊天。这些孩子，每个都有自己的特点，虽然处在穷乡僻壤，也都有自己的想法和对未来的向往。

对了，我要告诉你一件令我触动很大的事情。有一天放学，班里一个很不起眼的小姑娘怯怯地问我可不可以送她回家。她叫么妹，大家都这样叫她，我也就随大家喊她么妹。么妹平时不爱说话，扎两个洋娃娃般精致的辫子。我哪里忍心拒绝一个小姑娘的邀请呢。我和么妹一起回家，她胖乎乎的小手紧紧地牵着我，一路上不停地讲话，一点都不像平时在课堂上那般腼腆羞涩。她讲她家的菜园子和她家的狗，讲她原来小学的老师都很严厉，不像我一样笑着和她说话。她说这些的时候，我心里似乎有一些柔软的东西在融化。从么妹家往回走的时候，么妹悄悄地对我说，明天晚上她想和我一起到镇上的广场去跳舞，我答应了她。

第二天下了大雨，一直到半夜都没有停。我自然没有去赴约，而那之后么妹再没有来班里上课。听么妹邻居家的孩子说，么妹出生的时候妈妈就没有了，这次地震她爸爸又没了，她远房的一个叔叔把她接走了。我这才明白了为何一向不爱说话的么妹，为何忽然怯怯地问我可不可以送她回家，她只是想和我单独说说话啊。想起幺妹最后和我挥手告别约定第二天一起跳舞的样子，我心里一万个后悔。更让我难过的是，幺妹的邻居告诉我，下雨那天晚上，幺妹让她年迈的奶奶陪着她去了镇里的广场，在雨里一直等到半夜才回家。我想，如果再给我一次机会，即便那天下的是冰雹，我也要去赴约！

晚饭的时候，我爬上了学校对面一个更高的小山。在山顶可以看见，四周有许多工人都在盖房修路，大瓦数的灯泡照亮了山里的夜晚。起重机的声响，恍若一群婴儿有规律的呼吸。那一刻，我终于明白了在来时的路上抽烟的阿嬷在想些什么。我想起小说《永不消逝的电波》中有这样的记载，三千年后有人发现了一艘飞船在坠毁过程中发出的电波。电波里说："我们曾经失去过，我们曾经流浪过，我们曾经放弃过，但是，我们终将重建家园……"

鹿鸣，再过几天，我就要回去了，可我真心舍不得这些孩子。如果有机会，十年以后，我想和你一起再回到这里，回到塔竹的孩子们中去。

大舅的病情好转，乔雅不久之后也会回到临沂，周鹿鸣的心情为此欢快多了。在周鹿鸣人生的最低谷，乔雅像一盏明灯照亮了他阴暗的世界。在他孤独无助的日子里，是乔雅给了他心灵的慰藉，支撑着他写出了那些滚烫的文字，在命运的嘲讽中依然对明天心怀期待。然而老天是惯于落井下石的，你越是卑微无助它就越要领教一下你对苦难的承受能力。周鹿鸣做梦也想不到，迷龙河上的那次短聚，竟成了他与乔雅的永别。

　　一个月的支教生活结束了，乔雅与一群山东籍志愿者搭乘一辆中巴车启程返鲁。她把头靠在车窗上，眼睛凝视着前方若有所思。她一方面渴望回到鹿鸣身边，一方面又放不下震区的孩子。她原本对大自然深感兴趣，山川、河流都是她所深爱的，可此刻的她却根本无心欣赏沿途的景色。她回忆着与周鹿鸣认识以来的点点滴滴，心下涌起一股甜蜜的暖流。似乎是怕别人觉察到了自己的小心思，她竟自顾自地羞红了脸。

　　是啊，他是多么可爱的一个人啊，虽然他不是那种被大多数姑娘所喜欢的幽默帅气的小伙子，但是他坚定的眼神，对美好生活的憧憬，他的求知欲以及骨子里永不服输的劲头，时时向她昭示着一种男性的魅力，让她不得不着迷。以他目前的创作势头，大概用不了几年，他就会是国内知名的青年作家了。当然，事情也绝没有她想象得那么简单，名气大的作家也不见得就个顶个都有实力。一个略有几分姿色的三流女写手只要在主流文学活动上与某个业界大拿搭上了线，然后"动动嘴""张张腿"马上就可以是"在某某题材的写作上颇有建树"的美女作家了。

　　可那又怎样呢？即便他不能成为评论家笔下"在某某题材的写作上颇有建树"的作家，他也绝不会沦为一个三流写手。她相信自己的眼光不会有错，她愿意当他每一部作品的第一位读者，也愿意当他一辈子的伯乐。而她自己呢，放弃了北京的工作她又该干些什么呢？去企业当个小文员，还是到电视台继续做记者？抑或参加教师或者公务员招考捧上一个铁饭碗？这些似乎都不重要了，只要能留在临沂，留在他身边，再苦再累她也绝不会有怨言。尽管他身上的担子有些大，但只要他们一起打拼，他们是可以过上安稳惬意的生活的。另外，父亲生性豁达，一向喜欢有才气的年轻人，想来他是绝不会反对自己和鹿鸣在一起的。

她在心里设想着他们的美好未来，对他的思念也一点点浮上心头。她想起了在迷龙河上的那一幕，不觉间就又羞红了脸。中巴车从一条乡间小道驶上108国道，车速明显快了起来，道旁苍翠遒劲的张飞柏迅速后撤。再过半个小时，车子就要离开四川进入陕西地界了。

也许上帝前世是一个妒妇，容不下她和鹿鸣之间的美好爱情，又也许大自然是在惩罚乔雅对壮丽山川的无视，车子途经川陕交界，折腾了几个月的余震似乎舍不得这群刚刚向蜀地贡献了血和汗的年轻人，竟一路追到了秦岭。一阵地动山摇之后，泥石流从身后的小山包汹涌而下，将这群年轻人永远地留在了四川这个全国最大的盆子里。乔雅从此活在了她二十二岁的秋天里，而年轻人周鹿鸣也迎来了他人生中的冬天。

第三十一章 假行僧

蓝莲花乐队的主唱周剑鸣与女友关琳已经相恋一年了，恋情虽然从一开始就得到了关琳父亲的默许，但关琳的母亲凌九凤女士似乎不太看好周剑鸣这个从小寄养在姥姥家的农家子弟。在过去的一年里，为了让母亲接受剑鸣，关琳没少在母亲面前夸赞他的才华和人品，当然也没少为了剑鸣和母亲吵架。但是在这个三口之家，作为副市长的凌九凤女士向来是说了算的。对于自尊心极强的剑鸣来说，他很少过问关琳父母对自己的态度，好像他们彼此之间一旦有父母的因素掺杂进来，爱情也就不再纯粹了。

为了促成母亲与剑鸣的会面，关琳和他父亲可谓费尽了口舌，谁知凌九凤女士已经同意了，剑鸣却始终不肯表态。好在最后关琳把罗慧老师搬了出来，剑鸣才勉强松了口。终于，剑鸣在一个周末的傍晚如约来到关家。凌九凤女士很少做饭，这晚却在丈夫关青书的配合下做了满满一桌子菜，想来心情不错。然而剑鸣却情绪不高，从一进门就坐立不安。也许是关青书提前给凌九凤女士做了工作，饭桌上凌九凤女士并没有盘问剑鸣的家庭。但即便如此，一顿饭吃下来，剑鸣已是如坐针毡。

饭后不久，关家来了一位常客，客人叫马振腾，是兰山区分管经济的副区长，全省最年轻的处级干部，而他的父亲则是省委组织部的干部，三年以前还是凌九凤女士的老领导。剑鸣听关琳提起过马振腾，对他向来没什么好感，其父倒是没有什么官架子，在圆滑与随和之上，还有几分勘破世事的味道。马振腾比剑鸣约莫大六七岁，长得十分高壮。父子俩都是一副踌躇满志的样子，好像自信也是可以遗传的。他们在关家举手投足十分随意，显然平日经常走动。马振腾称呼关琳小妹，听上去有几分青梅竹马的意思，这让剑鸣很不舒服。马振腾身上那种年轻干部的优越感与剑鸣身上的书生意气形成了强烈的反差，前者言谈中不经意间透露出的对文学艺术的不屑，不时向剑鸣这边投来，而一向要强的剑鸣居然没有了反击的勇气。出身和社会阅历上的差距让剑鸣感到一股压迫感，在马振腾的豪情万丈之下，剑鸣对未来的憧憬显得灰暗而渺小，看不见任何前途。

室内的温度很宜人，剑鸣的额头上却渐渐挂满了汗水。关琳让他把外套脱了，可他却像没听见一样，不停挥舞着手中的一本诗集。关琳给他拿来一条毛巾，最后连毛巾都湿透了。马家父子不断向剑鸣发问，每当气氛紧张起来，关青书就赶忙把话题岔开，凌九凤很少说话，似有隔岸观火的企图。关琳逐渐看出了这场晚宴的深意，马家父子分明是母亲搬来的援兵，绝不是一次偶然的串门。好几次她想帮剑鸣解围，凌九凤就用凌厉的目光制止她。"审问"不断深入，剑鸣终于热得受不了了，拉开了外套的拉链，于是T恤上一个核桃大小的洞就不得不展现在了大家面前。

"审问"结束之后，马氏父子开始与凌九凤重建话题，因为都是官场人，他们的话题大多是诸如某某领导又要升迁了，而某某领导已经被纪委盯上了之类的话题，好像省内官场没有他们不知道的事，仿佛剑鸣就该是个局外人，坐在这里纯属偶然。后来不知怎么就谈到了诗歌，马父对剑鸣说："1980年代我也是个校园诗人，后来因为写诗犯了点政治上的错误，就没再写了。振腾上学那会也喜欢过呢，儿子随老子，工作后就封笔了。听说小周的诗歌和歌词都写得不错，读一首听听嘛。"说完看着大家哈哈大笑。马振腾也应和着其父，说读一首大家学习一下嘛。大家将目光投向剑鸣。剑鸣靠墙站着，没动，脸上有些异样。他摇了摇头，说："我都记不得了。"

"就读一首吧。"关琳满含希望地看着他，整个晚上她都这么看着他，等着他能像平日一样说出些能让大家刮目相看的话来。

"真不记得了。"剑鸣直视着地面，像是在自言自语。两只手摆弄着已经拉开的拉链，拉上来，拉下去，似乎有意想让大家看见他衣着的寒酸。关琳很尴尬，用眼神向父亲求救。关青书就讪讪地笑着说："不读就不读吧，在家里气氛不适合。"

"不是气氛的问题，"坐在沙发上的马振腾似乎再一次找到了攻击的着力点，步步紧逼，有点痛打落水狗的意思，"这跟气氛无关。是因为时代，这个时代根本不需要诗歌，诗人是多余的，所有的诗人都可以共用'多多'（多多，当代著名诗人）这个笔名。"

"你觉得需要什么？"剑鸣微微抬起头，翻着白眼，"美元和美女吗？"这算是剑鸣今晚对马振腾的第一次反击。

"我们当然需要美元，我们还需要一切高科技和实用性的技术，诗歌是我们拥有了这些以后的事情，它属于过去和未来，唯独不属于现在。"马振腾为自己能说出这段话甚为得意，不自觉地跷起了二郎腿。也许是因为他个子高，即便他坐着说话也给人一种俯视一切的感觉，无论说什么，都显得很从容。

"也不是那么绝对的，"关青书想极力避免话题进入僵局，插话说，"不是这个时代不需要诗歌，而是这个时代缺少诗意。当我们大多数人缺少了发现诗意的眼睛时，我们也还需要一些人为我们这个时代保留最后一分诗意的想象。"

"对，是想象，但也仅仅是想象而已。"马振腾继续说。

"这难道不可怕吗？"剑鸣的目光依次扫过马氏父子和凌九凤。

可是没有人再接话。

剑鸣抬起头，谁也不看，好像突然找到了学生领袖的感觉，长篇大论地说了起来，语速快得离谱，逻辑严密，但说到激动处也多少会语无伦次。他表达了自己对文学艺术的看法，力证一个没有灵魂的民族是没有前途的。

"小伙子，不要太激动了。"马振腾慢慢站起来，俯视感越发强烈，"文学艺术是吃饱了以后的事，如果连自己都养不起，谈这些不是一个男子汉该做得事。"马振腾显然是找到了剑鸣的软肋，想要一击必杀。

剑鸣突然转过头，逼视着马振腾，然后看了看凌九凤，摔门而去。

关琳狠狠地瞪了母亲一眼，然后追了出来。

"也许我们的相识就是一个错误。"在街头的一杆路灯下剑鸣对关琳说。

"对不起，我不知道今晚是'鸿门宴'，我妈太过分了。"

"你妈是为你好。那个家伙说得很对，我是个多余的人，和我在一起，是看不见未来的。"剑鸣扶在灯杆上，眼睛里隐隐有泪花。

"你今晚到底怎么了，原来那个目空一切的你哪里去了？"关琳有些不解。

"总有一天我们会毕业的。"剑鸣用怜惜的眼神看着关琳。

"那又怎样？"关琳拉过剑鸣的手。

"'人必须生活着，爱才有所附丽，'那片校园好比就是我们爱情的土壤，但我们终究要离开那里。离开那里，然后说着言不由衷的话戴着伪善的面具，我做不到。"剑鸣指着学校的方向，语调有些激动。

"剑鸣，时代不同了……只要我们的双手还在，只要我们不虚荣、不攀比，我们不用求任何人，一样可以每天过得很开心。"关琳把剑鸣的另一只手也握在了手里。

"也许我这辈子都只能是一个流浪歌手，一个穷酸诗人，买不起钻戒，也买不起大房子，当别人下班后坐在老公的豪车里时，而我的女人也许只能坐在自行车后面和我一起淋雨……这些，你都想过吗？"剑鸣终于向关琳祖露了心声。

"这些我都想过……但是剑鸣，只要能和你在一起，这些我想都算不了什么。即便每天锦衣玉食，如果你已不再是你，那我又怎么能开心呢？！我爱的是那个天不怕地不怕勇往直前的周剑鸣啊！"关琳看到了剑鸣不安和无助的一面，不禁心疼得热泪盈眶。而关琳的话，却让剑鸣欣慰地一把将她搂在了怀里。

今晚的事让关琳对马氏父子有了成见，而他们每次来关家都会待到很晚，如果现在回去，气氛一定很尴尬。于是两个人手牵着手，在街上闲逛，隔着玻璃看沿街一家星级酒店的大厅里觥筹交错，听他们在酒精的麻醉下呼朋唤友称兄道弟。

"如果现在有人邀我进去吃一顿大餐，我想我不会拒绝。"剑鸣苦笑着说。

说者无心听者有意，剑鸣随感而发的一句话，关琳却记在了心里。随后几天，剑鸣都没有见到关琳，暗忖是凌九凤给女儿施加了压力，也就不便多问。他怎么也想不到，关琳拿自己的伙食费在西郊批发市场进了一批童装，接连几个晚上到附近的居民区摆地摊去了。

"我请你去吃大餐吧。"一周后，关琳在梅园楼下挥舞着一沓红票对剑鸣说。

那天晚上，他们去了本市最气派的蓝海大饭店，关琳的笑声一直回荡在剑鸣的脑海。这顿饭，他注定要铭记一生。

"选几首你最得意的诗给我吧，歌词也行。"从蓝海大饭店出来，关琳神情肃穆地对剑鸣说。

"你要帮我投稿吗？"剑鸣一向很反对把写诗当成谋生的手段，在他看来，诗是属于自己和知己的私人物品。

"我妈要看。"关琳神秘地说。

"她不是瞧不起这些'故弄玄虚'的东西吗？"剑鸣很诧异。

"其实……我妈当年是北大中文系的高才生，她和马伯伯就是那时候在文学社认识的。"

关琳的话像一颗突然降落的炸弹，剑鸣显然有些难以置信。

"读诗择婿吗？"剑鸣冷笑了起来。

"有那么一点意思……你不要介意，拿给她看看也好，说不定她喜欢上了你的诗，就同意我们在一起了。"关琳知道，以这种理由来问剑鸣要诗，他显然不会高兴。

"我向往纯粹的爱情，不希望有第三个人掺杂进来。"剑鸣有些激动了。

"不光是我妈要看，我爸也挺想看的，只是他不好意思问你要而已。你就当他们是你们诗社的两个社员好了。"关琳搂着剑鸣，已经有点恳求的意思了。

第二天早上，在瘦竹园深处的凉亭里，蓝莲花乐队的四个小青年儿把自己埋在了一堆稿纸里，他们要在这几十斤的手稿中选出他们认为最精彩的诗句。他们每人选出了五首，然后举手表决最终敲定三首，由关琳带走交给凌九凤。

其后一整天，剑鸣都在等待着裁决。

"她看啦？"晚上，剑鸣在电话里问关琳。

"看了……"关琳的语气有些犹疑不定。

"怎么说的？"剑鸣急切地问，虽然他不愿别人干涉他们的感情，但他毕竟也想得到凌九凤的支持。

"短短几十行，她读了一整天。"关琳的声音有些低沉，"她拿着你的手稿在屋子里坐了一整天，下午的时候，我实在等不及了，就推门进去了。可我一进去，她就把我赶了出来，说要再读一会儿。我看见她流泪了……也不知道她是喜欢还是不喜欢你的诗。"

"然后呢？"

"后来，她把我喊到了书房里，"关琳躲在家里的阳台上继续给剑鸣通风报信，"让我坐下来安心听她说，我就坐下了。她问我知道不知道为何她一直反对我跟你在一起，我说不知道。她又问我想没想过为什么，我说想过，但想了也没用，因为我想不明白。她就笑了，问我想不想知道谜底。我当然想了。"

"说重点。"剑鸣急了。

"她说因为你的才华太过了。"

"什么意思，我写得不好吗？我不明白。"剑鸣越听越糊涂了。

"不，恰恰是因为写得太好了，堪称杰作。"

"……"

"她说'你是飞在天上的人，可是飞在天上的人终究还是人，一旦落了地，就不会有好结果的。在天上飞你明白吗？我不能把女儿交给这样的人，他可以是一个不世出的天才，却一定不会是一个合格的丈夫。他是一个完全精神化了的人，我不能把你交给他。'"说到这里，关琳已经忍不住在电话那头嘤嘤啜泣了起来。

"她还说什么了？"剑鸣的背上已经出汗了。

"'她和你说的一样，我们的爱情是无根的爱情，是没有未来的……'"说到这里，关琳的啜泣已经成了痛哭，只是因为在家里，她刻意压制住了声音。

电话那头，剑鸣用力控制着情绪，他简单安慰了女友几句，然后放下电话，哭了。

2008年的秋天，无论对周鹿鸣兄弟俩还是对苏野和志全来说无疑都是一段痛苦的回忆。这个9月，小镇青年佴志全的世界里也同样弥漫着悲凉之气，他原本打算国庆假期带女友唯佳回乡探望年迈的奶奶，却不想奶奶在一场秋雨后提前离他而去，让他成了一个彻彻底底的孤儿。苏野逃离医院之后，本以为可以放手追求爱情，却发现爱情早已离他而去，直到一年半以后，他在新疆喀什重新见到姚雪然。2008年的秋天是晦暗的，他让人不由得想起那个叫凡·高的荷兰人。

第三十二章　凡·高先生

　　2010年6月，鲁南师大。乔园楼前的丁香花下，男生们流连忘返，为他们心仪的姑娘打着开水；图书馆后面，白色的羽毛球画出一道道美丽的弧线，几个矫健的身影潇洒地挥舞着手中的球拍；旁边的足球场上，男生们乐此不疲地练习射门，不远处，也许正坐着一位可爱的姑娘……阳光之下无新事。

　　这是个凉风习习的夜晚，在瘦竹园深处的小凉亭里，几张破旧的书桌支棱在三个小青年中间，桌上胡乱地摆放着些酒水与吃食。多少次，他们曾经坐在这里，吃烤串，喝啤酒，看月明星稀、谈彼此倾慕的姑娘，间或性地说到西川或者海子。今夜，景还是那个景，人也还是那些人，只是这景中的人全然没有了过往的超脱。大学几年，长了见识，也长了头发。天亮以后，蓝莲花乐队的这几个小青年就要走向社会了，不羁的心，忘记了昨天，还没有看见未来。白酒喝完换啤酒，啤酒喝完换黄酒。酒越喝越少，心事却越喝越多，人也就越喝越清醒。志全说他经过几个月的深思熟虑之后，打算放弃物理学投身音乐事业，唯佳的父母并不支持志全的决定，但他们拗不过自己热恋中的宝贝女儿。苏野羡慕地看着志全，可惜他的少将父亲却三令五申让他献身医学事业，并对他的艺术天赋给予了无情的打击。苏少将对儿子一路飘红的成绩毫不知情，不然定不会纵容一个屠夫混进医学界；今晚的剑鸣是个心事重重的倾听者，他倚靠在关琳旁边，对于本就不明朗的未来不愿多说。天下没有不散的宴席，黄酒也喝完的时候，一股悲凉的气氛开始在杯盘之间弥漫，纵还有千言万语，亦只能在酒精的麻醉下，给彼此一个拥抱，互道珍重。

　　太阳照常升起，离别是四年前就能猜到的结尾。"健康所系，性命相托"的医学生誓词言犹在耳，苏野深知自己在医学上的造诣有几斤几两，"屠夫"的骂名不敢当，父命亦不可违，权衡两端，只好各退一步，抛却自己麻醉医师的身份，委身于临沂一家男科医院，为别人的下半身幸福贡献起了光和热。在师大医学院，苏野就没正经上过几节课，课本认识他，他不认识课本，有实验室经历，没实习经历，玩得了体温计，玩不了柳叶刀，补考和抄袭是他得以毕业的两大法宝。面试他的科主任是从一家三甲医院退休后返聘到这里的，老爷子是典型的老派知识分子，兢兢业业，功底扎实，大半辈子都贡献给了祖国的皮肤性病学事业，见苏野连最基本的无菌操作都不过关，气得直拍桌子骂他毫无医学操守。本以为自己的男科大夫职业生涯就此破灭，谁曾想他帅气的脸蛋和尴尬的微笑让他在女院长那里一路绿灯，不仅在当天下午就穿上了这家"莆田系"医院的白大褂，还光荣地兼任了院长的私人助理。苏野的突然到来，很快就在男科医院里激起了不小的涟漪，原产于附近几所卫校的护士们，面对一位长相帅气且颇有背景的伪高才生顿时便乱了方寸。他们以各种让人啼笑皆非的理由和万人迷搭讪，他无心的一句话、一个眼神就能让小护士们激动一个晚上或者为此争风吃醋唇枪舌剑。只要他值夜班，他狭小的值班室里就总会有不速之客不请自来，低胸吊带、高跟鞋、黑丝袜、土鸡汤、鱼头汤、西红柿鸡蛋汤轮番来袭，无奈此时的苏公子既解不了他们的风情也解不开他们的衣服。岂料苏公子拒绝得了小护士们的情意，却躲不过中年女人的算计。女上司出差，私人助理随行，合情合理，苏野没法拒绝。在日照一家五星级滨海酒店里，私人助理在女上司眼神的诱导和威逼下，接连喝下八九两伏特加，而后的情节越发烂俗，女上司搀扶男助理回到顶楼的总统套房。滨海之夜，孤男寡女，女上司纵使千娇百媚，男助理却烂醉如泥之下喷了她一脸猪大肠，哈哈哈……其后三天，险些怀"财"不"育"的苏野依旧心系姚雪然，在割完一筐男性包皮之后以迅雷不及掩耳之势闯进了大西北，消失在了苍茫的大西北。

小镇青年偳志全在奶奶去世后已经无家可归，当苏野在男科医院坐诊后的当天，他毫不犹豫地带着红马姑娘和对未来生活的美好想象窜进了京城，他要在帝都继续追求他的音乐梦想——然而现实的残酷总是超出年轻人的想象。志全早就知道"大不易居"的不只是长安，京都的压力比长安更甚，但即便有心理预期在先，北京的房价和房租还是把他们吓了一跳。两个人本就没有多少积蓄，工作也不是一夕之间可以找到的，核心地段的洋房他们不敢想，胡同里的四合院他们敢想，但是也只能是想，一番盘算之后，他们住进了驹子房路上的一处小平房里。志全在附近的公厕里看到了房主贴的小广告，电话打过去，房主说只有上午十点到下午两点之间有空，其余时间不便看房。他们必须以最快的方式在北京落脚，距离下午两点仅有一个半钟头，他们奢侈地拦了一辆的士，四十分钟之后就出现在了小平房门口。酷暑之下，开门的一刻，唯佳的心还是凉了半截儿，广告里三十平方米的大小至少有五平方米的水分，一张单人床，一张不足六十厘米宽的桌子，一把椅子，就是房主所能提供的全部家当，空荡荡的像个牢房。还没等小情侣表露不快，房主就撂下一句话：愿意租就租，不愿意租就走，他还要接待别的房客。初来乍到的小镇青年囊中羞涩，且三大包行李已然搬来，40摄氏度的高温下，他们没有别的选项。房租押一付三，送走了房东，他们开始归置行李。床还没铺好，房间里就一点点暗了下来，志全这才注意到，正南方是一栋刚刚完工的三十多层的住宅楼，由于间距过窄，正午之后，小平房里的光线就开始大受影响。安排上午十点到下午两点看房，房主果然老奸巨猾。明知受了骗，小情侣却有苦难言。好在眼下正值伏天，权当是在房前安了个大型空调吧。小镇青年倨志全和她的"红马"姑娘就这样"住"在了北京，但此时的他们还不知道，北京是残忍的。

半年来，北京无情地摧残着一个年轻人的音乐梦想。2010年冬天的北京格外的清冷，凛冽的寒风嘶吼着，已经在皇城根下摸爬滚打了半年的佴志全狼狈地走出一家音乐公司，然后躲进了街头的某个角落里啜泣着。几分钟之后，他擦干眼泪佯装微笑，走进了旁边的一家酒吧。最近半个月，他是一支三流乐队临时雇佣的键盘手，每晚可以得到六十元报酬。因为主唱在前一晚被客人用酒瓶砸破了脑袋，他才得以临时客串演几首自己的原创歌曲，反响不错。作为回报，老板答应他可以在客人走后把桌上残余的零食和下酒菜带走。午夜十二点，佴志全在零下15摄氏度的寒风里跋涉在空荡荡的大街上，手里拿着三包奶油饼干，还有半份酒鬼玉米。一想到女友唯佳此时还躺在阴冷的小平房里饥肠辘辘，他的眼泪就再一次掉了下来，他切实感到了自己的年轻和无助。但偌大的北京不相信眼泪，他晚回家一分钟唯佳就要多忍受一分钟的饥饿。想到这里，他又一次狠心拦下了一辆的士。推开近乎漏风的房门，他惊讶地发现门口的桌子上堆着一堆他平日喜欢吃的零食和水果。他把熟睡中的唯佳叫醒，问她哪里来的钱。唯佳一把搂过志全，给了他一个吻，说：

"告诉你一个好消息，我找到工作了，在附近的一个淘宝村做模特，每天有两百元呢！"

"两百元，这么多？太好了，那我以后也成了傍富婆的小白脸了，哈哈。"志全故作轻松地和唯佳开玩笑，他心里知道，淘女郎虽然只是每天试试衣服，可一天下来，不知要穿多少件，绝不是个轻松的活。他不想让女友接这份工作，可他现在连自己都养不活，有什么资格说这样的大话呢？！

"还记得当初咱们认识的时候，我答应你的事吗？"志全脱掉鞋子，爬进了被窝。

"不记得了。"唯佳撒谎了，她不想给志全太大的压力。

"今天我去了六家音乐公司，他们听了我录的小样，有两家说还不错。我明天再往远处跑一跑，早晚会有人愿意签我的。我说过的，等我出了专辑，我就给你买一个大钻戒，然后在最光彩照人的地方以一种最华丽的形式向你求婚。"志全把唯佳紧紧地抱在怀里，在这个拥有两千万人口的城市里，唯佳就是他的一切。

一月后。唯佳凭借着她奥妙的身姿和藏族女孩独有的气质很快就成了淘宝村里炙手可热的小明星，现在她不仅做淘女郎，偶尔也拍一些平面照片，隔三岔五地还能登上几次非主流时装杂志的封面，身价也从每天二百元涨到了试穿一件三十元。她觉得自己已经很不错了，可与她一起同来北京的同学祝愉却不这么认为。

"怎么样，有公司签志全了吗？"祝愉在电话里问唯佳。

"还没呢，不过——应该快了吧，有几家公司挺喜欢他的歌的。"唯佳想说得有底气一些，可她的话连自己都骗不了。

"他的歌是写得不错，可这里是北京，满大街都是艺术家，都排队等着红呢，可真红起来的有几个？就像做模特一样，像你这么好的条件，如果有人捧，当个大明星也不是不可能。可是问题是别人为什么要捧你呢？他老实巴交的也就得了，你得变通，该牺牲的时候可以牺牲一下……"祝愉说这些话的时候完全不像一个刚刚毕业半年的学生，她的适应能力显然比唯佳强多了。

"我觉得现在挺好的呀，每天可以穿那么多漂亮衣服，还可以有钱赚。"祝愉所说的"牺牲"，唯佳也不是一点不懂。

"好什么呀，和我一起合租的那个东北女孩，条件比你差远了，可是她白天就忙一两个小时，晚上陪客人喝喝酒、聊聊天，每个月就有几万块拿呢！你要是能像她那样，你一个月拿个十万八万的肯定不成问题，到时候你自己都可以捧你家志全了！"祝愉的这个电话似乎是有备而来的。

志全现在依旧是白天往音乐公司跑，晚上在酒吧打零工，不同的是，现在他已经不用担心唯佳在家挨饿了。唯佳赚的钱越来越多，他替她高兴，可他却真的有了吃软饭的感觉，心里越来越不踏实。接连几个晚上，他就有点心不在焉，晚上下班的时候，乐队的负责人告诉他他被炒鱿鱼了。丢了工作，志全觉得没脸面见唯佳，他关了机，在街上一直晃荡到后半夜。唯佳一遍遍地打志全的电话，心里的担忧一点点积累，凌晨两点，一向胆小的唯佳出了门。在距离住处不远的一盏路灯下，唯佳看见了瑟缩在角落里的志全。唯佳没有说话，她一点点走到亲爱的人身边，俯身将他搂进了怀里。志全失业的第二天，唯佳去找了祝愉。

塞翁失马，焉知非福。伹志全失业半月后，有三家音乐公司开始主动与他接触。经过一番深思熟虑，他与其中名气最小的一家签了约。不为别的，只因为这家公司签约的歌手里有好几个都是他的偶像。让他有些意外的是，刚刚签约，公司就预支给了他十万元。幸福来得如此突然，志全有些蒙了。志全用最快的速度回到家里，他猛地推开房门，一把将唯佳抱进了怀里，他用最热烈的语气向他最亲爱的人通报了他幸福的消息。又半年后，佴志全在王府井大街上，在熙熙攘攘的人流中，在几百位歌迷的见证下，正式向他最亲爱的人求婚了。

有情人在北京终成眷属，几千里之外，苏野忤逆父命，多次以他父亲的名义请求新疆户籍部门帮忙，经过近一年的苦苦追寻，终于在中国铁路的最西端——新疆喀什找到了姚雪然。此刻，在市中心的一栋居民楼下，苏野已经站了整整十六个小时了。

在大雪纷飞的喀什，苏野一遍又一遍呼喊着姚雪然的名字，可四楼左侧的那个窗口却从来没有打开过。屋子里，姚雪然枯坐在床前，偷偷向窗外张望着，眼泪吧嗒吧嗒地流。从临沂回来之后，她发现自己已经爱上了这个小伙子。可是她怎么能接受他呢？他家世显赫，年轻帅气，前途大好，她怎么能连累他呢？她多么想冲下去，可是她的心里时时有一个声音在制止她。

尽管他来之前已经穿上了喀什公安送给他的防寒大衣，可是因为长时间暴露在风雪之中，他早已冻得失去了知觉。他绝望了。如果不能打开她的心，那干脆就死在这冰天雪地吧。如果不能赢得她的爱，他真不知活在这个世上还有什么意思。他为她写了一首歌，姑且就唱给这肆虐的寒风听吧。

"妈妈，楼下的叔叔在唱歌。""红领巾"摇晃着母亲的胳膊。

歌声借着呼啸的北风吹进了窗里，她的心也随着歌声融化了。她打开窗子，探出头去，看见茫茫白雪中，一个"雪人"正冲着她笑，他一笑起来，嘴角就像长出了两弯月牙……姚雪然把儿子抱起来，往外走，儿子问："妈妈，我们去哪？"姚雪然亲了一下儿子，说："找你爸爸去！"在这空旷的雪夜里，下楼的声音回响在整个院落，吧嗒——吧嗒——吧嗒。苏野兴奋地站起来，拍掉身上的雪，向着幸福冲了上去。

后来，有人说苏野带着姚雪然去了海南岛，他们生下了三四个孩子；有人说他们去了英国，苏野改学了考古；还有人说他亲眼看见苏野正匍匐在英国皇家墓地的某个墓葬里，拿着放大镜，修补伊丽莎白女王的骨骸。

周剑鸣把苏野和佴志全从师大送走之后，毅然把手机和毕业证一起丢进了垃圾桶，在给关琳丢下一句"前世为人，后世为雁，今生飞得有点慢"之后，杳然不知去向，留下关琳一个人终日以泪洗面。或许马振腾说得对，这个时代也许真的不再需要诗意。

一月后，鹿鸣拿着一封家书找到了关琳。因为比剑鸣低一届，此时的关琳还在上课。在走廊里，关琳只扫了一眼信封，眼泪就下来了。

"在云南？"关琳问。

"也不一定，只能说写信的时候，在云南。"对不起关琳的是哥哥，但鹿鸣觉得犯错的仿佛就是自己。

"哪天收到的？"关琳的心在滴血。

"今早上。一收到信我就来找你了。"

"这地址能查到吗。"

"查过了，是中缅国界线附近的一个少数民族村寨……我怀疑他有偷越国境的可能。"

"……"关琳惊恐地看着鹿鸣，她有些吓坏了。

第二天，关琳也不辞而别了。

又半月，关琳从贵州给各位朋友发来了短信，她在信中说："不要担心我们，也不要找我们，原谅这个活在梦里的流浪者吧……"随信寄来的还有她和剑鸣的合影，他们站在一棵高大的榕树下，笑容灿烂，身后的天空空明而澄澈。好景不长，剑鸣在与关琳度过了一个月的幸福生活之后，将不多的积蓄全部留下，然后再一次消失在了黑夜里。没有人知道这对恋人在这一个月里到底经历了什么，被爱情再一次遗弃的关琳，带着一颗疲惫不堪的心回到了老家。

通过一位在贵州警方工作的读者，鹿鸣在中秋节前夕打听到了哥哥的下落。鹿鸣坐了一天一夜的火车，又坐了一整个白天的汽车，才来到剑鸣所在的地方。鹿鸣找到剑鸣的时候，剑鸣正租住在贵州小镇青岩一个几近颓塌的荒芜院落里。几年前，剑鸣还是一个中学生，他和他的绿皮火车乐队就曾到过这里。在唯一不漏雨的一个房间里，剑鸣躺在架子床上，逼仄的空间里塞满了各种书籍。正是黄昏时分，室内潮湿而阴暗。鹿鸣质问哥哥，为何将亲人、朋友弃之不顾，躲到了这个比天涯海角还要远的地方。

剑鸣斜靠在墙角上，说："这里是我梦醒的地方，现在我要在这里重新入梦。"声音低沉，目光飘忽不定，不知是说给弟弟还是说给他自己。哥哥的回答，头一次让鹿鸣感觉到了失望，他觉得和哥哥的距离越来越远了。

距离剑鸣租住的院子不远，有一家小饭馆，兄弟俩第一次坐在了一张酒桌的两侧。

"你喜欢这种生活？"鹿鸣喝了一大口啤酒，问哥哥。

"目前是吧……但也不一定。我从来没有像现在这样看不起自己过，我是个没用的人，我不想连累你们。"剑鸣的眼神依旧飘忽不定，像是在呓语。

"为何非得这样，留在老家，你一样可以追求你要的生活啊。"哥哥的选择让鹿鸣感到心疼，他还不能完全理解哥哥的处境。

"鹿鸣，我是个不称职的哥哥，这些年，我亏欠你太多了。如果当初你出来读书而我留在水县，该是个不错的结果。原谅我吧，照顾好大舅和小姨……"剑鸣流泪了，泪水悄无声息地滴在酒杯里。

"来的路上我一直犹豫着该不该告诉你，见到你的第一眼，我就觉得还是得告诉你，"一大口酒喝下去，鹿鸣像是下了很大的决心，"你对关琳的态度，让关琳的母亲很失望，她正逼着关琳订亲……对方姓马，你应该见过的。"

剑鸣大吃一惊，鹿鸣的话显然击中了他的软肋。他原以为已经在心里放下了关琳，但从自己此刻的反应来看，他是在骗自己。这个世界也许并没有那么糟糕，依旧还有很多东西值得他留恋。喝完这顿酒，兄弟俩就买了当晚回山东的车票。

两天后，周剑鸣在师大门口遇见了刚刚下课的关琳，在校门口的另一侧，是坐在保时捷里西装革履的马振腾，他手捧一束玫瑰，春风得意马蹄疾。剑鸣骑着自行车，停在了保时捷旁边。众目睽睽之下，周剑鸣指着保时捷里的马振腾对关琳说："我觉得这车很丑很土鳖，兜风的话还是我这玩意实惠，你觉得呢？"说完拍了拍身后的自行车后座。迟疑了几秒之后，还没等围观的人搞明白是怎么回事，关琳就义无反顾地上了剑鸣的自行车，她幸福得笑出了眼泪，留下众人一片惊呼。有的人愿意坐在保时捷里哭，但关琳只愿意坐在周剑鸣的自行车后面笑。

后来，有人说周剑鸣去了中印边境，有人说曾经在尼泊尔的寺院里见过他，有人说他在南太平洋一个无人小岛上成了一位渔夫，还有人说在西安街头见过他，和他一起的还有一个女人和一个孩子。

剑鸣再次离开临沂之后十天，市文化艺术中心大楼。著名作家周鹿鸣长篇小说《凡·高先生》研讨会在作家本人的故乡隆重召开，来自国家、省、市三级作协的领导和四十多位作家、评论家到场参与研讨。大家纷纷表示《凡·高先生》是对青春文学的一次颠覆性尝试，是给一个时代的文艺青年们的献祭之作，不同于其他年轻作者的青春题材作品，虽然书中的几个主要人物都是风华正茂的青年，故事展开的地点也有相当一部分是在大学校园，但是"言情"并不是小说的初衷，爱情只是其中无法回避的一部分。这里没有爱马仕、LV，没有旋转餐厅、海天盛筵，没有"宝马香车丽人来"。这里有的是一群有血有肉的小青年，有他们的爱与恨，泪与笑，追寻与逃避，其苍凉悲壮的旋律，为青春文学开辟了新的写作方向。研讨会现场，有记者告诉作家周鹿鸣，《凡·高先生》上市一个月已经卖出二十多万册，另有多家影视公司有意将该小说搬上银幕。人群中，周鹿鸣看见无数张嘴翕动着，犹如无数把刀剑一点点向自己逼近，他惊恐地看着众人，然后站起身来，疯了似的跑出了会场。他跑啊跑，他希望有人能够分享他的喜悦，可是他该告诉谁呢？哥哥已经很久没有消息了，一个月前大舅也去世了。他跑啊跑，向着家的方向，向着柳溪镇的方向。夕阳西下，在迷龙河岸，周鹿鸣看见，一身红衣的水芬小姨正撑着筏子箭也似的向自己驶来……

> 2013年4月草于西安建国路煤炭家属院
> 2016年8月一改于临沂沂蒙路朝阳小区
> 2017年11月三改于广东省作协招待所